그해 5월 5

그해 5월 5

이병주

한길사

"우리는 모든 꿈을 연기하기로 했습니다.
우리는 모든 희망을 유예하기로 했습니다.
우리는 뱀과 개구리를 배울 작정을 했습니다.
우리는 왜 동면해야 하는지, 그 이유를 알았기 때문입니다.
언젠가에는 있을 축제의 주인공이 되기 위해서,
언젠가에는 있고야 말 그날의 축제에 갈채를 보내기 위해서."

어느 현장

1966년의 6월 25일.

날씨는 맑았다.

아침 8시에 전주시를 출발한 자동차가 들길을 달리기 시작했을 무렵 성유정이 물었다.

"오늘은 토요일이지?"

"토요일입니다."

이사마가 대답했다.

"그날은 일요일이었지."

"일요일이었지요."

이사마는 16년 전 바로 그날 발발한 한국동란을 성유정이 생각하고 있는 것이라고 짐작하고 이렇게 대답했다. 이사마 자신도 아침부터 6·25동란을 상기하고 있었던 것이다.

그로써 각기의 생각을 좇느라고 잠잠해버렸는데 조스가 끼어들었다.

"꽤나 심각한 표정들인데 무슨 생각들을 하고 있는가."

성유정 씨가 설명했다.

"16년 전의 이날 한국전쟁이 일어났다. 그 생각을 하고 있다."

"그렇군."

하더니 조스가 뚜벅 말했다.

"일본의 언론인들은 대부분 그 전쟁을 남쪽에서 도발했다고 말하고 있더군."

"당신도 그렇게 생각하고 있는가?"

성유정이 물었다.

"천만에. 나는 그 일본인들의 주장을 우습게 생각하고 있다. 백 가지의 증거가 북한의 침공을 증거하고 있는데 일부 일본 언론인들이 그렇게 우기고 있으니 한심할 뿐이다."

하고 조스는 당시 남한의 정부가 얼마나 어리석었는가 하고 이승만의 실언과 실수를 들먹였다. 예컨대 기회 있을 때마다 북침만이 문제 해결의 방법이라고 한 것까지도 뭣한데 당장에라도 북침할 것처럼 떠벌렸다는 사실, 애치슨의 무책임한 성명, 덜레스의 38선 시찰과 그 직후의 발언 등등을 북한은 교묘하게 편집해서 책임을 남쪽에 뒤집어씌웠다는 것이다.

"전쟁을 어느 편에서 시작했느냐는 것은 문제도 되지 않는다. 당해 본 한국인은 누구나 뼈저리게 알고 있다. 아무런 준비도 없이 전쟁을 시작하는 놈이 어느 세상에 있겠나."

"세계가 다 알고 있는 일이니 문제 될 게 없어. 한국전쟁의 책임을 미국이나 남한에 뒤집어씌우려고 하는 작태가 공산주의자를 불신케 하는 결정적인 이유가 되기도 했으니까. 그러니까 더욱 일본의 일부 언론인들의 태도가 이상하다는 거다."

"아무튼 창피해. 동족끼리 싸우고 있다는 사실이 민족의 체면을 마구 짓밟아놓은 게 아닌가."

하고 성유정이 암울한 표정을 짓자 조스는

"세계에 동족상잔을 겪지 않은 나라가 있기라도 했나? 프랑스도, 독일도, 영국도, 러시아도 모두 동족상잔의 내란을 겪었다. 미국의 남북전쟁도 동족상잔이고 스페인의 내란도 그렇고 중국도 예외가 아니다. 일본도 메이지유신 직전까지 내란 상태에 있었다. 그러니 동족상잔을 했다고 해서 창피할 건 없어. 안타까운 것은 그 쓰라린 체험에서 교훈을 얻는 것 같지 않다는 점이다."

하고 웃었다.

"내가 창피하다는 것도 그런 뜻이다. 그 엄청난 불행을 겪었는데도 그 내란을 있게 한 원인과 조건은 그냥 그대로 남아 있지 않은가. 프랑스는 혁명에서 위대한 교훈을 얻었다. 미국의 남북전쟁은 그런대로 하나의 해결은 되었다. 말하자면 같은 사태가 일어나지 않게 되어 있는데 우리의 사정은 다르지 않은가. 보람 없이 피를 흘리기만 했다."

이사마는 두 사람의 얘기를 한쪽 귀로 들으면서 자기의 생각을 좇았다.

'6·25동란, 그것은 과연 무엇이었던가. 나도 그때 죽을 뻔했고 성유정 씨도 죽을 뻔하지 않았던가. 김일성은 그러한 원인과 조건을 해소하는 덴 전연 관심이 없고 그 원인과 조건을 인민을 탄압하는 방편으로써 이용하고 있는 것이 아닌가. 헌데 남쪽은 어떠한가. ……서로 이런 식으로 버티고 있다간 언제 어디서 그 밸런스가 무너질지 알 수 없는 일이다. 무리가 영원히 계속될 순 없다. 언제 다시 남북전쟁의 불이 붙을지…….'

평화롭기 그지없는 농촌의 풍경이 돌연 전쟁에 휩쓸린 참담한 정경으로 변했다. 16년 전의 광경이 이사마의 뇌리에 펼쳐진 것이다.

남부여대한 피난민의 무리. 어느 골짜기에서 본 누누한 시체의 더미. 파괴된 도시의 거리에 뒹굴고 있던 시커멓게 그슬리고 코끼리의 덩치처럼 부풀어 있던 폭사체, 폐허에서 울고 있던 아이, 머리칼을 풀어 헤치고 아이를 찾아 헤매고 있는 광녀를 닮은 여자, 숨을 곳을 찾아 헤매던 핏발 선 눈들, 이른바 반동을 찾아 광분하던 살인자들의 등등한 기세…… 아아 제정신을 제대로 지닌 사람들이 몇이나 되었던가.

성유정 씨와 조스는 화제를 호남의 풍물에 관한 것으로 바꾸고 있었다.

이사마는 그 얘기에 자극되어 호남의 풍물을 눈여겨 바라보기 시작했다. 너그러운 기복으로 아름다운 산과 산청 일색으로 덮여진 들, 졸고 있는 듯한 이곳저곳의 마을, 포플러 밑을 서성거리고 있는 소, 그 평화로운 풍경!

광주에 도착한 것은 11시쯤.

YMCA 회관 근처에서 여관을 정했다.

강연회가 오후 4시에 시작된다는 것을 확인하고 각기 자유 행동을 하고 밤에 여관으로 모이기로 약속했다.

조스는 미국 공보원을 찾아 도움을 청하여 민중당 본부로 가보겠다며 여관을 떠났다. 성유정 씨는 강연회가 시작될 때까지 여관에 누워 있겠다고 했다.

이사마는 한때 서대문 형무소에서 같이 지냈던 오지문 씨를 찾아볼 양으로 나섰다. 서울을 떠날 때 오씨의 주소를 챙겨 수첩에 기입해놓았던 것이다.

오씨는 50세를 넘은 나이로 독특한 화풍을 가진 명성 있는 화가이다. 화가일 뿐 아니라 기골과 식견을 아울러 갖춘 지사이기도 했다. 5·16

때 그가 체포된 것은 민자통, 즉 민족자주통일위원회의 요청으로 광주 지부의 지도적인 역할을 맡은 때문이었다.

"통일을 해야 한다는 주장에 반대할 수 없지 않은가. 그것도 민족이 자주적으로 해야 한다는데 어찌 협력하지 않을 수 있겠는가. 그래서 나는 그 모임에 가담했고, 그 모임이 시키는 대로 심부름꾼이 되었다. 그것이 죄가 된다고 하면 나는 죽어도 좋다. 통일을 바랐다는 죄로 죽을 수 있다면 그 이상 영광스러운 것이 없다."

서대문 형무소에서 오지문 씨가 한 말이었다. 그는 형무소 생활을 지루하게 여기지도 않았고, 빨리 나가기 위해 서둘지도 않았고, 검찰관 앞에서 비굴한 티를 조금도 보이지 않았다.

그 의연한 풍격이 깊은 인상으로 남아 있었기 때문에 광주에 온 김에 이사마는 그 어른을 찾아보기로 했던 것이다.

오지문 씨의 집은 광주천과 극락천이 합치는 지점의 마을에 있었다. 근처에 가서 묻자 어느 소년이 앞장서서 그 집까지 안내해주었다.

순 한옥으로 된 집의 사랑채를 화실로 하고 오지문 씨는 모시 바지저고리를 입고 화필을 들고 있었는데 이사마가 중문으로 들어서는 것을 보자 재빨리 두루마기를 입고 축담까지 내려왔다.

"이게 웬일이오."

하고 방으로 안내한 오지문 씨는 절을 하는 이사마에게 맞절로써 대하곤 다시 물었다.

"이게 웬일이오."

이사마는 민중당의 강연회를 들으러 왔다고 했다.

"민중당!"

어이없다는 듯 웃곤 오지문 씨는

“이 선생은 언제부터 민중당 같은 데 관심을 가지게 되었소.”
하고 물었다.

이사마는 조스와 얽힌 사정을 대강 설명하지 않을 수 없었는데 그 설명을 듣자 납득한 모양으로

“그럼 그렇지. 이 선생이 민중당 같은 데 관심을 가질 리야 없지.”
하고 손수 차를 끓이기 시작했다.

그러는 동안 이사마는 그때 서대문 형무소에 같이 있던 광주 친구들의 소식을 물었다.

“기군과 김군, 임군은 아직 형무소에 남아 있군.”

오씨는 뜸직뜸직 얘기를 시작했다.

“또 한 사람 김군이 있었지. 그 사람은 우리와 같이 출감하자마자 죽었소. 그 사람이 형무소에 있는 동안 부모가 모두 죽었거든. 마음이 약한 사람이었고 보니 그 슬픔을 견디지 못했던 거지. 몹시 쇠약해서 죽었다고 하는데 내 생각으론 아마 자살한 게 아닌가 해요.”

이사마는 죽었다는 김군의 모습을 생생하게 회상할 수 있었다. 속눈썹이 짙고 눈이 큰 깡마른 체구의 청년이었다. 아직 30세가 되기엔 먼 나이였는데도 간지를 들먹여 점괘를 치는 소양이 있었다.

“표군은 어떻게 삽니까.”

“나주 고향에 돌아가서 농사를 짓는다고 하던데 가끔 찾아오지. 용기를 내라고 만날 때마다 얘기하지만 언제나 풀이 죽어 있어.”
하고 오씨는

“5·16이 생사람 병신 많이 만들었지.”
하며 한숨을 쉬었다.

“서울에 오신 일이 없으십니까.”

이사마가 화제를 바꾸었다.

"서울에 갈 일이 있어야죠. 형무소에서 나온 후 꼭 두 번 간 적이 있는데 보는 것, 듣는 것이 모두 귀찮기만 하더군요. 동래의 박 노인이 옥사했나면서요. 나하곤 오랫동안 같은 감방에 있었는데, 마음씨가 그리 좋을 수 없는 노인이었는데."

오씨는 주전자의 물이 끓자 그 물을 사기 주전자로 옮겼다. 약간 물을 식힌 후 다엽을 넣었다. 그러곤 탁자 옆에 헝겁을 씌워둔 다기를 꺼내 행주로써 손질을 하곤 차를 따랐다. 향긋한 향기가 다소곳했다.

"무등산에서 딴 신차新茶요."

찻잔을 이사마 앞에 밀어놓으며 오씨는

"붕우원방래인데 대접이 이렇게 소홀해서 되겠소."

하며 쓸쓸하게 웃었다.

차맛은 일품이었다.

"이 이상의 대접이 어디 있겠습니까."

하고 이사마는 벽 한구석에 걸려 있는 액자에

行路難 不在水不在山 只在人情反覆間

행로난 부재수부재산 지재인정반복간

이라고 씌어 있는 것이 누구의 글이냐고 물었다.

"백낙천의 「태행로」太行路에 있는 글귀지요."

이어 오지문 씨는

"좋은 말, 좋은 교훈이 얼마든지 있는데도 아무런 보람이 없으니 무슨 소용이겠소, 괜히 벽이 심심해서 걸어놓았을 뿐이오."

했다.

그 말이 동기가 되어 글과 그림이 한동안 화제로 되었다.

한 시간 남짓 지났다.

"어떻습니까, 오 선생님. 오늘 강연회에 같이 가보지 않으시렵니까."

그러자 오씨는 정색을 하고 말했다.

"나는 이 선생이 그런 데 가지 않는 게 좋다고 말하고 싶소. 나나 이 선생은 일절 그런 정치엔 관여하지 맙시다. 관여하지 않는다기보다 관심도 가지지 맙시다. 공화당이건 민정당이건 간에 이 나라에 진정 백성의 의사를 대변할 수 있는 정당이 없다는 것은 슬픈 일이오, 공화당은 그렇고 그런 정당이니까 문제 외로 하고 민정당이란 건 또 뭐요. 정당을 만든 사람들은 특권계급이 되기 위한 수단쯤으로 정당을 생각하고 있는 것 같소. 진정으로 이 나라의 정치를 생각하는 사람이 있을 것 같지도 않구. 허기야 몇 사람쯤은 있겠지만. 대체적으로 보아 민정당이란 것도 별수 없는 정당입니다. 만일 그것이 백성을 위한 정당이라면 우선 국민의 기본권에 대한 관심이 철저해야 되지 않겠소. 5·16 이후 죄없는 사람들이 감금되어 있는데도 불구하고 체면치레로 석방을 주장할 뿐이지 그 문제의 심각성을 전연 깨닫고 있지 못하는 거 같애요. 기껏 국회의원이 되는 것이 그들의 목적이오. 국회의원이 되고 나면 그때부터 특권계급으로서 행세하구, 허기야 그들에게 이러쿵저러쿵 무슨 기대를 하는 것부터가 잘못이지만. 이 선생! 그들에 대한 관심은 걷어 치우소."

"동감입니다. 내가 그들에게 갖는 관심은 소설가로서의 관심으로써 끝나는 겁니다."

"그 말을 들으니 안심이 되네요."

하고 오씨는 이사마가 하직하려 하자

"오늘 밤 술이나 같이 합시다. 광주엔 그래도 전통적인 소리가 남아 있지."

"사정을 보아 연락을 하지요."

하고 이사마는 일어섰다.

강연 장소는 계림국민학교 교정이었다.

이사마와 성유정이 그곳에 간 것은 3시 반쯤이었는데 교정은 거의 꽉 차 있었다.

6월 말경의 뙤약볕을 무릅쓰고 이처럼 수많은 청중이 모였다는 것은 야당 도시로서의 광주의 면목을 보인 것이라고 할 수 있었다.

조스의 모습을 눈길만으로 찾아보았으나 가망 없는 일이어서 성유정과 이사마는 교문 가까운 곳의 벽을 등지고 섰다.

오후 4시 조금 지나 강연회가 시작되었다. 이사마는 조스에게 도움이 될까 하여 강연 요지를 대강 메모했다.

처음 등단한 양회수 의원은

—농촌은 완전히 파산 상태에 있다. 농민을 위하겠다고 소리 높이 외쳐놓고 이 꼬락서니가 뭔가. 이건 분명히 농민에 대한 배신이며 사기이다. 농업 정책의 실패만이 아니다. 공화당 정부가 내세운 중요 정책은 모두 허울 좋은 겉치레뿐이며 전시효과를 노렸을 뿐이다. 수출 건설증산을 목표로 하고 있다는 공화당 정부가 성공한 수출은 국군을 월남에 수출한 것뿐이다. 휴전선으로 분단된 이 나라의 사정으로 외국의 내전에 국군을 파병했다는 것은 언어도단한 일이다. 우리의 아들과 형제를 월남에서 죽게 하여 얻은 게 무엇인가. 일부 정상

배의 사복을 채우게 했을 뿐 아닌가. 건설은 또 무엇인가. 기껏 전시 효과를 노렸을 뿐 국민 생활에 보람 있는 건설이란 눈을 닦고 보아도 보이질 않는다. 증산의 목표는 어떻게 되었는가. 테러의 자행을 증산했을 뿐이다. 범인 조작을 증산했을 뿐이다.

(이 대목에서 '옳소'하는 함성이 일었다.)

다음에 등단한 사람은 이중재 의원이다.

—현 정권은 총칼로써 권력을 빼앗은 폭력정권이다. 특권층만 치부케 한 부정부패의 정권이다. 정도를 행하지 못하고 직권남용을 일삼는 정보정치로 일관한 정권이다. 그들은 입을 벌리면 근대화를 운운하고 있지만 민주주의적인 근대화가 아니라 폭력과 부정과 부패의 근대화를 일삼고 있다. 이러한 근대화가 근대화일 수 있는가. 현 정권이 하고 있는 근대화는 망국화이다.

(이 대목에서 박수와 함성이 터졌다.)

다음은 김의택 의원.

—박 정권의 정보정치는 민심을 분열시키고 급기야는 야당을 분열시켰다. 따라서 비열한 정치풍토를 조성해놓았다. 박 정권은 부패할 대로 부패하여 전 국민을 부패케 하려 하고 있다. 지난날 자유당 정권을 부패했다고 하지만 현 정권의 부패는 그런 정도가 아니다. 부패한 정권이 어떻게 국민의 지지를 받을 수 있겠는가. 민주정치를 할 수 있겠는가. 한심하기 짝이 없다. 국민이 새로운 의욕, 참다운 희망을 가질 수 있으려면 이 정권을 타도하는 길 이외엔 있을 수가 없다.

다음은 박한상 의원.

—현재의 권력내각이 구성된 이후 10여 가지의 테러 사건이 발생했다. 그럼에도 불구하고 현 정부는 단 한 건도 범인을 체포하지 못했다. 못 했는지 안 했는지 아리송하다. 만일 못 했다고 하면 무능한 정권으로 되는 것이고, 고의로 안 하고 있다고 하면 현 정부를 범죄집단이라고 할밖에 없다. 그리고 선거를 앞두고 공갈과 협박을 자행하고 있다. 이러한 공공연한 범행을 막기 위해선 전 국민은 힘을 합쳐야 한다.

다음은 김영삼 의원.

—박정희 정권이 하는 짓은 하나부터 열까지 민주주의에 역행하는 정치이다. 정권을 폭력으로 탈취한 사실 자체가 민주주의에 대한 역행이었으며, 그렇게 시작된 정권이 민주주의에 대한 역행을 일삼지 않을 수 없다는 건 당연한 귀결이다. 요컨대 이 정권에 민주주의를 기대할 순 없는 것이다. 테러가 범람하고 정보정치가 판을 치고, 부정과 부패가 생리처럼 되어버렸고, 국민을 공포 분위기로 몰아넣고 있는 상황에서 경제개발 5개년계획 운운하고 있는 것은 가소로운 일이다. 경제개발은 물질적인 개발로써만 가능한 일이 아니다. 정신의 개발 즉 활달한 국민의식이 바탕이 되어 있어야 한다. 부정과 부패로써 타락할 대로 타락한 정부가 어떻게 경제개발을 한단 말인가. 특권층을 살찌우고 특수 재벌을 비대케 하기 위해 경제를 조작하는 것이 고작일 뿐이다. 공명정대하게 치안이 확보되어 있지 않은 상황에서 경제개발이 어떻게 가능할 수 있겠는가. 민족이 나갈 올바른 길은 이와 같은 폭력정권, 이와 같은 부정정권, 이와 같은 부패정권을 냉철한 눈으로 비판하고 용감하게 부정하는 데서 트일 뿐이다.

다음은 김대중 의원.

—민주정치는 균등정치라야 한다. 현 정권은 모든 혜택과 인재 등용을 일부 지역에만 국한하고 있다. 특히 우리 전라도 지방에 대해선 멸시와 천대로써 일관하고 있다. 나는 이와 같은 폐단을 시정하기 위해 전라도 도민의 선두에 서서 싸울 작정이다. 왜 현 정권이 전라도를 푸대접하는가. 그 원인은 그들의 부정과 부패에 있다. 그들이 저지른 악을 은폐하기 위해 부득이 복심腹心과 아부파를 둘레에 모으지 않을 수 없으며 거북한 타도인을 멀리하지 않을 수 없다.

(이렇게 시작한 연설이 장장 2시간 15분이나 계속되었는데 현 정권의 부패상을 소상하게 열거하여 비난 공격하다가, 자료가 바닥이 나자 외국을 여행한 여행담으로 내용을 바꾸었다. 그렇게까지 하여 시간을 끈 이유는 그날 참석하게 되어 있는 박순천 의원과 장준하 씨가 KAL기 결항으로 예정된 시간에 도착하지 못한 데 있었다는 것이다.)

박순천 씨와 장준하 씨가 도착한 것은 오후 8시경이었다. 긴 여름해 덕택으로 그때부터도 강연을 가질 수가 있었다.

장준하 씨는 개구일번.

—이제 박 정권에 기대할 아무것도 없다. 이렇게 엄청난 부정이 기왕에 있어 보기나 했던가. 이처럼 철저하게 부패한 정권을 우리의 역사에서나 세계 다른 나라에서 찾아볼 수나 있겠는가. 한마디로 말해 박 정권은 극악의 정권이다. 첫째 도의를 짓밟는 데서 이 정권은 시작되었고, 민족의 정기를 배반함으로써 이 정권은 타락한 정권이며, 민주주의를 망쳐놓음으로써 이 정권은 해독적 정권이다. 이러한 부정, 이러한 부패, 이러한 독선, 이러한 타락을 막기 위해선 국민의

냉철한 판단이 필요하다.

마지막에 등단한 사람은 박순천 씨였다.

—나는 나라를 위하고 민족을 보다 잘살게 하기 위해 정치에 투신한 사람이다. 그러나 나는 우선 나 자신에게 실망하고 있다. 나라를 이 꼴로 만들어놓은 데 대해 정치가로서 책임을 느끼기 때문이다. 결단코 야당은 통합되어야 한다. 국민 여러분도 그렇게 바라고 있고, 나 자신 그렇게 바라고 있다. 현재 야당전선은 불안한 상태에 있지만 명년의 선거를 앞두고 나 자신이 희생되는 일이 있더라도 기필코 통합되도록 해야겠다는 것이 나의 희망이요 결심이다…….

강연회 도중 뜻밖의 해프닝이 있었다.

'전남 6·3희생자 대표' 명의로 된 민중당 대표에게 보내는 '공개 질의서'란 타이틀이 붙은 유인물이 청중 사이에 나돌더니 홍 모·최 모 두 사람이 강연장에 나타나

"한일협정 비준 반대를 계기로 공약했던 의원직 사퇴 문제 등에 대해 대중 앞에서 공개질의를 하겠다."

고 제안한 것이다.

이에 대해 김영삼 원내총무는

"그 요구에 응할 수 없다."

고 일축해버렸으나 그로 인해 장내엔 약간의 소란이 있었다.

다섯 시간에 걸친 강연회가 끝났다.

이사마는 군중의 흐름에 따라 강연회장을 벗어나면서 청중들이 주고받는 말에 관심을 쏟았다.

"모두들 말은 잘하는군."

"말만 갖고 공화당 정부를 무너뜨릴 수 있을까?"

"투표 갖곤 안 될걸?"

"왜 투표 갖고 안 돼."

"총칼로써 정권을 잡은 사람들이 투표로써 호락호락 정권을 내놓아?"

"투표로써 결판이 난다고 해도 투표에 야로가 있을 것 아닌가."

"글쎄 말이다."

단편적으로 들은 말들이었는데 이사마는 그 말들을 통해, 그날의 청중들이 강연회를 통해 정부를 비판하는 견식을 얻었을 뿐 현 정권을 타도할 수 있으리라는 기대까진 가지고 있지 못하다는 것을 알았다.

성유정이 이사마에게 물었다.

"강연회에 와서 플러스 된 게 있나?"

"글쎄요."

하고 이사마가 물었다.

"성 선배님은 뭔가를 얻었소?"

"얻은 거야 있지."

"뭔데요."

"하나마나 한 얘기야. 내 감상을 한마디로 말하라 하면 괜히 시간낭비만 했다는 뉘우침이 있을 뿐이다."

"그건 나도 동감이오."

이사마와 성유정은 맥주 홀에나 가서 목을 축였으면 하는 욕망이 없지 않았으나 조스가 기다릴 것 같아서 곧바로 여관으로 돌아가기로 했다.

이사마와 성유정이 여관으로 돌아가 몸을 씻고서도 한 시간이나 지나 조스가 돌아왔다. 조스는 미국 문화원에 가서 통역 한 사람을 구해

데리고 강연장에 갔었다고 하고, 주최측으로부터 녹음 테이프를 얻어 오느라고 시간이 늦었노라고 했다.

"통역을 데리고 갔으면 강연 내용은 알고 있겠군."

성유정이 말했다.

"당신들을 귀찮게 하지 않을려고 비싼 돈 들여 통역까지 사가지고 간 거니까 걱정하지 말라."

고 해놓고, 감상이 어떻더냐는 성유정의 질문을 받곤

"졸렬하기 짝이 없더라."

며 이런 이야기를 했다.

"첫째, 연출이 돼먹지 않았다. 돼먹지 않았다기보다 연출이 전연 없었다. 강연회 벽두에 노래가 있어야 하는 법이다. 애국가 말고 무슨 신나는 노래, 아리랑이라도 좋고 광주 독특한 민요라도 좋다. 노래를 통해 일체감을 만들어놓고, 연극을 할 때 각본을 꾸미듯 연사가 내용이 서로 중복되지 않게끔 대사를 나누는 거야. A는 공화당 정부의 성립과정을 비판적으로 설명하여 근본적으로 레지티머시를 부정하는 연설을 하며, B는 부정부패의 목록을 제시하여 상세한 설명을 붙이고, C는 현 정권이 실패한 정책을 열거하여 설명하고, D는 정보정치의 월권 상황을 신랄하게 파헤치고, E는 행정상의 결점을 일일이 지적하고, F는 마지막으로 민중당의 비전을 제시하는 거다. 우리가 정권을 잡으면 어떤 방식으로 민주화할 것인가, 경제적인 번영을 어떻게 이룩할 것인가, 국민의 기본권에 대한 포부, 그리고 남북통일의 비전에 대한 것 등을 구체적이며 신이 나는 방법으로 호소하는 거다. 내용의 중복을 피하고 강한 호소력을 갖게 하려면 이처럼 세밀한 각본을 짜야 하는데 그러지 못했기 때문에 지루하고 산만한 강연회가 되어버렸다. 요컨대 민중당의 두뇌는 수준 이하라는 얘기가 된다. 연사 개개인은 용기 있고 박력이 있어 좋았는데 전체의 구성은 엉망이다. 가장 큰 실수는 오늘이 6·25가 터진 날이란 사실을 상기시켜, 그 사실로써 청중을 퍼세틱하게 만들도록 하는 사회자의 은근한 연출력이 있었어야 했던 것인데 언급조차 하지 않았다. 그런 정도의 당이 철벽 같은 군사정권을 상대로 승리를 기할 수 있으리라곤 도저히 생각할 수가 없던데."

"미스터 조스를 민중당이 고문으로 모셨으면 좋았을걸."

성유정이 빈정댔다.

"내가 고문으로 앉기만 하고, 당이 내 자문에 충실히 응하게만 된다면 줄잡아 4년 이내로 민중당이 정권을 잡을 수 있게 될 거다."

조스는 농담 같지 않게 이렇게 말해놓고

"강연회 도중 한일협정 비준반대에 따른 의원직 사퇴 문제에 관해 공개질의서를 하겠다고 해서 한때 소란이 있었는데 어떻게 된 거냐."

고 물었다.

부득이 이사마가 그런 소란이 있게 된 이유를 설명하지 않을 수 없게 되었다.

1965년 8월 11일로 거슬러 올라가야 한다. 그날 밤 11시, 국회 한일문제특별위원회에서 공화당은 정부가 제안한 한일협정 비준동의안을 야당의 격렬한 반대를 무릅쓰고 정부 원안대로 강행 통과시켰다.

이에 격분한 야당은 이튿날인 12일 결의에 의해 소속의원 사퇴서를 국회에 제출했다. 그러나 박순천 민중당 대표위원이 제출한 61명의 사퇴서를 공화당이 수리하지 않았다. 이런 사태를 미리 짐작하고 민중당 의원총회는

"사퇴서가 수리되지 않을 땐 민중당 의원은 개별적으로 탈당을 불사

한다.”
는 결의를 했었다.

그런데 민중당 의원들은 자기들의 결의를 짓밟고 공화당이 의원직 사퇴서를 반려하자 김준연 의원을 선두로 할 수 없다는 듯 국회에 출석했다. 다만 윤보선·서민호·김도연·윤제술·정일형·김재광·정성태·정해영 등 여러 명의 의원은 탈당이란 방법으로 의원직 사퇴의 방침을 관철했다.

이사마의 설명을 들은 뒤 조스가 물었다.

“그 후 그 사람들은 어떻게 되었는가.”

“서민호 씨를 제외한 일곱 명은 윤보선 씨를 중심으로 신한당을 만들어 대정부 강경노선을 채택하게 되었다. 서민호 씨는 당신이 이미 알고 있는 바와 같이 종래의 보수주의 정치노선을 수정하여 혁신정당을 만들었다.”

“의원총회에서 결의한 대로 61명의 의원이 총사퇴를 했더라면 한일협정 비준이 어떻게 되었을까?”

“국회의 특별분과위원회에서 강행 통과시켰으니까 공화당은 일단 국회에서 통과시켰겠지. 그러나 그 양상과 결과에 있어선 의미가 달랐을 거다.”

“아무튼 탈당한 의원들의 태도가 옳지 않았는가.”

“자기들의 결의에 충실했으니까 옳은 태도라고 할 수가 있지. 그러나 그 수가 워낙 적고 보니 도리어 이단시당하고 있는 형편이다.”

조스는 무언가를 한참 생각하고 있더니 불쑥 이런 말을 했다.

“데모크러시가 우중정치라는 일면을 갖게 되는 사정 설명으로써 적절한 예가 되겠군.”

그리고 덧붙였다.

"한국에선 야당이 자라기가 힘들겠다. 박정희란 존재가 어째서 있게 되었는가를 알 수 있을 것 같다."

민중당의 강연회엔 실망했지만 조스는 광주라는 도시와 시민에 대해선 각별한 애착을 갖게 된 모양이었다.

광주 학생 사건 얘기를 들은 때문도 물론 있었겠지만 그 이튿날 오지문 씨와 알게 되어 오지문 씨의 초대를 받은 자리에서 광주의 노기老妓를 통해 본격적인 판소리에 깊은 감동을 받은 것이다.

자기의 딸이 로열발레단의 일원인 조스는 음악에 대해선 보통 이상의 조예를 가지고 있었는데 비연이란 이름의 노기가 부른 판소리를 듣곤

"이것이야말로 진짜 성악이다."

하고 감동을 감추려 하지 않았다.

조스는 또한 미국 문화원에서 알선한 통역을 통해 광주의 학생들과도 접촉을 가졌는데 그 학생들을

"총명하고 진취성 있는 청년들."

이라고 칭찬하고 있었다.

이래저래 조스는 후일 광주를 두고

"내가 극동에서 방문한 적이 있는 중소도시 가운데서 광주는 가장 매력 있는 도시였다."

고 쓰게 되는 것이다.

6월 25일 장충체육관에서 있었던 세계선수권 권투시합에선 김기수 군이 이탈리아의 벤베누티를 판정으로 이겼다. 성유정 씨는 광주에서 그 소식을 듣고 어린아이처럼 좋아했다.

감격 없는 나날이었기 때문에 그런 감격만이라도 아쉬웠던 것이다.

미로의 황혼

광주에서 돌아오자 K당의 중진이랄 수 있는 사람으로부터 이사마에게 전화가 걸려 왔다. 편의상 그 사람을 채씨라고 해둔다.

채씨는

"내일 시간이 있거든 저녁식사라도 같이 하자."

고 했다.

뜻밖의 일이라서 이사마가 물었다.

"무슨 일이오."

"옥고도 치르고 했는데 진작 문안도 못 하고 해서 미안해서 그러오."

"미안할 것 없소. 바쁘실 텐데 이 다음 기회로 합시다."

이사마는 공손하게 거절했다.

채씨는 한때 이사마가 출강하고 있던 모 지방대학의 경제학 교수였는데 5·16 후 K당에 스카우트된 사람이었다.

"그러시질 말구 내일 오후 7시까지 S장으로 나오시오. 오래간만에 우리 회포나 한번 풀어봅시다."

"내겐 풀어야 할 회포도 없소. 무슨 용무가 있으면 몰라도 그렇지 않다면 나는 사양하겠소."

그러자 채씨가 말했다.

"만나서 의논해야 할 긴한 용무가 있습니다."

"전화로 하면 안 되나요?"

"전화로썬 안 됩니다."

그래서 하는 수 없이 S장으로 나간 것인데 방에 들어갔을 당초부터 이사마는 기분이 잡쳤다.

보료를 깔고 팔받이까지 하고 병풍을 배경으로 채씨는 앉아 있으면서 이사마에겐 턱으로 그의 앞자리를 가리켜 앉으라고 하곤 손을 내밀어 악수를 청해 왔던 것이다.

그 손을 잡긴 했는데 뱀 꼬리를 잡는 기분이었다. 얼른 손을 빼고 용무부터 듣자고 했다.

"성미가 꽤나 급하시군. 술이나 들며 천천히 합시다."

며 옆에서 시중을 들고 있던 마담더러 빨리 술상을 들여놓으라고 했다. 이사마는 기회를 놓쳤다. 마음은 일어서야 하는데 몸을 일으킬 수가 없었다. 앉은 자리가 마음에 안 든다는 이유는 내세울 수가 없었기 때문이다.

"이형, 요즘 뭘 하시오."

"하루 놀고 하루 쉬지요."

"그것 참 팔자 좋은 신분이군요. 나는 바빠서 눈코 뜰 사이가 없소. 국회에 참석해야지, 당의 일을 봐야지."

이사마는 잠자코 담배에 불을 붙였다. 채는 혼자서 지껄였다. 야당인사 모모를 비난했다간 학생들의 기풍이 돼먹지 않았다고 투덜대고 이어 신문기자들의 타락을 개탄했다가…….

그러고 있는데 요리상이 들어왔다. 따라 들어온 마담이 물었다.

"술은 뭘로 하실까요."

"내 좋아하는 것 있지, 왜."

채가 신경질적으로 말했다. 그래도 마담이 말뚱말뚱 바라보고만 있자

"조니워커를 몰라? 조니워커 블랙 레벨을 가지고 와."

하고 소리를 높였다.

"아가씨는 둘만으로 좋겠지요?"

마담이 말하자

"있지 왜, 그 여대생이란 아이. 그리고 적당한 아이 하나면 돼. 사람이 둘인데 아가씨 둘이면 그만이지 뭘 말이 많아."

하고 채가 나무랐다.

술이 들어오고 아가씨들도 들어왔다.

아가씨들에게 대하는 채의 태도는 도도하기 짝이 없었다.

"벙어리야? 이름이 뭐고."

아가씨 하나가 자기 이름을 말하며 고개를 꾸벅했다. 귀련이란 이름이었다. 다른 하나는 이름을 대지 않아도 채는 챙기지 않았다. 그 아가씨가 바로 여대생일 것이라고 이사마는 짐작했다. 동시에 김선의 말을 상기했다. 김선은 그런 곳에 나오는 여대생은 대강 가짜라고 했다.

"너희들, 이 선생님을 잘 모셔야 헌다. 전에 신문사 주필을 하신 어른이여."

채는 제법 위엄 있게 말했다.

신문사 주필을 한 사람도 내 아랫자리에 앉아 있다는 사실을 알아라 하는 듯한 말투라고 이사마는 느꼈다.

"자아, 한 잔 하슈."

채가 잔을 건넸다. 그 잔에 귀련이 술을 따랐다. 이사마는 그 술잔을

받아 입에 대지도 않고 놓았다.

채는

"요즘 기생 아이들 매너가 틀렸다."

며 몇 가지 얘기를 늘어놓더니 이사마가 그냥 놓아둔 술잔을 보곤

"쭉 한 잔 하고 잔을 돌려요."

했다.

이사마는 그 술을 퇴주그릇에 비워버리고 빈잔을 채에게 돌렸다.

"왜 그러오. 이 술 마음에 들지 않소?"

"난 요즘 술을 안 합니다."

"허 참, 말이 콩을 싫어하고 개가……."

하더니 말고 채가 정색을 했다.

"이형, 그러지 마시오. 오래간만에 만났는데 그럴 수가 있소."

"컨디션이 안 좋은 걸 어떻게 하오."

이사마의 말이 퉁명스럽게 되었다.

채는 이엔 아랑곳 않고 요즘의 경제 문제를 들먹이며 장광설을 시작했다. 수출이 급격하게 증가되었다는 것, 월남 파병에 따른 미국의 경제원조가 풍성하다는 것, 한일협력으로 인해 명년쯤엔 우리 경제가 크게 발전할 것이라는 등을 들먹이고 있더니

"천재야. 진짜 천재야, 그 어른은."

하고 혼자 감탄하고 혼자 고개를 끄덕였다.

"뭣이 천재란 말요."

"모든 방면으로 천재지만 특히 경제에 관해선 대천재요."

이사마의 반응이 없자

"경제기획원 장관도 재무장관도 그분 앞에 가면 선생 앞에 제자처럼

되거든. 명색이 나는 왕년의 경제학 교수지만 그분 앞에 가면 머리가 수그러져."

하곤 채가

"그분이야말로 중흥의 영주란 말에 합당하오."

하기에 이사마가 물었다.

"중흥, 중흥 하는데 전흥前興이라고 할 만한 시대가 있기라도 했나?"

"중흥이란 말이 뭣하면 번영의 창시자라고나 해야 하겠지."

"민족의 태양은 어떻구."

이사마는 서대문 형무소와 혁명재판소 사이를 왔다갔다 했을 때 광화문 네거리에 세워진 선전탑에 씌어져 있던 '민족의 태양'이란 글귀를 상기한 것이다.

"민족의 태양이라고 할 만도 하지."

하고 채는 유연히 술잔을 입으로 가지고 갔다.

"그럼 이승만 박사는 민족의 달쯤이나 되나?"

"이승만 같은 건 문제도 안 되지. 이승만은 노망한 노인이 아닌가."

"당신 한창 자유당을 위해 일한 적이 있지 않소. 그럼 노망한 노인이 이끄는 당을 지지했단 말인가요?"

"그건 아니지. 우리 젊은 의욕으로 그 당을 올바른 방향으로 이끌려고 했던 것이니까."

채는 이승만 시대 공공연한 자유당 프락치였다. 민주당을 사기꾼의 집단이라고 공언하고 학원 내에 자유당을 지지하는 서클을 만들려고 무진 애를 쓰기도 했다. 자유당이 무너지고 어용교수란 딱지가 붙어 대학에 있을 수가 없게 되자 부산 어느 구에선가 입후보하기 위해 민주당의 공천을 받으려고 아득바득했다. 이사마는 당시 신문사에 있었기 때문에 그런 사정을 소상하게 알고 있었다. 그런데 공천을 받지 못한 게 다행이었다. 그 덕택으로 K당의 중진이 되고 전국구 의원이 될 수 있었으니까.

채는 계속 그의 칭찬을 늘어놓았다. 일본 군대에 있으면서도 광복군을 도운 독립투사이며 애국자였다는 것이다.

반론할 자료가 있었지만 이사마는 잠자코 있기로 했다. 빨리 이 술자리에서 빠져나갈 궁리를 했다.

채의 얘기가 일단락지어졌을 때 이사마는 바쁜 원고가 있기 때문이라고 핑계를 대고 일어서려고 했다.

채가 만류했다. 용무를 말하지 않았다는 것이다.

"그 용무란 걸 들읍시다."

"이형의 생활은 곤란하지요? 그 생활에 보탬이 될까 싶어서이기도 해서 말을 하는 거요. 내가 곧 사회문제연구소를 만들 작정인데 이형이 그 연구소의 간사역을 맡아주면 어떻겠소."

이사마는 어이가 없었다. 사람을 어떻게 보고 있길래 이 따위 소릴 하나 싶으니 분격이 목구멍까지 치밀어 올랐다. 그래도 거절하기 위한 온당한 말을 찾고 있는데

"재정 문제는 넉넉합니다. 이형에게 매달 10여 만원의 생활비는 공여하도록 하겠소. 일이래야 계간으로 해서 잡지 하나 발행하자는 것이오." 하는 채의 말이 있었다.

요즘 국회의원 사이에 정경문제연구소니 경제문제연구소니 하는 연구소 만들기가 유행처럼 되어 있다는 말을 들은 적도 있고 해서 이사마는 냉소하는 기분으로 되었으나 듣는 데까지 상대방의 얘기를 들어두자는 배짱이 생겼다.

"요즘 사회 문제가 어수선하지 않습니까. 요컨대 사회의 병리적인 부분을 파헤쳐 그 해결책을 강구해보자는 거죠."

"연구를 담당하는 연구원은 몇이나 됩니까."

"그런 데 관심을 가진 사람들을 전부 연구원으로 하는 겁니다."

"그럼 규모가 굉장히 크겠구먼."

"연구소의 규모를 크게 할 필요야 없지요. 그시그시 필요에 따라 제목에 따라 연구를 위촉하고 원고를 받아내면 되는 것이니까."

"결국 잡지사를 하자는 거로군요."

"잡지사완 약간 성격이 다르지. 그 책을 팔아 돈을 벌자는 건 아니니까. 요컨대 연구 실적을 잡지 형식으로 발표하면 되는 거니까요."

이사마에게 짚이는 게 있었다.

"그러면 그 잡지를 그 어른이 보나요."

"그 어른이 흥미를 느껴 읽어보도록 만들어야죠."

하고 채는 많은 연구소가 간판을 걸고만 있지 이렇다 할 실적을 만들지 못하고 있다며, 자기는 실적 위주의 연구소를 만들겠다고 했다.

요는 그렇게 하여 '그 어른'의 관심을 끄는 동시 점수를 따야겠다는 속셈일 것이 뻔했다.

"그런데 현재 연구소의 스태프는 어떤 사람들이오."

"지금부터 시작하려는 것인데 스태프가 있을 까닭이 있습니까. 이 선생이 승락하시면 이 선생이 스태프가 되는 거죠."

"그런 중대한 일을 맡을 자격이 내겐 없는데요."

"이 선생의 실력은 천하가 다 아는데 자격이 없다는 것이 말이 됩니까. 그 어른도 이 선생이 참여하고 있다는 걸 알면 좋아하실 겁니다. 부산에 있을 때 서로 아는 사이라면서요? 이 선생이 누명을 씻을 좋은 기회이기도 합니다."

이사마는 더이상 참을 수가 없었다.

"누명이라니 그게 무슨 뜻이죠?"

"이형은 괜한 고생을 하지 않았소? 아는 사람은 그게 억울하다는 사실을 다 알고 있지만 이 선생을 잘 모르는 당국의 사람들은 그 일로 해서 아직도 오해하고 있거든요. 그 어른이 이형을 위해 뭔가 해드리고 싶어도 그 때문에 주저하고 계실지 모르는 일 아닙니까. 차제에 한번 발벗고 나서는 겁니다. 이형의 그 솜씨로 사회의 병리를 파헤쳐 근사한 해결 방법을 제시해보는 거죠. 그렇게만 하겠다면 나는 결심하고 이 선생의 신분을 보장해드리겠소."

이형이라고 했다가, 이 선생이라고 했다가 하는 말버릇부터가 괘씸하기 짝이 없는데 이제 신분을 보장하겠다는 말까지 나오고 보니 가만있을 수가 없었다.

"여보시오, 채 의원."

돌연 이사마가 정색을 하고 이렇게 부르자 채의 얼굴이 일순 긴장했다.

"나는 당신의 보호를 받고 싶지 않소. 내겐 씻을 누명도 없소."

술상을 뒤엎어버릴까 하는 충동이 없지 않았지만 가까스로 참고 이사마는 조용히 일어서서 나왔다. 그때 채가 무슨 소리를 지껄이기라도 했더라면 한바탕 수라장이 벌어졌을 것인데 다행하게도 채는 아무 말도 안 했다.

S장에서 나온 그 길로 이사마는 김선의 요정으로 갔다. 채로부터 받은 모욕감을 지니고 그냥 집으로 돌아갈 수 없었던 것이다.

종업원의 전갈로 현관까지 마중 나온 김선은 표정만으로도 무슨 일이 있었다는 것을 감지했는지 창황하게 이사마를 별관에 있는 내실로 안내해놓고 물었다.

"무슨 일이 있었수?"

"무슨 일이 있었겠소. 술이나 한 잔 주시오."

"술이야 드리겠지만 도대체 무슨 일이 있었는지 궁금한데요."

"별일 없었다니까."

"아녜요. 나는 알아요. 반드시 무슨 일이 있었어요."

"술이나 마시며 얘기하죠."

김선이 인터폰을 들더니 간단한 술상을 장만하라고 시켰다.

그 인터폰은 전엔 없던 물건이었다.

"자꾸만 문명화가 되는군."

"일일이 왔다갔다 하기가 귀찮아서 설치한 거예요."

"그럼, 이 방에도 손님을 받소?"

"천만에요. 아무리 손님이 넘쳐도 이 별관은 다치지 않을 방침을 그대로 고수하고 있어요."

"오늘도 손님이 꽤 많은가 보더군."

"항상 그렇고 그렇죠."

"그렇게 돈 많이 벌어갖고 어쩔 참이지?"

"아닌 게 아니라 그게 걱정이에요."

하고 웃곤 김선이 물었다.

"조스 씨는 떠났나요?"

"내일 떠나."

"그럼 오늘 이리로 데리고 오실걸."

"그렇지 않아도 그게 후회스럽소."

"그렇다고 해서 후회할 것까지야 없잖아요?"

"조스를 데리고 이리로 왔더라면 당하지 않을 꼴을 당했으니까 하는 말이오."

"무슨 꼴을 당했다는 거요?"

"사실은 조스를 데리고 이리로 올려고 했지. 그런데 엉뚱한 친구로부터 전화가 왔어. 긴급한 용무가 있다며 같이 술을 하자는 거라. 거절을 했지. 그런데 대단히 긴한 얘기가 있다는 거라. 하는 수 없이 S장으로 갔지. 가서 톡톡히 망신을 당했어."

"망신을 당하다뇨?"

"얘기하기도 싫어."

"혼자 끙끙 앓고 있는 것보다 털어놓는 게 정신위생상 좋지 않을까요."

"맹숭맹숭 해갖곤 말 못 하겠어."

"그럼 조스 씨를 이리로 부르면 어때요. 차를 보낼 테니까요."

"자동차를 샀소?"

"하나 마련했어요."

"그런데 왜 그런 말이 없었지?"

"쑥스러워 어떻게 그런 말을 해요. 좋으시다면 이 선생의 지프차와 바꿔 드려도 좋아요."

"무슨 찬데?"

"포드 중형이에요."

"새차?"

"물론 새차죠."

"내 형편에 그런 자동차 못 타."

"왜요."

"수입원이 없는 자가 그런 호화차를 타면 의심받지 않겠소. 내 형편엔 지금 이 지프차도 과분해."

"자동차 문제는 차차 얘기하기로 하고 조스 씨를 불러요."

"지금쯤 성유정 선배와 어울려 있을 텐데 어디로 갔는지 알아야지."

하다가 이사마는 조스가 어디로 가건 호텔의 프런트에 행선지의 전화번호를 알려두는 버릇이 있다는 것을 깨달았다. 아니나 다를까 호텔의 프런트가 조스의 행선지를 알려주었다.

그 전화번호로 다이얼을 돌리고 성유정 씨를 불러달라고 했더니 성유정 씨가 나왔다.

"이리로 오실 수 없을까요?"

했더니 성유정은

"우리는 두 사람이고 이 주필은 혼자 아닌가. 이 주필이 이리로 오라."

고 했다.

"여긴 김선 씨 집인데 김선 씨가 조스를 보고 싶다는데요."

"그러나 곤란한데."

하고 성유정은 조스가 어느 아가씨에게 홀딱 반해갖고 떨어지기 싫어하는데 어떻게 하느냐는 것이다.

"그러니 이 주필이 이리로 와. 떠나기 전에 할 말이 있는 모양이다."

"할 말이야 공항에서 하면 되겠지만."

하고 성유정의 말을 전하자 김선이

"이 선생이 그 집을 알면 저도 같이 가겠어요."

라고 했다.

"김선 씨가 그리로 가겠대요."

이사마가 말하자

“조스에게 대한 거룩한 전별이 될 거라.”
며 성유정은 대환영이었다.

전화를 끊고

“손님들은 어떻게 하고 외출을 하려는 거냐.”
고 이사마가 물었다.

“사장은 이래서 좋은 거예요. 행동의 자유가 있으니까요.”
하고 김선은 인터폰을 들더니 술상 준비를 중단시키고 자동차를 별관 뒷문에 갖다 대라고 일렀다. 그리고 덧붙이길

“내 어디 좀 갔다온다고 윤 마담에게 귀띔해둬요.”

윤 마담이란 북창동에서 ‘라 세느’를 경영하던 사람이다.

이런저런 일이 있고 보니 기분 나빴던 감정이 말쑥이 가셨다. 쑥스러운 얘기를 안 하게 된 것만도 홀가분한 기분이었다. 그 얘기를 한대도 전연 다른 빛깔로 할 수 있을 것이었다.

조스와 성유정이 있는 곳은 다동에 있는 해남장이었다. 지프를 보내버리고 김선의 자동차를 타며 이사마가

“바로 다동인데 자동차를 탈 것까지야.”
했을 때 김선이

“사실을 말하면 조스 씨를 만나기보다 이 자동차를 타고 싶어서 서둔 거예요.”
하곤

“나도 상당히 속물이죠?”
하며 웃었다.

문등 아래서 보아도 자동차의 베이지색이 잡스럽지 않아 좋았다. 쿠션도 안락했다. 포드 중형의 신차이면 상당한 값일 거라는 생각이 들었

지만 얼마나 주고 샀느냐곤 묻지 않았다.

"무리가 되지 않으면 호사스러운 것도 좋은 일이다."

하다가 이사마는 놀부 근성을 감추지 못해 물었다.

"이 차 혹시 그 계통에서 나온 것 아뇨?"

"그 계통?"

하며 김선이 피식 웃곤

"이용은 했죠, 이 차 들여올 때. 그러나 돈은 제가 냈어요. 그런데 부탁이에요. 앞으로 절 더럽게만 보지 마세요. 한번 결심했다면 다신 그 길론 가지 않으니까."

"한 바퀴 돌까요?"

운전사가 한 말이다.

"내가 속물이라니까 기사까지 나를 그렇게 취급해? 곧바로 다동으로 가요."

하며 김선이 살큼 이사마를 꼬집었다.

조스는 취안이 몽롱해 있으면서도 김선이 들어서자 부신 듯 일어서서 손을 내밀어 악수를 청하곤 자리에 앉아 옆에 있는 아가씨를 소개했다.

"연화라는 이름이오. 로터스 플라워, 얼마나 아름답소. 마음은 얼굴보다 더 아름답답니다."

"모처럼 제가 이사마 선생을 통해 초대했는데 애인이 생겨 안 온다기에 질투가 나서 왔어요."

라고 했다. 이사마가 그대로 통역했다.

조스는

"그게 플라토닉 러브와 지상적인 사랑이 다른 점이오."

하고 킬킬댔다.

"이 주필은 S장으로 간다더니 어찌 거기 가 있었지?"

성유정이 물었다.

"S장에선 30분쯤 있었을 뿐인데요."

"거창한 사람을 만나 기껏 30분."

"무슨 곡절이 있었던 모양이에요."

김선이 이사마 대신 말했다.

"무슨 곡절."

이사마는 거리낌 없이 S장에서 있었던 일을 말할 수 있었다. 이사마의 얘기를 마저 듣자 성유정이 흥분했다.

"그래 그 녀석을 가만두고 왔어? 뺨이나 한 대 갈기고 와야지."

성유정의 언성이 높았다. 조스가 무슨 일이냐고 물었다.

성유정이 떠듬떠듬 설명을 했다.

그러자 조스가 이사마에게 얼굴을 돌렸다.

"미스터 리는 그 사람을 본시부터 알고 있었지?"

"물론."

"그 사람의 됨됨도 알고 있었지?"

"알고 있었다."

"그렇다면 미스터 리가 잘못한 거다. 그런 덴 절대로 가지 말았어야 해. 우리 영국인은 절대로 그런 초대에 응하지 않는다. 나는 미스터 리를 그렇게 보지 않았는데 듣고 보니 허무한 사람이군. 그런 사람에게 그렇게 보였다는데도 스스로 책임을 느껴야 해. 당연히 결투감이다. 명예가 뭔지 아는 사람이면 결투를 해야 해. 법률이 금하고 있다는 게 문제 될 것 없어."

조스가 흥분하자 성유정이 반대로 냉정해졌다.

"미스터 조스, 영국 사람은 개나 돼지를 상대로 결투를 하는가?"

조스가 멍청해졌다.

"그자는 개나 돼지와 마찬가지 족속이다. 뺨이나 얌전하게 갈겨줄 상대이지 결투할 상대는 못 돼."

이때서야 성유정의 말뜻을 알아들은 모양으로 조스는

"그럼 개에 물릴 뻔했다가 모면했다고 치고 술이나 들자."

며 자기의 잔을 높이 쳐들었다.

그러나 조스의 말은 이사마를 침울하게 했다. 잠깐 반짝 갰던 하늘이 다시 흐려진 것 같은 기분이었다.

조스의 말따라 채가 같은 인간으로부터 그런 대접을 받을 정도로 보였다면 그 책임은 확실히 자기 자신에게 있는 것이다.

'놈에게 그런 정도로 보였을까.'

새삼스럽게 분노가 끓어올랐다.

그런 이사마의 기분을 눈치챈 성유정이 조스가 연화에게 그림을 그려주고 있는 사이 낮은 소리로 말했다.

"잊어버려, 이 주필을 그렇게밖엔 못 보는 그자가 불쌍한 거다. 두고 봐. 그자는 즈그 패거리 속에서도 밀려나고 말 테니까. 보다도 그런 패거리를 문제할 것도 없다. 오늘 그 자리에 간 것이 잘못일 뿐이다. 앞으로 조심하면 돼. 자, 술이나 들어."

술자리에선 한마디도 안 하던 김선이 마포 아파트까지 이사마를 데려다 주는 차 안에서 이런 얘기를 했다.

"요즘 K당의 국회의원들 가운덴 연구소를 만드는 사람이 많아요. 그걸 미끼로 기업체에서 돈을 뜯어내는가 봐요. 간혹 그런 술자리가 있어서 안 사실인데요. 그런데 대강 그런 연구소란 것은 무엇을 연구하는

데 목적이 있는 게 아니고 단 한 사람에게 잘 보일려고 하는 데 목적이 있는 것 같애요. 아더메치란 말 아세요? 아니꼽고, 더럽고, 메스껍고, 치사스럽다는 뜻이라나요? 그 중에 괜찮은 사람이 왜 없을까만 대부분이 아더메치에요. 이런 세상은 아마 얼마 가지 못해요. 오래가서도 안 되구. 하나같이 성실한 데가 없고, 한 사람의 눈치나 보며 그저 한탕할려구만 아득바득하는 꼴을 보면 정말 구역질이 날 지경이에요. 그러니까 장사하긴 쉽지요. 그 심리에 편승해서 돈만 벌면 되니까……."

이사마는 한쪽 귀로 흘려들으며 자기의 생각만을 좇았다. 전형적인 아더메치형을 그려낼 수만 있다면 통렬한 한국 현대사를 꾸밀 수 있을 것인데 하는 마음을 골똘하게 더듬고 있었다.

자동차가 아파트에 가까워졌을 무렵 김선이

"이 선생님."

하고 불렀다.

이사마는 그녀의 이어질 말을 기다렸다.

"이 선생은 그따위 인간이 매달 10만 원쯤 주겠다고 꼬실 수 있게끔 남에게 초라한 꼴을 보이며 살고 있어요?"

"천만의 말씀, 나는 가난하긴 해도 궁하진 않소. 내 돈으로 산 것도 내 돈으로 운영하는 것도 아니지만 자가용을 타고 다니는 팔자요. 알면서 당신은 왜 그런 질문을 하지?"

"분해서 그래요."

"……."

"어때요. 이 선생님, 잠시 외국에 가 계시면. 영국이나 프랑스에 가서 대학원에 적을 두고 공부를 하셔도 좋고, 놀아도 좋구요. 아무래도 국내에 있으면 자극이 강해서 안 될 것 같애요. 이 선생이 남에게 깔뵌다 싶으니, 아니 그런 경우도 있다 싶으니 전 견딜 수가 없어요. 외국에 가계시도록 하세요."

"……."

"여권 같은 건 제가 어떻게 만들어볼게요. 조스 씨와 의논해서 초청장만 장만하면 으쓱해 있는 사람들을 구슬려 여권을 만들 수 있을 거예요."

이사마는 슬그머니 화가 났다.

"가만 보니 김선 씨가 나를 깔보고 있군. 나는 외국에 안 갑니다. 누가 날 깔본다고 해서 치명적인 자극을 받을 그렇게 의지가 약한 사람도 아니오. 나는 나를 위해 김선 씨가 웃지 않아도 될 웃음을 남에게 보여야 할 경우가 있을 것이란 생각만 해도 딱 질색이오."

흥분한 바람에 모처럼 아파트까지 데려다 준 김선에게 고맙다는 말도 안 하고 이사마는 차에서 내렸다.

그날 밤 이사마는 일기에 다음과 같이 썼다.

그자를 비난할 것 없다. 비난을 받아야 할 사람은 바로 나 자신이니까. 문제는 오늘 밤의 모욕을 잊지 말아야 한다는 것이다. 다시 그와 같은 모욕을 받지 않기 위해서도 나는 오늘 밤의 모욕을 잊지 말아야 한다. 그리고 나 자신이 할 일은 K당적 인물의 하나의 전형으로서 그자를 형상화하는 데 있다. 그자의 이마·눈·코·입·귀·목덜미, 보료를 깔고 버젓이 앉아 있는 모습을 발자크의 수법으로 그릴 것. 그 사실성이 완벽할수록 그자의 그로테스크한 면목이 확연할 것 아닌가. 그로써 관상학적인 자료가 되며 인간감별에 있어서 도움이 될 것이 아닌가…….

이렇게 쓰고 있으니 다시 분노의 불길이 가슴속에 이글거렸다.

이사마는 눈을 감고 그 분노의 불길을 진정하려고 애썼다.

'너는 일제시대 일본인으로부터 모욕을 받은 적이 없었는가?'

그러나 그건 전 민족이 함께 당한 수모라고 생각하고 소화할 수가 있었다.

'너는 일본의 병정으로 끌려갔을 때 갖가지 고난을 당하지 않았던가.'

상대방은 거개가 무식한 사람들이었다. 그 틀에 조여들기만 하면 누구나 벗어날 수 없는 그러한 환경이었다.

'혁명재판에서 그처럼한 수모가 있었는데 그자로부터 당한 모욕은 그처럼 참기 어려운가.'

혁명재판은 전쟁에 비유할 만한 극한상황이다. 그 속에서 움직이는 검찰관이나 재판관은 이미 제정신을 가지지 못한 어떤 메커니즘의 톱니바퀴나 다를 바가 없었다. 그러니 재판관에게 개인적인 감정을 가질 수가 없다. 가져서도 안 된다.

그런데 채가의 경우는 다르다.

그는 나를 개인적으로 모욕했다. 인격적으로 멸시했다. 만일 내가 그자를 허용한다면 그것은 오로지 나의 비굴한 심성을 증거하는 것뿐이다.

그러나 참기로 했다. 그런 자가 큰소리치고 살 수 있는 게 지금의 사회풍토라면 나는 망명할 수밖에 없다고 결심했다. 망명이란 외국으로 도피하는 것만을 뜻하는 것이 아니다.

사랑할 것을 사랑할 줄 알기 위해선 미워할 것을 미워할 줄 알아야 한다. 그런데 채가라는 자는 과연 미워할 수 있는 대상이라도 되는 인간일까. 미워할 대상도 못 된다. 그런 뜻에서 성유정 선배는 썩 좋은 말을 했다.

—개나 돼지를 상대로 결투를 하겠는가.

그렇다. 나는 그자를 개나 돼지로서 취급할밖에 없다. 그렇더라도 그자가 초대했대서 그 자리에 간 나 자신을 나는 용서할 수가 없다…….

조스는 떠났다.

성유정 씨는 부족한 사업 자금을 마련하기 위해 시골로 갔다. 지리산 밑에 얼마 남지 않은 자기 소유의 임야를 팔 작정인가 보았다.

집안사람, 특히 성유정 씨의 재산을 관리하고 있는 사람은 썩은 개값밖엔 받지 못할 임야를 팔아서 뭘 할 거냐고 반대하고 있는 모양이지만 성유정 씨는 땅을 사유한다는 사상 자체가 전 시대적인 것이라고 이전에 말한 바 있는데 이번 기회에 그것을 실천하겠다는 것이다.

나는 성유정 씨의 그 사상에는 전적으로 동감이다. 자기 손으로 농사를 짓고 임야를 가꾸고, 혹은 그 땅을 스스로 이용할 수 있으면 모르되 그렇지 못할 경우엔 꼭 그 땅을 필요로 하는 사람에게 넘겨주는 것이 옳은 일이다.

조스가 없어지고 성유정 씨가 떠나고 나니 서울은 이사마에게 있어선 텅 비어버린 것이나 다를 바가 없다. 가끔 K신문에 있는 Y군이나 불러내어 세상 물정을 안주로 하여 대포술을 나눌 뿐이다.

채가와의 일이 있은 지 일주일쯤 지났을 때이다. K신문의 Y군으로부터 전화가 왔다.

"언젠가 인사를 한 KYK란 사람 기억하시죠?"

"기억하지."

"그 사람이 이 주필과 저녁식사라도 같이 하자고 합니다."

그 말에 이사마는 의아한 느낌을 가졌다. KYK란 사람은 정부의 유력한 기관의 모 국장의 보좌관이었다. 그런 사람이 '어떻게' 하는 심정이었던 것이다.

"꼭 만나야 하나?"

"보다도 그런 사람은 저편에서 청이 있을 때 만나두시는 게 여러 모로 좋을 것입니다."

이사마는 채와의 사이에 있었던 일을 상기했다. 불쾌한 꼴을 되풀이하기가 싫었다.

"무슨 일인지 몰라도 내키지 않는데."

"거북한 일은 없을 겁니다. 이 주필이 쓴 작품을 읽었답니다. 그래서 꼭 만나보고 싶다는 겁니다. 보다도 그 사람은 보통의 그런 사람이 아닙니다. 인간성이 활달한 사람입니다."

Y군의 말엔 원래 허튼 것이 없다. 이사마는 KYK의 첫 인상을 상기했다. 유력한 기관에 있는 사람에게 특유한 묘한 내음 같은 게 전연 없었다. Y군의 말처럼 활달하고 보다 좋게, 보다 훌륭하게 자기의 직무를 수행하려는 열의가 있는 사람으로 보였다.

이사마는 KYK란 사람을 만나기로 하고 이튿날 저녁으로 시간과 장소까질 정했다. 장소가 반공개적인 살롱이었다는 것이 우선 이사마의 마음에 들었다. 그런 곳에서 심각한 내용의 담화가 있을 수 없기 때문이다.

K는 인사 끝에

"이 선생의 글은 잘 읽었습니다. 억울한 감정이 잘 나타나 있더군요. 그런데 바로 그 점을 오해하는 사람들이 있어요. 오해한다기보다 억지로 오해하려고 한다고 말해야 옳겠지요. 그러나 그런 데 신경 쓰실 필요는 없습니다. 앞으로도 좋은 글 많이 쓰시도록 하십시오."

하고 정중하게 술을 권했다.

그 말에 이사마는 K의 성의를 느꼈다. 이사마는 격의 없이 문제가 된 그 작품에 대해 자기의 소신을 이야기했다.

호스티스가 옆에 있어도 무방한 화제들만 골라 무난한 얘기가 오갔다. 가끔 음담패설이 섞이기도 했다.

마담이 끼어들자 K는 이사마를 소개하며

"내가 가장 존경하는 작가."

라고 하고 마담을 가리켜

"참으로 훌륭한 숙녀."

라고 했다.

K와 마담은 서로 친숙한 모양으로 그 자리에 없는 여러 사람들의 소식을 전하며 농담을 섞어 웃었다.

마담의 말이 있었다.

"이분은 전연 그런 데 있는 분 같지 않아요. 같이 있으면 마음이 편안해지거든요."

마음이 편해진다는 마담의 말에 수긍할 만했다. 이사마의 마음에 거리낌이 없었으니까.

마담과의 얘기가 어쩌다 그당시 폭로된 한비 사건韓肥事件으로 번졌다.

K는

"이 사건은 순전한 형사 사건인데 정치 사건으로 다루려는 경향이 보이니 유감스럽다."

고 하고

"정치하는 사람이 청렴해야 할 것인데 그렇지 못하니 우리가 하는 일에 가끔 회의가 생긴다."

고도 했다.

"그런 생각을 가졌다면 단호하게 밀고 나가야 할 게 아닐까요?"

마담은 살롱을 경영하는 여자답지 않은 강한 어세로 말했다.

"저와 같은 말단에 있는 사람 마음대로 됩니까, 어디."

K는 부끄러운 듯 말꼬리를 흐렸다.

마담과 K와의 대화에 귀를 기울이며 이사마는 K라는 사람의 인품을 알 수가 있었다. 솔직하고 활달하고 꾸밈이란 전연 없었다.

호스티스를 다루는 매너에 있어서도 부자연한 구석이 전연 없었다. 환심을 사기 위한 것 같은 수작도 없었고 억지로 너그러운 것처럼 태도를 조작하는 것도 아니고 그저 보통으로 가끔 재담을 섞어가며 대하는 것이다.

마담이 자리를 뜨려고 하자 K는

"앞으로 이 선생님이 가끔 오시게 될 텐데 그럴 땐 각별히 조심해서 모십시오. 아는 사람은 알겠지만 멋쟁이란 소문이 높은 분입니다."

하고 장난 같지 않게 부탁했다.

마담이 떠나고 나자 K는 한바탕 마담을 칭찬하는 말을 하고 나서 돌연 화제를 바꿨다.

"이 선생, 일본의 언론인과 문화인은 우리나라의 제반사에 대해 지나친 혹평을 하고 있습니다. 그 원인이 어디에 있을까요."

"나는 근래 일본의 신문이나 잡지에 접할 수가 없어 그들이 무슨 소릴 하는가를 전연 모르고 있습니다만, 일본엔 민주주의가 상당히 발달하고 있는 모양이니 그 발달된 척도로써 보면 우리나라가 하는 짓을 혹평하게도 될 것 아니겠습니까."

"그렇다고 해서 남의 나라를 마구 욕한다는 건 있을 수 없는 일 아닙니까."

"그들이 무슨 소릴 하건 신경 쓸 것이 아니라 우리가 잘하면 될 게 아닙니까. 그들이 욕을 했다고 해서 우리도 덩달아 욕을 한대서 무슨 보람이 있을 것도 아닙니다. 실적을 보여줘야지요. 우리나라가 민주화, 요즘 흔히 말하고 있듯이 근대화를 위해 성심성의 노력하고 있으면 그들도 태도를 바꿀 것입니다. 설마 그들이 없는 사실을 허위날조해서 욕하진 않겠지요."

"아닙니다. 허위사실을 예사로 날조합니다. 아무것도 아닌 일을 가지고 침소봉대식으로 과대 선전하기도 하구요. 이를테면 북한에서 우리를 비난하면 그 비난의 내용 그대로 우리를 비판하는 겁니다."

"구체적인 사실을 전연 모르니 뭐라고 할 수 없네요."

"이 선생은 일본의 신문이나 잡지를 읽지 않습니까?"

"어떻게 읽습니까. 구할 수가 없는데."

"그러시다면 내가 책을 보내드리죠. 참고로 읽어보십시오. 이 선생 같은 분은 그런 사정을 꼭 알고 계셔야 하니까요."

이사마는 자기의 생각을 정직하게 말해보고 상대방의 반응을 보아야겠다고 마음먹었다.

"나는 한동안 신문사에 있어 보았기 때문에 일본 기자들과 접촉한 경우가 있어 그들의 마음먹이를 대강은 압니다. 그들은 모두 민주언론인으로서의 자부를 가지고 있는 거지요. 그런 자부를 가진 사람들이라면 5·16 같은 사태엔 생리적인 혐오를 가지게 될 것이 확실합니다. 그들은 한국의 정부를 5·16군사정부의 연장으로 보고 있는 게 틀림없습니다. 그런 까닭에 한국 정부를 싫어하는 겁니다. 잘하는 건 눈에 보이지도 않고 아니, 볼 생각도 않고 사사건건 험만 찾으려고 드는 거죠."

"그래서 이 선생은 일본의 언론이 취하고 있는 태도를 당연하다고 보시는 겁니까?"

"당연하다고는 보지 않지만 불가피하다고는 봅니다."

"나로선 듣기 거북한 말씀이지만 선생님의 말씀엔 일리가 있는 것 같습니다."

"장군의 의견과 철학자의 의견이 일치되는 나라가 소련과 북한을 제외하고 있을 수 있는 일입니까."

"난 장군이 아닌데요."

"나도 철학자는 아닙니다. 요컨대 나라가 잘 운영될려면 국민의 사상이 각양각색이란 것을 용인한 위에 정치가 이루어져야 하리라고 믿습니다."

"그것도 정도 문제 아니겠습니까."

"그런 문제에 정도가 있어선 안 되겠지만 남북으로 분단돼 있는 우리 같은 사정에선 정도를 고려해야지요."

"이 선생은 목하 우리나라에서 긴급하게 필요한 게 뭐라고 생각합니까."

"언론의 자유라고 생각합니다."

"그것도 정도 문제 아닐까요?"

"백 퍼센트 언론자유가 되면 국민 모두가 활달하게 됩니다. 옳은 언론이 부각되게 마련이지요. 유언비어가 없어집니다. 권력자들이 언론을 두려워하게 됩니다. 자연 정치가 깨끗해지게 되는 거죠. 지금의 최대 폐단은 권력층의 부패가 아닙니까? 두려워해야 할 아무것도 가지지 않으니까 권력 내부에 부패가 생기게 되는 겁니다. 부패가 없어 보십시오. 국민은 권력을 신뢰하게 됩니다. 이윽고 그 신뢰관계를 유지하려고 애쓰게 됩니다. 그 염원과 의지를 바탕으로 국민이 단합하게 되는 거죠. 그런 뜻에서 언론의 자유가 가장 중요한 일입니다."

"그건 이상론 아닙니까?"

"그 문제를 이상론이라고 보고 치우려는 데 커다란 위험이 있는 겁니다. 그것을 이상론이라고 하지 말고 가장 긴요한 현실론이라 치고 노력해야지요."

"어려운 문젭니다."

"이 정권의 체질로 봐서 어려울 것입니다."

"그렇습니다. 정권의 체질상 언론의 자유는."

하다가 말고

"괜히 어려운 얘기가 돼버려 아가씨들이 심심하겠구나."

하며 K는 호스티스들에게 술을 권했다.

"우리에겐 관심 쓰시질 말고 토론을 하세요. 그런대로 재미가 있는 걸요."

지적인 분위기를 가진 한 여성 호스티스가 말했다.

"그런데 한 가지 여러분에게 주문이 있어."

이렇게 시작해놓고 술잔을 비우더니 K가 말했다.

"당신들에겐 해당이 안 되는 말이길 바라지만 요즘 한국의 여성들이 너무나 싸구려로 몸을 일본인들에게 맡기는 것 같애. 일본인과 상종하지 말라는 얘기는 아냐. 이왕 몸을 팔려면 비싸게 팔아요. 일본 갔다 온 사람들에게 들은 얘기지만 일본에서 살 수 있는 여자는 그야말로 형편없는 여자들인데 엄청나게 바가지를 씌운다더군. 그나마 터키탕 같은 데 가지 않으면 구경도 못 한다더라. 한국 여성들도 좀 정신을 차렸으면 싶어."

마음의 탓인지 호스티스들의 얼굴이 긴장하고 있었다.

이사마도 한마디 안 할 수 없었다.

"경제 사정이 나아지면 차차 여성이 위엄을 갖추게 되는 겁니다. 패전 직후 일본의 경제는 여자의 육체로써 번 달러로 지탱했다지 않습니까. 요코하마에 관광객을 태운 배가 들어오면 브라스 밴드를 앞세우고 젊은 여성들이 부두에 도열해서 마중을 했답니다. 시장이 나가서 환영사를 하구요. 심지어는 화족華族의 부인이나 딸 가운데서도 육체를 파는 여자가 나왔다지 않습니까. 경제가 번영하고 모두의 생활 정도가 나아지면 자연히 해결될 문제입니다. 개개의 여성이 정신을 차린다고 해서 될 일이 아니거든요. 유럽에서도 한때 여자의 정조를 빵 한 근과 맞바꾸었다니까."

그러자 K는 자기가 세계의 곳곳을 돌아보며 견문한 그 방면의 이야기를 하기 시작했다.

완전히 술자리다운 분위기가 되었다.

그 살롱을 나온 것은 10시쯤이었다. K는 조용한 곳 한 군데만 더 가자고 이사마를 C호텔의 스낵바로 데리고 가서 구석진 자리를 잡았다.

"사실을 말하면."

하고 K가 그 자리에서 꺼낸 얘기는

"이 선생을 어느 곳에서 부르자는 움직임이 있었습니다. 그 사실을 우연히 내가 알게 되었죠. 내가 반대했습니다. 이 선생의 작품을 통해 어느 정도 이 선생의 인간을 알았다는 자신을 가지고 있었으니까요."

하는 것이었다.

"나를 부르자고 한 이유가 뭐였습니까."

"이 선생이 반정부적인 사상을 가지고 있다는 말을 한 사람이 있습니다."

"혹시 그 사람은."

하고 이사마는 채의 이름을 댔다.

K는 약간 주저하는 빛을 보이더니 물었다.

"그 사람과 최근 무슨 일이 있었습니까."

이사마는 채와의 사이에 있었던 경위를 처음부터 끝까지 사실 그대로 설명했다.

K는 시종 진지하게 듣고 있더니

"알았습니다."

하곤 다음과 같이 말을 보탰다.

"그런 사람의 말만으로 이 선생을 부르려던 것은 아닙니다. 이 선생이 쓴 작품이 한동안 우리 회사에서 문제가 되어 있었습니다. 갑론을박 끝에 문제삼지 않기로 낙착되었는데 그 사람의 보고가 있었기 때문에 그렇다면 한번 조사를 해보자로 된 것입니다. 이제 이 선생의 말씀을 듣고보니 석연해졌습니다. 조금도 걱정하실 필요가 없습니다."

하이볼 한 잔씩을 하고 C호텔을 나서며 K는

"이런 일이 있었다고 해서 불쾌하게 생각하지 마십시오. 아까 이 선생이 체질이란 말씀을 하셨지오? 그 체질상 부득이한 일입니다. 아무튼 우리는 최선을 다해 나라의 안녕질서를 유지하려고 애쓰고 있으니까요. 그러다 보니 지나친 점이 없을 수 없을 겁니다. 시기가 시기인 만큼 우리 회사 같은 회사도 있어야 하지 않겠습니까."

이사마는 K의 손을 잡고 진심으로 말했다.

"충분히 이해하겠습니다."

"그러시다면 아까 말씀하신 그런 일은 잊으십시오. 그런 사람도 있다는 사실만은 잊지 마시구. 좋은 작품 기대하겠습니다."

K의 말은 간곡했다. K가 잡아준 택시를 타고 집으로 돌아오며 이사마는 되풀이해 생각했다.

'채 같은 녀석이 활개를 치고 있다는 것은 이 정권에 망조가 들어 있다로 되는 것이고, K 같은 일꾼이 많다고 하면 이 정권에 장래가 있다로 되는 것이다.'

부패의 구조

한비 사건이 터졌다.

울산에 요소 공장을 짓고 있던 한국비료회사가 공장 건설 자재를 가장하여 사카린 원료인 OTSA 2천4백 포대를 몰래 가지고 들어와서 시중에 팔려다가 덜미가 잡힌 것이다.

1966년 9월 15일자의 각 신문은 이 사건을 대대적으로 보도했다.

한비의 고위간부를 구속 문초 중이란 것이며 한비의 사장까지도 입건할 계획이라고 하고 수사반은 법인체인 한비 전체가 이 밀수사건에 직접 관여했다는 증거가 드러난 이상 관세법 210조의 양벌규정을 적용, 사장도 처벌을 면할 수 없을 것이라고 했다.

김병화 수사반장은 이 밀수사건에 법인체인 한비가 직접 관련 공모했다는 증거로써 다음과 같은 사실을 제시했다.

① 신슈마루 선장이 제시한 적하 목록엔 '사카린'이 'YO2400'으로 표시되어 있는데 압수된 한비의 장부엔 이 품목 표시가 삭제되어 있었다는 점.

② 한비가 사카린과 함께 들여온 건축자재는 9월 10일에야 전체 통

관되었는데 신슈마루 편으로 들여온 물품 중 사카린이 든 화물은 5월 14, 15 양일에 사전 출고되었으며 한비의 장부에도 사전 출고되었음이 적혀 있다는 점.

이 사건은 일반 시민에게 적잖은 충격을 주었다. 한국 최대의 재벌이 밀수까지 감행한다는 것은 상도의의 문제를 넘어 이 나라의 경제 체질에 대한 심각한 의혹을 유발하게 된 것이다.

"그러나."

하고 박인섭 씨는

"두고 봐. 유야무야하고 말 거라."

며 피식 웃었다.

박인섭 씨는 성유정 씨의 대학동기로서 경제학을 전공한 사람으로 한때 대학에서 경제학 강의를 한 적도 있었고 이사마가 주필로 있었던 신문의 경제논설을 쓴 적도 있었던 사람이다. 이사마가 신문사에 있을 때 경제 문제에 관해선 주로 이 사람의 자문을 받았다. 정확하고 예리한 경제학자로서 정평이 나 있기도 했다.

박인섭 씨가 한비 사건이 유야무야하고 말 거라고 한 것은 박 정권과 재벌의 유착관계를 뜻하는 것이기도 했다.

박인섭 씨는 이어

"이번에 나타난 사건은 어쩌다 빙산의 일각이 터진 격이 될 것이며, 그 밀수한 부분은 관에 바칠 뇌물용일 것이다."

고 단언하고

"그러지 않고서야 지난 5월에 적발된 사건이 지금에사 문제가 되었겠느냐. 그건 신문 폭로에 대한 미봉책일 뿐."

이라고 했다. 그리고 덧붙이길

"지금 한국의 재계와 정계는 조직적으로 부패해가는 과정에 있다."

이사마는 그 부패의 실태를 설명해달라고 졸랐다.

"진실한 역사는 경제사라야 한다고 말한 사람이 있어. 이 주필, 그게 누군지 알겠소?"

박인섭이 물었다.

"내가 알 까닭이 있소, 경제의 문외한이."

"이 주필, 당신이 좋아하는 마르크 블로흐의 말이오. 그는 이렇게 말했지. 경제 사정에 대한 이해를 바탕으로 쓰여지지 않은 역사는 수박을 겉으로 핥는 거나 마찬가지다. 나는 옳은 말이라고 생각해."

"역사의 핵심에 경제를 둔 사람은 바로 마르크스 아닙니까."

"그렇지. 그러나 마르크스는 경제주의에 너무나 치우쳐. 아무튼 이 주필이 기록자가 되려면 경제 사정에 관한 공부를 해야 할 거요."

"나는 부패의 구조만 알고 싶소."

"부패의 구조라, 멋진 테만데?"

"멋진 테마이긴 해도 그걸 어디 발표할 수 있겠소?"

"안 돼지, 서대문에 들어갈 각오 없인."

"그러니까 나에게만 가르쳐주슈."

"가르쳐줄 만한 구체적 사실을 모르니 답답해. 밀실에서의 거래니까."

"경제학자의 직관이란 것은 있지 않겠소."

"그거야 있지."

"그걸 말해달라는 겁니다."

"S라는 사람 알지?"

"알지요."

"그 사람 졸부가 된 사실도 알지?"

"듣곤 있지요."

"그 사람이 어떻게 해서 졸부가 되었겠는가. 우선 그것을 연역하면 부패의 구조의 제1분자식은 파악할 수 있겠지."

하고 박인섭 씨는 가설이라고 전제하고 다음과 같은 얘기를 했다.

S는 원래 무일푼의 사나이다. 그 사람이 가지고 있는 것은 어떤 권력자와의 친분관계다.

권력자는 이권을 분배할 수 있는 권능을 가지고 있다. 뿐만 아니라 수많은 이권을 손아귀에 쥐고 있다. 그러나 그 이권을 본인이 행사할 순 없다. 결국 특정한 재벌에 주어야 한다.

재벌 사이에 경쟁이 붙는다.

권력자는 그 재벌의 선정을 S에게 맡긴다. S는 리베이트의 액수에 따라 재벌을 선정한다.

그 리베이트는 상당수의 주식과 상당액의 현금이다. 그 현금을 나눠 갖기로 하고 권력자는 S가 선정한 재벌에게 이권을 준다. 이런 행위가 되풀이되는 동안에 S는 졸부가 되고 권력자도 상당한 돈을 축적하게 된다. 이것이 부패의 원초적인 형태이다.

지금 한창 진행되고 있는 부패의 구조 가운데 일본과의 유착이 있다. 한일협약에 의한 경제협력자금이 8억 달러라면 줄잡아 2억 달러는 정치자금으로써 일부가 일본으로 환원되고 일부가 한국 권력층의 사용私用으로 된다.

이 밖에 상업차관에 따른 5퍼센트 내지 7퍼센트의 리베이트, 또는 커미션이라고 불리는 부패의 구조가 있다.

미국이나 유럽에서 플랜트를 들여올 때도 마찬가지인 부패의 구조가 있다. 발주에 필요한 차관액의 8퍼센트 상당의 돈이 특정 정당이나 특정인의 호주머니에 들어가게 돼 있다.

"이 결과 경제의 외형만 늘어나 얼핏 눈이 부시지만 내실은 비게 된다. 극소수인은 졸부가 되고 국민 대부분은 빈털터리가 된다. 외채만 가득 짊어지는 꼬락서니가 된다. 지금 GNP가 1천 달러 가깝다고 선전하지만 우리가 짊어진 외채를 감안하면 내실은 5백 달러도 안 된다는 얘기가 된다."

"그렇다면 경제의 번영은 무망한 노릇이 아니오?"

"특정 재벌 권력층의 경제 번영은 되겠지. 하기야 그들만 번영하면 되는 것이니까. 그런데 문제는 더욱 심각하다. 고위층의 부패를 알고 있는 중위층은 각기 기술껏 부패의 구조를 만들어나간다. 기강확립이니 서정쇄신이니 하는 바람에 치이는 것은 피라미들이다. 수억 원의 돈을 부정한 수단으로 긁어모으는 바로 그 사람이 하급공무원들의 청빈을 강요하고 있는 것을 보면 가관이다."

"언젠가는 그런 부정이 탄로나고야 말 것 아닌가."

"탄로나겠지. 그런데 그런 부정거래에 따른 증거는 그때그때 소각해 버리는 모양이야. 하지만 국제적인 부정은 일본이나 미국에서 터져나와. 미국의 권위 있는 연구소의 조사통계에 의하면 5·16을 주동한 인간들의 축재 총계는 나라의 재산 3분의 1 이상을 차지한다고 하고 이 정권이 이대로 10년간 계속하면 나라의 재산 반 이상을 차지하게 될 거라고 추측하고 있어. 얼마 전 미국의 모 주간지는 한국의 실력자가 미국에 가서 쓰는 돈이 매일 평균 5만 달러가 넘는다는 기사를 쓰고 있더구먼."

"천인공노할 일 아닌가."

"그러나 우리 국민들의 건망증은 볼 만해. 다음에 선거가 있으면 그들이 또 당선할 테니까."

"국민들이 몰라서 그렇지, 안다면야 그렇게 되겠는가."

"정확하게 구체적으론 몰라도 지각 있는 국민들이면 대강 눈치는 채고 있을 것 아닌가. 그런데도 별수 없을 거니까 두고 봐요."

한비의 밀수사건은 확대되기만 했다.

사카린 말고도 변기·전화기·표백제 등을 밀수한 사실을 일본 정부가 확인한 것이다. 당시의 도쿄발 합동통신은

"사카린을 밀수입하여 혼란을 일으켰던 한국비료회사는 일본의 미쓰이물산으로부터 비료 플랜트를 수입할 때 수세변기 1천2백 세트, 전화기 1만 6천 대, 표백제 1백 톤을 합쳐 수입해 갔다는 사실이 일본 정부에 의해 밝혀졌다. 일본 참의원 상공위에서 일본사회당의 후지다 의원이 이러한 사실에 대해 명확한 답변을 하라고 따지자 다카시마 통산성 중공업 국장은 수세변기는 사택 1천 호에 사용, 표백제는 상수도용으로, 전화기는 공장 확대라는 명목으로 신청되어 한비가 수입해 갔다고 하면서, 보통 한국에서 물품을 수입할 때엔 부대설비품이 많은 것이 특색이므로 충분한 검토를 하지 않고 허가하였다고 답변했다."

이 한비 사건이 기상천외한 해프닝을 일으켰다.

국회 본회의에서 밀수사건에 대한 대정부 질의가 진행되고 있던 9월 22일, 한독당 소속 김두한이 발언 도중

"이 나라의 모든 부정과 부패를 옹호하고 있는 현 내각은 마땅히 피고 취급을 받아야 한다. 나는 행동으로써 부정과 불의를 규탄하겠다."
고 고함을 지르고

"사카린이나 처먹어라."
며 사카린을 각료석을 향해 뿌린 다음 깡통 속에 담아온 똥오줌을 살포했다. 똥오줌을 각료석에 살포하며 김두한이 외쳤다.

"이건 선열의 얼이 담긴 파고다 공원의 공중변소에서 퍼온 것이다. 놈들 정신차려라!"

각료석에 앉아 있다가 난데없이 똥오줌을 뒤집어쓴 정일권 총리·장기영 부총리·김정렴 재무장관·박충훈 상공장관·민복기 법무장관 등은

"이와 같은 폭언과 폭행을 당하고는 정부의 권위와 위신을 세우며 국정을 보좌할 수 없다."

는 이유로 사표를 제출했고 김두한은 의원직을 잃고 국회모욕·공무집행방해 등의 죄목으로 구속되었다.

그 해프닝이 있던 날 이사마는 일부러 파고다 공원에 나가보았다. 신문의 가판을 손에 들고 저마다 말이 있었다.

"역시 김두한은 김두한이다."

"거짓말하는 아가리엔 똥이 들어가야지."

등등의 말은 있었지만 김두한을 비난하는 말은 그곳에서 듣지 못했다.

이사마는 한국의 의정사에 어떤 의미로서건 남을 사건이라고 보고 그날의 일기에 기록하기로 했다.

화순탄광에서 광부 12명이 매몰된 사건이 있었던 날이다. 그날은 11월 5일 토요일이었는데 서정귀 씨를 통해 내무장관 엄민영 씨로부터 이사마에게 만나자는 전갈이 왔다.

"이 주필, 엄민영 장관은 훌륭한 사람입니다. 오늘 청운각에서 같이 저녁식사를 합시다."

하는 서정귀 씨의 전화였다.

이사마는 얼마 전 채가와의 일이 있었기 때문에 되도록이면 그런 계통의 사람들관 만나지 않으려고 했지만 서정귀 씨의 말을 거절할 수는 없었다. 사실을 말하면 이사마는 엄민영이란 사람에게 호감을 가질 수

가 없었다. 6·3 학생데모를 진압한 방식이 지나친 데도 원인이 있었거니와 그가 곧잘 내세우는 '지식인의 양심'이란 얼토당토 않은 언동이 불유쾌했기 때문이기도 했다.

청운각은 청운동에 있는 아담한 요정이다. 이사마는 몇 번인가 그 집에 드나든 일이 있어 그집 주인인 아마니란 노파완 친숙한 사이였다. 빈번히 고관들이 드나드는 집인데도 주인 노파는 아무런 지위도 돈도 없는 이사마에게 차별대우를 안 했을 뿐 아니라 이사마의 술자리에 오래 머물러 앉아 세상 돌아가는 얘기를 곧잘 하곤 했었다.

약속된 시각인 6시에 이사마는 청운각에 도착했다. 엄민영과 서정귀는 아직 오지 않았다며 주인 노파가 자기 방으로 이사마를 안내했다.

그 방엔 추사의 병풍이 있었다. 주인 노파는 몇 번을 들어도 자꾸만 잊어먹는다며 병풍의 글 뜻을 풀이해달라고 했다. 목은 이색의 시를 행서로 쓴 것이어서 그런대로 풀이할 수가 있었다. 만일 초서였더라면 큰일날 뻔했다는 생각이 마음 한구석에 있었다.

이색은 이사마가 한반도의 문장가로선 고금의 역사를 통해 제1인자로 잡고 있는 어른인 만큼 이색의 시에 대해서 다소의 소양이 있었던 것도 다행이었다.

엄민영 씨와 서정귀 씨가 왔다는 소리에 주인 노파가 이사마를 그 방으로 안내하고 나서 인사가 끝나기 바쁘게 대뜸 이런 말을 했다.

"추사의 병풍을 샀을 때 그 글 뜻을 두어 번 듣긴 했어도 곧 잊어버려 그럴 만한 손님이 있으면 모셔다가 풀이를 청했는데 우리집 손님치고 한 분도 그 병풍의 뜻을 아는 사람이 없어 우리 청운각을 한심하게 생각하고 있었는데 오늘 이 선생이 와서 그 뜻을 아주 알기 쉽게 풀이해 주지 않았겠소. 앞으론 우리 청운각이 그럴 만한 손님을 모시기도 했다고 자랑할 수 있게 되었소."

"이 주필이 한문도 잘했던가?"

서정귀의 말이었다.

"어쩌다 아는 글을 만났을 뿐입니다."

그런 것으로 칭찬을 듣는 것이 쑥스러워 이사마는 얼굴을 붉혔다.

"두 분은 처음이지. 내 소개를 하지."

하고 서정귀는 엄민영을 다음과 같이 소개했다.

"엄민영은 대구고보 출신이오. 박 대통령이 대구사범에 다닐 때 한동안 하숙생활을 했는데 그때 같은 하숙집에서 만나게 되었소. 엄 장관은 구주제대를 나와 고등문관 시험에 합격해선 해방 직전엔 무주 군수를 하고 있었소. 친일파라고 할 수 있지만 그땐 어디 그런 걸 가릴 수가 있었겠소. 머리는 기막히게 좋은 사람이지. 민주당 정권 땐 참의원을 하고 있었고, 그래 어찌어찌 박 대통령을 다시 만나게 되어 지금은 아주 단짝이야."

그러곤 이사마를 소개하고 나서

"두 사람 다 머리가 좋은 사람들이니까 서로 친할 만할걸."

하며 술을 들자고 했다.

엄민영은 정치가 또는 행정가라고 하기보단 학자풍이었다. 말이 간결하고 조리가 있었다.

몇 마디 서로 주고받곤 엄민영이 물었다.

"이 선생 혹시 『정경연구』란 잡지 본 적이 있습니까?"

"없습니다."

이사마는 정직하게 말했다. 어쩌다 신문의 광고를 통해 그런 잡지가 있다는 것은 알고 있었지만 읽어본 적은 없었다.

"그것 유감이군요."
하고 엄민영은 정경연구소를 만든 경위와 『정경연구』란 잡지를 내게 된 이유를 설명했다.

"서 의원을 통해 이 선생 얘기를 듣고 그 잡지에 참여해주실 수 없을까 하고 오늘의 자리를 만든 겁니다."

엄민영이 잔을 이사마에게 내밀며 한 말이었다.

이사마는 강한 거절이 있어야겠다고 마음을 먹었다.

"나는 정치와 경제엔 전연 문외한입니다."

"문외한이긴."
하고 서정귀는
"명주필로 날린 사람이 정치와 경제에 문외한일 수가 있느냐."
며 정경연구소에 참여하도록 열심히 권했다. 그래도 이사마는
"사람은 자기의 분수를 알아야 할 것이 아닙니까."
하고 버텼다.

"단순한 잡지를 만드는 일만이 아니라 정경연구소는 장차 등용할 인물의 풀이기도 해요. 적극적으로 참여해서 나쁠 것이 없을 텐데."

서정귀는 자꾸만 아쉬워했다.

"아직 『정경연구』를 보지 못했다니까, 그걸 한번 읽으시고 마음을 정하시죠, 뭐."

엄민영은 화제를 돌렸다.

그 후론 이사마는 가만히 앉아 술만 마시고 있으면 되었다. 두 사람 사이에 오가는 얘기가 흥미로웠던 것이다.

이름을 노골적으로 들먹이고 하는 말은 아니었지만 이사마는 엄민영이 김 모란 사람관 서로 불편한 사이라는 것을 짐작했다.

"경솔해."

"경박해."

"인기만으로 되는 것은 아니거든."

"각하에게 대한 태도에 석연치 않은 점이 있어."

"모든 영광은 각하에게, 모든 수고는 내가 하는 진지하고 성실한 태도가 있으면 좀 좋겠는가. 그 자리가 누구에게 가겠는가."

"독주를 해서 되겠는가."

"그 사람의 적이 너무 많아."

"각하도 그자의 한계를 알고 있어."

"엄 장관은 각하의 정치선생 아닙니까. 그자의 독주를 막도록 경각해야 할 거요."

"계속 그 자리에 놓아두었다간 각하의 당이 안 되고 말 것 같애."

"동기와 시기를 잘 선택해서 끊어버려야 하오."

"그자는 나를 끊어버리려고 하는데?"

"어림도 없다. 각하가 그자의 말을 들을려구?"

"그자는 당중 당을 만들고 있어. 주로 당의 사전조직을 담당했던 사람들인데 그 결속이 상당히 강한 것 같애."

"각하의 말씀 하나면 그만일 텐데, 뭐."

이사마는 의기상투하고 있는 것 같은 두 사람의 말을 들으며 박 정권의 비극이 벌써 내부에서도 싹트고 있구나 하는 것을 느꼈다.

다시 화제가 바뀌었다. 이번엔 베트남 문제였다. 베트남 파병으로 얼마나 많은 이득을 보고 있는가를 엄민영이 설명했다.

"존슨이 각하를 존경하는 태도가 역력해. 5개년계획에 지원을 확약하기도 하고, 만일 한반도에 일이 나기만 하면 달려오겠다고 했으니까.

아무튼 대성공이오."

하고 엄민영은 활달하게 웃었다.

베트남 파병에 반대 의사를 가지고 있는 이사마로선 듣기가 거북한 말이었다. 엄민영 정도의 지성이 있는 사람으로선 할 수 없는 말이라고까지 생각되었다. 일단 정권의 수레바퀴 속에 끼이고 나면 지성이 마비되는 것인가 보다.

일본 중의원이 곧 해산될 것 같다는 얘기 끝엔

"다음 선거엔 더 많은 친한파 의원이 당선되어야 할 텐데."

란 말이 있었고, 대재벌에 금융의 특혜가 지나치다는 신문보도에 대해선

"정신 나간 놈들이지. 산업을 발달시키기 위해선 우선 재벌을 육성해 놓아야 하는 것이오. 일본의 메이지유신도 그러했거든. 미쓰이나 미쓰비시가 큰 것은 정부가 도왔기 때문이오. 재벌을 키워놓으니까 그것을 바탕으로 일본이 세계를 상대로 해서 싸울 수 있을 만큼 커진 것이 아닌가. 언론인이 그렇게들 무식해서 어쩔 것인지."

하고 한탄했다.

이사마는 쿠데타를 한 사람은 박정희지만 정권을 이 모양으로 만든 자는 엄민영이 아닐까 하는 생각을 얼핏 해보았다. 그렇다면 부패의 책임도 그에게 있을지 몰랐다.

이사마는 그들의 말이 뜸한 틈을 타서 물어보았다.

"엄 장관께선 10년 후를 어떻게 생각하고 계십니까."

"10년 후?"

하더니 엄민영은

"경제가 대단히 발전할 겁니다. GNP가 2천 달러를 넘어서겠지요. 정권은 안정될 겁니다. 이북의 위협은 거의 없어질 겁니다."

하고 자신만만했다.

"그때까지 이 정권이 연장되는 겁니까?"

"물론이죠. 지금 정권을 맡을 만한 다른 세력이 달리 있습니까? 야당? 야당의 그 꼬락서니 갖곤 어림도 없습니다. 군부의 지지 없는 정당이 이 나라의 정권을 감당할 수 있겠습니까? 선거에 이길 만큼 야당이 어느 하세월에 단합될 수 있겠습니까? 공화당 내에도 후계할 만한 세력도 능력도 없습니다. 당분간 아니 10년 후까지건 20년 후까지건 박대통령의 영도력이 절대로 필요합니다. 만일 본인께서 물러서시겠다고 해도 국민들이 붙들어야 합니다. 그러지 않으면 혼란이 생깁니다. 쿠데타의 악순환이 생깁니다. 공화당 내엔 다른 실력자를 옹립하려는 움직임이 있는 것 같습니다만 가망 없습니다. 설혹 가망이 있다고 해도 그 사람이 나서면 당장 쿠데타가 발생할 겁니다. 그 사람에 대한 군부의 반발은 상상을 못 할 정도입니다."

엄민영이 이처럼 솔직하게 된 데는 서정귀가 소개한 사람이란 데 대한 믿음이 있었겠지만 그렇더라도 지나친 자신이라고 생각하지 않을 수 없었다.

10년 후, 20년 후를 어떻게 그처럼 경경하게 예단할 수 있단 말인가. 위험천만한 사고방식이었다.

지나가는 말로 이사마가 슬쩍 비쳤다.

"헌법엔 재선만으로 되어 있을 것인데요."

"국민이 필요하다면야 헌법 같은 건 얼마라도 바꿀 수 있지 않소."

엄민영이 이렇게 말했고 서정귀는

"혁명을 한 사람들 아닌가."

하고 웃었다.

서정귀는 박정희와 대구사범 동기동창이고 한때 민주당 소속의 국회의원이기도 했다. 5·16 후에도 민주당에 관계하고 있었으나 박과 동기동창이란 우의로써 정치완 손을 끊고 사업을 시작하고 있었다. 그런 만큼 박정희완 스스럼없이 접촉하고 있어 그 내부 사정을 깊숙이 알고 있는 눈치였다.

그러한 서정귀가 소개한 사람이라고 해서 엄민영은 이사마를 서정귀와 같은 계열이라고 보고 서슴없는 얘기를 하고 있는 것이 확실했다. 뒤에 후회하지 않도록 이사마는 자기의 처지를 밝혀둘 필요를 느꼈으나 막상 어떤 말을 해야 할지 몰랐다.

엄민영은

"어차피 3선 개헌을 해야 할 것이지만 지금의 단계로선 그와 같은 발설은 시기상조이다."

라고 했고 서정귀는

"명년 선거에서 개헌선을 확보하고 난 후의 얘기가 아니겠는가."

라고 했다.

"공화당이 개헌선을 넘어서도록 의석을 확보하는 건 문제없다."

고 엄민영은 말했다.

"그래서 엄형을 내무장관에 앉힌 게 아뇨?"

서정귀는 영합하는 듯한 표정을 지으며 덧붙였다.

"엄 장관은 제갈량과 조조를 합쳐놓은 것 같은 인물이니까."

이런 말엔 아랑곳없이 엄민영은

"그러나저러나 문제가 여간 어렵지 않다."

고 하고

"그 사람의 향배가 우선 난문제라."

며 한숨을 쉬었다.

그 사람이 누구일까. 이사마는 신경을 곤두세웠다.

"이른바 주체세력이란 게 산산조각이 난 것도 그 사람 때문이고, 이만큼 터전을 잡을 수 있었다는 것도 솔직하게 말해 그 사람 덕이 없다고 할 수 없고 게다가 숙질간이지 않나."

하는 것을 보면 그 사람이 누군가 하는 것을 곧 짐작할 수가 있었다.

"정치에 그런 걸 신경 써서야."

하고 서정귀는 술잔을 들었다.

"그런데 신경을 쓰는 게 정치 아닌가."

하고 엄민영도 술잔을 들었다.

그 뒤 계속된 이야기로 보아 지금 공화당의 실권을 잡고 있는 사람은 불원 밀려나야 할 운명에 있다는 것을 알 수 있었다. 엄민영의 의사가 박씨의 의견이면 그 사람의 명맥은 조만간 끝나게 되어 있었다. 그 사실을 본인은 알고 있을까 모르고 있을까.

이사마는 결코 자기는 그들관 한속이 아니라는 사실을 완곡하게나마 밝혀둘 필요가 있다고 생각하고 이런 말을 했다.

"항간에선 이 정권의 부정부패가 문제 되어 있던데요."

그런데 엄민영의 대답은 엉뚱했다.

"증류수만으로 강이 됩니까? 정도의 문제겠지만 정치에 부정과 부패는 일종의 필요악이라고 보아야 합니다. 그리고 지금의 상황을 놓고 걱정할 건 못 됩니다. 이 선생, 생각해보시오. 하나의 이권을 놓고 백 명이 경합을 벌이면 거기 네포티즘이 작용할 것은 필연적 사실 아닙니까."

정실情實을 '네포티즘'이란 영어로 대신하니 악의 내음이 살큼 가셔진다. 엄민영이 레토릭修辭術에도 꽤이나 능한 사람이라고 느꼈다.

"항간에선 별의별 유언비어가 나돌고 있는 모양이지만, 물론 야당의 고의적 조작도 있을 것입니다. 별로 대단한 건 아닙니다. 아까 말한 필연적인 네포티즘, 상거래에 따른 국제적인 관행, 중점 정책에 필수적인 부득이한 특혜 등이 빚은 그저 있을 수 있는 현상입니다. 정치는 원래 탁류입니다. 그런 것 걱정할 필요는 없습니다."

부정과 부패를 걱정하지 않아도 된다면 무엇을 걱정해야 하는 것일까 싶었지만 이사마는 더이상 그 문제에 대해선 말을 달고 싶지 않았다.

9시쯤 되었을 때 엄민영의 비서가 들어와 무슨 말인가를 하고 나갔다.

"가봐야겠소."

하고 일어서며 엄민영은

"만나게 되어서 반가웠소."

하는 말과 함께 이사마의 주소를 물었다. 그리고 덧붙였다.

"『정경연구』의 기자를 보낼 테니 한번 만나보시오."

서정귀의 자동차를 타고 돌아오는 길에 서정귀는 엄민영을 극구 칭찬하며

"『정경연구』와 관계를 가져보는 것이 여러모로 유리할 거요."

하고 이사마의 마음을 끌려고 했다.

"고맙습니다. 생각해보지요."

하고 아파트 앞에서 차를 내린 이사마는 깊게 한숨을 쉬고 밤하늘을 쳐다보았다. 아득한 어둠의 저 먼 바닥에 별들이 차갑게 빛나고 있었다. 화순탄광에 매몰된 열두 명의 광부 중에 다섯 명은 구출되었고 일곱 명은 질식사했다는, 아까 자동차에서 들은 라디오 뉴스가 일순 뇌리를 스쳤으나 한갓 센티멘털리즘에 불과했다.

3일 후 한 청년이 찾아왔다. 『정경연구』의 편집을 맡고 있다고 했다.

"『정경연구』의 방향은 어느 정권의 들러리를 서려는 데 있는 것이 아니고 엘리트 발굴에 있다."

며 그는 한아름 안고 온 『정경연구』의 목차를 펴 보이며 이것저것 설명해나가는데 그 설명의 요령과 용어의 선택이 이사마의 마음에 들었다.

『정경연구』와 관계를 맺지 않는다고 해도 이 청년을 알게 되었다는 사실만으로 엄민영과의 만남은 의미가 있었다. 장시간 얘기를 하고 다시 만나자는 약속까지 하고 그는 돌아갔다.

이사마는 그와 교의는 계속 유지하기로 하고 『정경연구』완 관련을 갖지 않기로 마음을 먹었다.

엄민영과의 자리가 있고 난 후 이사마는 박 정권의 장기집권에 관한 여론을 살펴보는 마음으로 되었다.

그런데 이상하게도

"어쨌건 장기집권을 노릴 것은 확실하다."

는 모두들의 의견이었다.

정치에 전연 관심이 없는 사람은

"누가 하나 마찬가진데 장기집권 하라지 뭐."

하는 태도이고, 적극적인 박의 지지파는

"그밖에 달리 도리가 있겠소, 장기집권을 할 수밖에 없다."

는 것이고, 야당에 가까운 사람들은

"장기집권을 허용해선 안 되겠지만 총칼로 쿠데타한 사람이 호락호락 정권을 내놓겠느냐."

는 의견이었다.

이사마는 이것을 중대한 사태라고 보았다. 국민 일반은 박 정권의 장기집권을 받아들일 마음의 준비를 이미 하고 있는 것이나 다를 바 없었기 때문이다.

히틀러 정권의 출현은 국민의 의식 가운데 그런 정권을 받아들일 준비가 되어 있었기 때문이라고 쓴 클로드 데이비드의 글을 이사마는 상기했다.

'원하건 원하지 않건 박 정권은 장기집권을 하려고 서둘 것이다. 그리고 그렇게 되어 갈 것이다.'

하고 모두가 생각한다면 그로써 박 정권 장기집권의 길은 트인 셈이다.

'그럴 까닭이 없다.'

'그럴 수가 없다.'

고 되어 있는 국민의 의식은 쉽사리 뚫을 수가 없지만

'그럴 수밖에 없을 것이다.'

하고 이미 마음의 준비가 되어 있다면 어떤 사건이 발생해도 놀라지 않게 되어 있다는 얘기가 아닌가.

'살라자르'의 포르투갈, '프랑코'의 스페인, '장개석'의 대만 등에 장기집권이 가능했다는 것은, 그런 사태를 예정적으로 받아들이게끔 국민의 의식이 순치되어 있었기 때문이 아닌가.

의식의 순치는 곧 노예화의 징조이다. 처음엔 강제된 노예가 나중엔 노예를 자원하게 되는 것이다.

독재정치의 결정적인 폐단은 바로 이것이 아니겠는가.

이사마는 흐트러져 있는 『정경연구』 잡지를 방 한구석으로 밀어젖혀 놓고 창가에 섰다.

앙상한 나목을 찌푸린 하늘 아래 점철해놓고 1966년도 저물어 가고 있었다.

삭막한 봄

우울할 때면 거의 반드시라고 할 수 있을 정도로 이사마의 뇌리에 떠오르는 시가 있었다. 김광섭의 「어느 해의 자화상」이다.

> 장미를 얻었다가 장미를 잃은 해,
> 저기서 포성이 나고 여기서 방울이 돈다.
> 아침에 나갔던 청춘이 저녁에 청춘을 잃고 돌아올 줄 몰랐다.
> 의사는 칼슘을 권하고 동무는 술잔을 따렀다.
> 드디어 애수를 노래하여 익사 이전의 감정을 얻었다.
> 흰 종이에 힘 없는 팔을 들어 이 해의 꽃을 담뿍 그렸다.

시로써 얼마나 훌륭한 것인가는 평가할 수도, 그럴 필요도 없는 것이지만 이사마에게 있어선 이 시가 언제나 절박한 페이소스를 동반하는 것이다.

'저기서 포성이 나니', 즉 대사건이 있고 보니 여기서 신문 호외를 파는 아이들의 방울 소리가 들린다는 뜻이겠지만 이사마에겐 그것이 역사적인 사건이 있기만 하면 가슴속에 이는 마음의 메아리를 연상케

했다.

'아침에 나갔던 청춘'이 오랜 옥고를 치렀으니 청춘을 잃을 수밖에 없다. 그런 운명이 될 것을 누가 알기라도 했을까.

이사마에게도 칼슘 주사를 권하는 의사가 있었고

"에에라, 한잔하자."

며 술잔을 내미는 친구가 있었다.

그런 까닭으로 하여 이사마는 이 시를 시인의 고도로 증류된 자서전이라고 보았고, 자기의 자서전도 증류하면 그렇게 될 것이라고 감상感傷했다.

그런데 이사마는 스스로 옥고를 치러보기도 전에 이 시에 사로잡혔던 것이다. 그래서 그는 이 시에서 자기의 운명을 읽는 기분으로도 되었다.

우울하기 때문에 이 시가 심상의 표면으로 떠오르는 것인지, 이 시가 심상의 표면에 떠오르기 때문에 그의 기분이 우울해지는 것인지는 분간할 수 없었지만 그날 그때에도 남산 마루에서 이사마는 이 시를 반추하고 있었다.

한 달 전 이사마는 일본에서 온 한 통의 편지를 받았다.

한사코 어머니는 이런 편지를 쓰지 말라는 엄한 분부이셨지만 나로선 이 편지를 쓰지 않을 수 없습니다.

아저씨! 달리 부를 수가 없어서 이렇게 부릅니다. 용서하세요. 어머니는 지금 병석에 있습니다. 아니 위독합니다. 앞으로 열흘을 견딜는지, 일주일을 견딜는지 자신이 없습니다. 이심전심이라고나 할까요. 어머니의 소원은 아저씨를 한 번만이라도 보았으면 하는 것이 아닌가 합니다. 수삼 년 전입니다만 어머니가 한동안 안절부절못했어요. 언제나 침착한 성품의 어머니가 그처럼 당황한 예는 일찌기 본 적이 없었거든요. 물어도 대답이 없으셔서 몰래 살펴보았더니 그 무렵 아저씨가 혁명재판을 받고 있었더군요. 그리고 수년 동안 어머니는 침울하게만 계시더니 어느날 돌연 나를 스키야바시의 고급 음식점에 데리고 가서 실컷 먹으라고 하더군요. 그때 나는 T대학병원의 인턴으로 근무하기 시작했을 때인데 어머니는 그 돌연한 행동을 하게 된 동기를 지도교수로부터 내게 대한 칭찬을 들었기 때문이라고 하더군요. 그런데 그게 아니었습니다. 어머니는 우연한 기회에 아저씨가 출옥한 사실을 안 것입니다. 우연한 기회가 아닐는지도 모르지요. 어머니는 아저씨의 소식을 알기 위해 독특한 루트를 만들어놓고 있었으니까요. ……아저씨 부탁입니다. 어머니가 편안히 눈을 감도록 해주십시오. 알아보니 노스웨스트 항공로가 트여 두 시간 반이면 서울에서 동경으로 올 수 있다고 합니다…….

이 편지를 받고 이사마는 편지 말미에 있는 아오키 히로시靑木弘란 서명을 넋을 잃고 바라보았다.

운명의 장난이라고 쳐버리기엔 너무나 뚜렷한 이름이다. 손을 꼽아 헤아려 보았다. 히로시는 21세의 청년이다. 그의 어머니라고 불린 가즈에一技는 이사마보다 3세의 연상, 그러니까 49세가 되는 것일까. 만일 지금 죽는다면 그녀는 50세를 넘기지 못하고 이 세상을 하직하는 것이다.

이사마는 생각 끝에 높은 자리에 있는 재종형을 찾아갔다. 몸둘 데를 모를 만큼의 부끄러움을 무릅쓰고 그 편지를 재종형 앞에 밀어놓고 편

지를 마저 읽기를 기다려

"형님이 나를 보장하면 여권을 얻어낼 수 있지 않겠습니까."

해보았다.

사실 재종형이 적극적으로 서둘러만 준다면 아니 자기 부하에게 귀띔만 해준다면 수월하게 여권을 얻을 수 있을 것이었다.

"뭘 믿고 너를 보장해."

분명히 그것은 농담이었지만 이사마의 마음에 걸렸다.

"믿지 못할 것은 또 뭡니까."

굳어 있는 이사마의 표정을 보더니 재종형은

"그건 농담이다만 여권은 안 된다."

고 잘라 말했다. 그러곤 덧붙여 말했다.

"저번엔 국제회의의 초청이 있었는데도 보내지 못했는데 이런 문제로 외국에 나갈 수 있다고 생각해?"

"국제회의의 초청 같은 건 아무것도 아닙니다. 이건 내 인생에 있어서 큰일 아닙니까. 형님도 대강 알고 있는 사정 아닙니까."

"사정을 알고 있으니까 더욱 안 되겠다."

"정말 안 되겠습니까."

"명분이 없지 않은가. 이유가 없지 않은가. 옛날 애인 문병 가라고 여권을 내줘?"

"그런데 그게 나에겐 절박한 문제인데 어떻게 합니까?"

"너도 참 딱하구나. 개인적으로 절박한 것이 국가적으로 통한다고 생각해? 위독한 부모님의 병문안을 간다고 해도 그것 가지곤 여권을 발급할 이유가 되지 못한다."

이사마는 처참한 기분으로 되었다. 백번 말해보았자 소용없는 벽을 향해 무슨 소릴 늘어놓는단 말인가. 술이나 한잔하고 가라는 소리를 등뒤로 듣고 이사마는 재종형 집을 나왔다. 어둠이 깔린 거리 위로 차가운 바람이 휘몰아치고 있었다.

그러나 이사마는 포기할 수가 없었다. 동경에 있는 친구 사카키에게 장문의 편지를 썼다. 여권을 내기가 힘들다는 설명을 곁들여 권위가 있는 초청장을 보내달라고 부탁했다. 10일 후에 초청장이 왔다. 사카키의 아우 명의로 된 그 초청장엔 일본에 체류할 동안의 비용을 부담하겠다는 재정보증에 주일 한국대사관의 승인서, 공증사무소의 공증서 그리고 비행기 왕복표까지 첨부되어 있었다. 그러고도 구비서류를 만드는데 일주일이 걸려 외무부의 여권과에 접수시켰는데 그 후 아무런 소식이 없었다.

어느 친구는 이사마와 교제가 있는 고관의 이름을 들먹이며 부탁해보라고 했지만 재종형이 거부한 일을 누구에게 부탁한단 말인가. 어느 친구는 대통령에게 진정서를 제출해보라고 했다. 그러나 일개 개인의 사정을 갖고 대통령에게 진정한다는 것도 이치에 맞지 않았다.

이사마는 어디까지나 공식적인 절차를 밟아 떳떳하게 여권을 얻고 싶었다. 하도 답답해서 외무부 사람들에게 물어도 보았는데 요로에서 통과되지 않으면 외무부로선 가부간 어떤 결정도 못 한다는 것이 아닌가. 그렇다고 해서 '노'냐고 물으면 그렇지도 않다는 것이며 '예스'도 아니라는 것이니 조바심이 났다.

"그럼 언제 결정될 것인가. 되면 되고 안 되면 안 된다는 무슨 결정은 있어야 할 것이 아닌가."

라고 했더니 어느 소식통이

"한 두어 달 기다려보고 안 나오면 안 되는 걸로 알아야지요."

하는 것이다.

요컨대 이사마의 경우는 신원조사에서 통과되질 않았다. 혁명재판을 거쳐 징역을 산 형여자란 경력이 결정적인 원인이었다. 그래도 요행을 바라는 마음으로 있었는데 바로 어제 이사마는 아오키 히로시가 보낸 짤막한 편지를 받았다.

……어머니는 죽었습니다. X월 XX시. 어머니의 유언은 내가 아저씨를 만나선 안 된다는 것이었습니다. 그게 유일한 유언이었습니다. 왜 하필이면 그런 유언을 했을까요. 나는 그것을 아저씨를 꼭 만나보라는 뜻으로 들었습니다. ……

그 편지를 읽었을 때의 이사마의 심정은 삭막하다는 한마디로써 표현할 수 있을지 모른다. 미혼모로서 아이의 아비를 밝히길 거부하고 사생아를 키운 가즈에의 의지에 대해선 갖가지로 추측해본 적이 있기 때문에 새삼스럽게 감회가 있을 까닭이 없었지만, 아들을 대학병원의 인턴 노릇을 할 만큼 키워놓은 마당에 50세를 넘기지 못하고 죽었다는 사실에 대해선 범연할 수가 없는 것이다.

이사마는 도저히 보상할 수 없는 대죄를 지었다는 죄의식을 떨어버릴 수가 없었다. 생시에 한번이라도 그녀를 만났더라면 혹시 그 죄의식을 떨어버릴 수도 있었을 것인데 싶으니 아쉬움과 안타까움이 소리 없는 눈물로 되었다.

이사마는 밤새워 문안을 생각했으나 결국 다음과 같은 짤막한 편지를 썼다.

자네 어머니를 만날 수 있었더라면 얼마나 좋았을까. 그런데 그 뜻을 이루지 못한 건 내 정성이 모자라서가 아니고 어떤 방해 때문이다. 그러나 언젠가는 자네 어머니의 무덤을 찾을 작정이다. 그때 자네를 만나게 될 거다. 현재의 나로선 입술을 깨물고 참을 수밖에 없구나…….

아오키 히로시 앞으로 된 이 편지를 국제우체국에 가서 부쳐놓고 이사마는 이렇게 남산 위에 올라와 있는 것이다.

이사마의 눈 아래에 1967년 2월의 서울이 펼쳐져 있었다. 아직 겨울의 추위에 움츠러든 채 쇠잔한 햇빛 속의 그 풍경은 을씨년스럽기만 했다.

'서울이 을씨년스러운 것이 아니라 나 자신이 을씨년스러운 것이다.' 하는 비애가 뭉클 솟았다.

어떻게 잘못되어 징역살이한 것은 운수소관으로 돌리고 참을 수 있는 일이라고 치더라도 맹숭맹숭한 행정적인 처리로써 여권을 거부당했다는 사실은 충격이 아닐 수 없었다. 여권을 거부당한 신세라는 것은 너는 이 나라의 국민이 아니라고 선고받은 거나 별반 다를 바가 없지 않은가. 하나의 인간이 그 인생의 실수를 보상하려고 하는데 그 안타까운 의지를 이처럼 무참하게 짓밟아버릴 수가 있을까.

'내가 이 나라에 대해 무슨 잘못을 했길래…….'

소외당했다는 사실은 뜻밖에도 원념을 짙게 깊게 하는 것이다.

'자기들이 나를 터무니없이 학대해놓고 그 학대한 기록을 근거로 계속 이렇게 사람을 소외한다면 언제까지나 그런 꼴로 당하고만 있어야 하는 것일까.'

당하고만 있진 않겠다고 해보았자 소용없는 노릇이다. 빛 바랜 외투 포켓에 양손을 쑤셔놓고 맥없이 북한산을 쳐다보고 서울 거리를 내려다보고 있을 수밖에 없는 것이다.

"여보소, 젊은 양반."

등 뒤에 소리가 있었다. 한복 위에 외투를 입고 낡은 중절모자를 쓴 70세 가까운 노인이 이사마를 쳐다보고 있었다.

"무슨 일입니까."

이사마가 물었다.

"젊은 양반 나허구 얘기 좀 합시다."

깡마른 체구의 노인의 말은 그 체구에 알맞게 깡말라 있었다.

"좋습니다."

하고 이사마는 근처의 벤치를 털고 노인을 먼저 앉혔다. 그다지 추운 날씨가 아니라서 그 자리에서도 얘기를 할 수 있을 것이라고 생각했기 때문이다.

이사마가 앉기를 기다려 노인이 입을 열었다.

"서 있는 모습이 하두 처량해서 내가 말동무가 되어주려는 것이오."

"제가 그처럼 처량하게 보입니까?"

"그럼 처량하지 않단 말이오?"

대답은 않고 이사마는 그저 씁쓸하게 웃었다.

"내가 보기엔."

하고 노인이 말했다.

"당신은 포토우해捕兎于海하고 구어우산求魚于山하는 사람 같소. 바다에 가서 토끼를 잡으려고 하니 될 말이기나 하오? 산에 가서 물고기를 잡자는 얘기니 말도 안 되지."

이사마는 어이가 없어 노인을 좀더 주의 깊게 바라보았다. 노인답지 않게 눈빛이 맑았다. 노인이 말을 계속했다.

"오월비상五月飛霜, 오월에 서리가 내리니 일인지원一人之寃이라 한 사람의 원한이 고였구나. 심심心深하기가 동정호 같은데 도장소상道長瀟湘이라, 길이 소상강처럼 길다. 북극실로北極失路, 북극에서 길을 잃었으니 동원東園에서 슬피 울 수밖에 없다. 어떻소, 젊은 양반."

이사마는 피식 웃으며 물었다.

"영감님은 점을 치는 분이죠?"

"점? 나는 그런 덴 취미가 없는 사람이오."

"그렇다면 어떻게 사람의 마음을 그렇게 잘 알아맞히십니까."

"당신의 처량한 모습이 그렇게 말하고 있는 것을 내가 알았다는 것뿐이오."

이사마는 덤덤하게 듣고만 있을 수밖에 없었다.

"젊은 양반은 지금 아무것도 아닌 일로 마음을 상하고 있소. 그런 것 털어버리시오. 내 장담하겠소만 당신이 지금 마음을 상하고 있는 원인을 누구에게도 말할 수 없을 것이오. 우선 창피해서라도 말 못 하오. 틀림없지요?"

아닌 게 아니라 생각해보니 그랬다. 해외여행이 지극히 제한되어 있는 상황에서 여권을 얻지 못해 기분이 나쁘단 말이 통할 수 있을 것인가. 20년 전의 애인의 임종을 보지 못해 이렇게 우울하단 말을 할 수 있을 것인가.

이사마는

"사실이 그렇습니다."

하고 항복할 수밖에 없었다.

그러자 노인은 얼굴을 활짝 펴고 웃으며

"젊은 양반, 당신은 보통으로 잘생긴 사람이 아니오. 게리 쿠퍼나 클라크 케이블처럼 잘생겼다는 뜻은 아니오. 골상이 비범하다는 뜻이오. 그런 골상을 한 사람이 조금 억울한 꼴을 당했다고 해서 남산에 올라와 고개를 빼고 멍청히 서 있어서야 쓰겠소. 『삼국지』의 길고 긴 사연도 '일호탁주희상봉'一壺濁酒喜相逢이면 '도부소담중'都付笑談中으로 되는 것인데, 그까짓 게 뭐길래 사내대장부가 그처럼 처량할 수가 있단 말요."

이사마의 마음속에 은근히 반가운 바람이 일었다.

"어떻습니까, 영감님. 일호탁주희상봉은."

"좋지요. 그러나 아직 해가 있지 않소. 남산엔 종종 오시오?"

"예, 가끔."

"나는 매일 한 차례씩 이곳에 옵니다."

"특별한 일이라도 있습니까?"

"첫째는 운동이지, 몸과 마음의 운동. 걸어 올라오고 걸어 내려가는 것으로 노인의 육체운동은 그저 그만이오. 그리고 남산에 서서 사방을 휘둘러보면서 역사를 공부하는 것이오. 역사공부는 마음의 운동이 되지요. 5백 년 전으로 현재를 조명하고 현재로써 백 년 앞을 조명하면 마음을 젊게 지닐 수가 있지요."

"그러시다면 서울의 역사지리에 통달해 있겠구먼요."

"어느 정도로 알면 통달한 것이 되는 것인진 알 수가 없소만 나는 1,600년 전의 백제 위례성 시절부터 오늘까지의 한양을 내 머릿속에 그려볼 수가 있소."

하고 정다산丁茶山의 설을 빌려 백제의 위례성은 동대문 밖 십 리 지점

인 미아리에 있었다며

"그 진위는 딱히 판가름할 수 없지만 나는 그것을 기점으로 서울의 역사를 상상한다."

고 했다.

이어 노인은 고려시대의 한양, 조선시대의 한양을 차례로 설명하고 나서

"일영일락一榮一落을 장상掌上에 보는 듯하고 있으면 지금 세도하고 있는 사람들이 여름밤의 불벌레처럼 느껴진다."

며 청랑하게 웃었다.

이사마는 그 노인에게 흥미를 느꼈다. 여러 가지로 질문한 결과 노인의 성명은 윤선로이고 대대 서울 사람으로 중인계급 출신이라고 했다. 그 선대엔 통사通事, 즉 역관을 한 어른과 산학교수算學敎授를 한 어른들이 있었다는 것이며

"사색당쟁을 곁눈으로 보고 살아온 집안이 돼놔서 눈치 하나는 빨라 형벌을 받은 사람이 없는 것을 집안의 자랑으로 한다."

고 했다.

"자제분은 몇이나 두었습니까."

"3남 3녀를 두었소."

"모두들 무엇을 하십니까."

"전부 목공 계통이오. 제재소 하는 놈, 가구공장 하는 놈, 가구점 하는 놈."

"어떻게 그렇게 되었습니까."

"내가 목수였으니까요."

그리고 그는 목수가 된 동기를 이렇게 설명했다.

중동학교 3학년 때 3·1운동이 있었다. 그 운동에 참가하여 1년 동안 콩밥을 먹었다. 콩밥을 먹고 나오니 다시 공부할 생각이 없어졌다. 기술을 몸에 붙여야겠다고 생각하고 경성직업학교 목공과에 입학했다. 원래 목공에 소질이 있었기 때문이다. 그 후 목수를 천직으로 알고 일해왔다. 아들들도 전부 목공 기술을 익히게 했다. 50세가 되었을 때 현역에서 물러나고 한문공부를 시작하는 동시에 서울의 역사와 지리를 배우기 시작했다. 20년 동안을 그렇게 하고 있었더니 다소 견식이 터졌다. 그런데 요즘엔 당신과 같은 사람을 만나는 데 취미를 붙였다. 일주일에 한 사람꼴로 당신 같은 연배의 사람이 올라와선 당신처럼 처량한 모습을 하고 서 있다. 얘기를 건네보면 대강 선량한 사람들이다. 그래 속에 맺힌 것이 있어 남산에 올라오는 사람들은 대강 선량한 사람들이라고 판단한다. 선량하지 않은 사람은 속에 우울한 것이 있다고 해서 남산에 올라오지 않는다. 뿐만 아니라 엄청난 고민이 있는 사람도 남산에 올라오지 않는다. 아니 그런 엄두를 내지도 않는다. 어떻게 세상으로부터 버림을 받은 기분으로 된 마음 약한 사람들, 한두 마디 말을 건네면 금방 당신처럼 마음이 풀어지는 그런 사람들이 남산에 올라온다.

"그럴듯한 말씀인데요."

"그럴듯해요?"

"그렇습니다. 얘기를 좀더 듣고 싶은데 영감님 단골집이라도 있으면 그리로 가십시다."

해가 기울어 있었다. 서울시가의 반쯤이 그늘에 덮였다. 노인은 회중시계를 꺼내보더니

"오늘은 안 되겠소."

하며

"가끔 오시오. 이곳에서 만납시다."
하고 벤치에서 일어섰다.

이사마는 올라올 때완 전연 딴판인 흐뭇한 기분으로 남산을 내려갔다. 남산을 내려 택시를 타면서야 그 노인이 이사마에 관한 개인적인 물음을 전연 하지 않았다는 사실을 깨달았다. 스승은 도처에 있는 법이다. 이사마는 그 노인을 만난 인연을 소중하게 하는 뜻으로 여권에 관한 마음의 응어리를 말끔히 풀어버리기로 했다.

그러나 비판적인 기분마저 불식해버릴 수는 없었다. 이사마는 지난 1월 17일 국회에서 발표한 박 대통령의 1967년도 연두교서를 철저하게 검토해보기로 했다. 그는 그것을 계기로 기록자로서의 자세를 강화하려고 했던 것이다.

연두교서의 전반은 과거 3년간의 그의 집권 업적을 과시한 것이고, 후반부는 제2차 5개년계획의 전망과 금년도의 시정 방침을 제시한 것이었다.

바야흐로 우리들은 건국 이래 일찌기 볼 수 없었던 정치적·사회적 안정을 달성했다고 말하고 있는데 이사마는 이 대목에서 벌써 거부반응을 느꼈다. 정치적 안정이 과연 민주적 안정으로 통하고 있는가. 사회적 안정이 국민의 복지와 권리를 보장하는 정도에까지 이르고 있는가. 건국 이래 일찍이 볼 수 있었던 안정을 이루었는데도 내게 대해서 여권 발급을 거부했단 말인가.

교서에 의하면 1967년부터 1971년까지 실시될 제2차 5개년계획은 9천8백억 원을 투자하여 식량자급의 달성, 화학·제철·기계공업 등 중공업 기반의 확립, 7억 달러 수출의 달성, 고용증대와 가족계획 추진에 의한 인구팽창의 억제, 국민소득의 획기적인 증가, 특히 농업 소득의 향상, 과학기술의 진흥과 생산성의 향상 등을 기도한다는 것이다.

그런데 이와 같은 비전의 제시는 화려한데 이를 달성시키는 방책의 제시는 빈약했다.

첫째, 자금조달 계획을 보면 총투자 소요액 9천8백억 원의 61.5퍼센트에 해당하는 6천29억 원은 국내에서 조달하고 38.5퍼센트에 해당하는 3천7백71억 원은 외자로써 충당한다고 되어 있는데, 국내 조달에 관해선 1965년에 6.1퍼센트로 되어 있는 국내 저축률을 1971년에 가선 일거에 14.1퍼센트로 인상하게끔 과대한 책정을 하고 있다. 과연 이것이 가능한 일일까. 5년 내에 국내 저축률을 배 이상으로 끌어올릴 수 있는 일일까.

외자 도입에 있어서도 무리가 있다. 무제한 외자 도입에 따른 원리금 상환 문제에 대한 대책이 애매하다. 도입된 외자에 상응한 내자 대책도 불분명하다. 박 대통령은 제1차 5개년계획의 성과를 자랑스럽게 말하고 있는데 사실 그대로일까?

5년간의 연평균 성장률을 8.5퍼센트로 잡고 있지만 '통계현실화'의 구실하에 농업생산 분야의 계수를 사실 이상으로 부풀게 해놓고 GNP의 측정도 그냥 그대로 받아들이기엔 허다한 문제점이 있다.

사업계획을 검토할 때 모순은 더욱 확실하다. 작년 12월 11일자 J일보 사설에 의하면 현재 대규모 공장이 1백2개, 중소규모 공장이 4백66개, 도합 5백68개의 공장 건설을 추진 중에 있지만 그 반수가 제1차 5개년계획에 예정되어 있었던 것인데, 결국 제1차 5개년계획에 있어서의 계획 사업의 상당 부분이 제2차 5개년계획의 실시 기간인 1967년 이후로 이월된 것이다.

당초 계획에선 대규모 공장 1백53개를 건설하기로 되어 있었던 것이니 실적은 3분의 1에 불과한 것이 된다.

1차산업 및 3차산업 중심의 경제구조를 시정하고 각 산업 부문 간의 균형을 실현하겠다고 해놓고서 실제론 1차산업의 위축, 3차산업의 확대라는 결과가 나타났다.

3차사업의 이와 같은 확대는 전력·철도·도로·항만·체신·건설 등 군사전략적인 의미가 큰 것이 포함되고, 석탄 생산·시멘트 공업·석유 공업 등의 건설과 더불어 중점식인 발전의 대상이 되었다는 데 기인한다.

이러한 과정에서 소수 재벌에 의한 독과점적 지배체제가 강화되었다.

당연히 재벌들의 정치적 발언력이 증대되었다. 이것은 물가 등귀 구조의 변화에도 나타났다. 종내는 만성적인 수요 압력의 부족에서 비롯된 물가 등귀였는데 최근엔 일부 독점상품의 조작이 만들어낸 물가 등귀 타입으로 바뀌었다.

마지막으로 자금의 대부분을 외자에 의존하여 건설하는 방식을 취하고 있는 결과로써 기업의 운영, 관리권과 이익의 대부분을 외국 자본가에 의해 장기적으로 독점당해야 하는 상황에 이르렀다. 즉 건설의 진전이 곧 대외 예속을 강화시키는 결과가 되었다. 이것을 진실한 뜻에서 나라의 경제발전이라고 할 수 있겠는가.

대일조약의 체결, 베트남 파병이 과연 나라의 경제적 실리로 나타나고 있는가 하는 것도 문제다.

우리나라로선 유일한 채권분이라고 할 수 있는 청구권 자금 사용에 있어 일본 정부의 인증을 받아야 하는 형편인데, 유상분을 포함한 1차 년도의 사용 실적은 작년 9월 24일 현재 예정액의 20퍼센트에 불과하고, 무상자금에 의한 자본재 도입은 단 한 건도 없고 전부가 원자재 도입에 충당되어 있는 실정이다.

어업 분야에선 청구권 자금과 민간 상업차관에 의한 한국 어업 근대화를 위한 협력의 약속은 죄다 파기되었다. 일본은 이 분야의 협력에 있어선 철저하게 사보타주 전술을 쓰고 있다.

예외적으로 활기를 띠고 있는 것은 민간 상업차관의 분야다. 작년 1월 20일 현재 일본이 공여한 상업차관 액수는 확정분 허가분 추진 중인 것을 합쳐 4억 2천6백만 달러다. 이것은 협정에 규정한 3억 달러를 훨씬 상회한 액수다.

이것이 무엇을 뜻하는가. 일본 재계의 본격적인 한국 진출 기도를 말하는 것이다. 미쓰이·미쓰비시 등 일본의 재벌에 의한 한국 측 재벌의 계열 지배화가 이루어져 그것이 그냥 정치적 영향력으로 작용하게 될 것이 명백하다.

베트남 파병으로 우리나라가 거둔 실리는 무엇인가. 군사기밀이기 때문에 구체적인 숫자를 들 수 없으나 당초에 기대했던 바와는 현격한 차이가 있다는 것은 부인 못 할 것이다.

이러한 사정을 염두에 두고 연두교서를 읽을 때 복잡한 심정으로 되지 않을 수 없다는 건 당연한 일이다.

3월 들어 어느 날이다. 김달중이 이사마를 찾아왔다.

김달중은 혁신정당에 관계했다는 죄목으로 서대문 형무소에서 2년 7개월 동안 옥고를 치른 청년이다. 이사마완 같은 감방에서 반년 여를 지낸 사이다. 김달중은 젊은 나이인데도 침착하고 과묵하고 너그러운 성격이고 애써 공부를 하는 사람이어서 이사마는 남달리 그에게 호감을 가지고 있었던 바라 그의 돌연한 방문을 반겼다.

"무엇을 하느냐."
는 질문에 김달중이 뚜벅 말했다.
"요즘 대중당의 일을 보고 있습니다."
대중당은 조스의 친구인 서민호 씨가 당수를 하고 있는 정당이었다. 조스가 서민호 씨의 대중당 창당을 못마땅하게 생각하고 서민호 씨의 면전에서 핀잔한 적이 있었다는 것은 이미 쓴 적이 있다.
조스와 꼭같은 생각은 아니었지만 이사마는
"꼭 정당에 가담할 필요가 있을까."
하고 찌푸린 표정이 되었다.
"저도 여러 가지로 생각해보았지만 대중당의 주장이 제 비위에 가장 맞습니다. 성패는 불구하고 소신껏 노력해볼까 해서 각오를 새롭게 했습니다."
김달중은 무거운 어조로 띄엄띄엄 말했다. 그리고 덧붙이길
"이 정권 아래서 견디려니까 답답해서 죽을 지경입니다. 앉아서 용을 쓰는 것보다 정면으로 도전하는 것이 낫겠다 싶어서."
"대중당 갖고 정면도전이 될까?"
"선거 때 마음대로 외칠 수야 있지 않겠습니까. 이 정권의 비리를 열거하면서 말입니다."
"그래 갖고 무슨 효과가 있을 것 같애?"
"대중당만 갖곤 안 되겠지요. 신민당과 합세하면 혹시 가능할지도 모르지 않습니까."
"그렇다면 신민당에 들어갈 것이지."
"신민당은 안 됩니다. 제 비위에 맞질 않습니다. 대중당으로서 신민당 후보를 미는 것이 더욱 효과가 있겠지요."

"그런 작전을 짜고 있는가?"

"그렇습니다. 서민호 선생도 그럴 요량으로 있습니다."

"서민호 선생 자신이 대통령 후보자로 나설 모양이던데?"

"일단 그렇게 해놓고 어느 시기에 가면 야당 단일후보로 만들 겁니다. 김준연 씨도 나선다고 하는데 그분을 들어 앉힐 수단으로써 일단 입후보 의사를 비친 겁니다."

그럴 수도 있겠지 하는 기분으로 이사마는 잠잠해버렸다.

"선생님."

김달중이 이렇게 불러놓고

"우리 대중당에 입당하시지 않으렵니까."

했다.

이사마는 어이가 없어 웃었다.

"나는 어떤 정당에도 가담하지 않을 것이다."

"선생님은 이 정권이 밉지 않습니까?"

"밉지."

"그렇다면 이 정권 타도를 위해 힘을 보태야 할 것 아닙니까."

"내겐 그런 힘이 없어."

"남이 타도해주기를 기다리긴 하되 자기 힘은 보태지 않겠다 이건가요?"

"맞았어, 그런 심정이야."

그러자 김달중이 허허 하고 웃었다.

"왜 웃는가."

"선생님 같은 사람만 있어 갖곤 백 년 가야 이 정권은 넘어지지 않겠습니다."

"그렇지도 않겠지."

"선생님이 언젠가 말씀하시지 않았습니까. 사람은 미워할 줄을 알아야 한다구요."

"그런 소릴 했을지 모르지."

"미워하려면 미워하는 것처럼 미워해야 되지 않겠습니까. 그러자면 어떤 정당이나 단체에 들어가서 그 미움을 세력화해야 되지 않겠습니까."

"그런데 들어가고 싶은 정당이나 단체가 없는 것을 어떻게 하나."

"대중당이면 적당하다고 생각하는데요."

"자넨 섭섭할지 모르나 대중당은 세력화되지 못해. 뿌리 내릴 토양이 없어. 아무리 양질의 씨앗이라도 뿌리 내릴 토양이 없는 덴 도리가 없지 않은가."

"어째서 그렇습니까."

"이 나라의 혁신정당이 뿌리 내릴 곳이래야 기껏 인텔리들의 머릿속이다. 인텔리의 머릿속이란 시험관과 마찬가지다. 시험관에서 재배한 식물의 운명은 뻔한 것 아닌가. 세력이 될 순 없지."

"죽산은 그래도 2백만 표나 얻지 않았습니까."

"그건 진보당이 얻은 표 수가 아니고 이승만에 대한 반발이 얻은 표다."

"우리의 전략, 아니 제 생각은 이렇습니다. 서민호 선생이 후퇴하는 동시에 대중당의 세력을 신민당에 보태주어 승리를 하면 그때 대중당을 육성하는 발판을 잡는 겁니다. 그렇게 해서 스텝 바이 스텝 하면 집권당이 될 수 있는 가망이 있지 않겠습니까. 설혹 그것은 먼 장래의 일이라도 이 정권을 타도하는 뜻만으로도 대단한 것 아닙니까."

"나는 그런 꿈을 꿀 만큼 순진하지 않다."

"그럼, 신민당에 들어가셔서……."

"나는 신민당의 체질이 싫어."

"우선 이 정권을 타도하기 위해서 방편상 입당하는 겁니다."

"자네도 신민당은 비위에 맞지 않는다며? 신민당이 승리할지 못할지도 모르는데 체질적으로 싫은 정당에 일시적이나마 몸담을 수 있겠나. 우리 이런 얘기는 그만하자. 피로할 뿐이다."

"선생님은 이번 선거에도 야당의 승산이 없다고 보십니까."

"승산이 없다고 본다. 신한당이고 민중당이고, 이번에 통합된 신민당이고 간에 이승만 정권 이래의 정치적 고질을 한 가지도 청산 못 하고 있어. 이 정권을 만들어준 게 무엇인지 아는가? 그들 보수정당이다. 이 정권을 강화해준 게 무엇인지 아는가? 건설적인 비전은 없이 당내 헤게모니 투쟁을 위해 이합을 거듭하고 있는 그들 보수정당이다. 그들이 군사정부를 만들어놓고, 또 정권을 빼앗으려고 하는 것이 가능할 것 같애? 어림도 없는 일이다. 유일한 기회는 지난번 선거였다. 그때 기회를 놓치는 바람에 영원히 기회를 놓쳐버렸다. 그땐 미국이 야당에 호의적이었다. 그런데도 그런 결과가 되었다. 지금 미국은 완전히 박 정권 일변도가 되어 있다. 미국을 들먹이는 것은 달갑지 않은 일이지만 그것이 현실인 걸 어떻게 하나."

"선생님의 사태 인식엔 약간 부족한 것이 있습니다. 그땐 혁신세력이 동조하지 않았습니다. 혁신세력은 그야말로 체질적으로 한민당 계열의 보수정당을 싫어하니까요. 허정과 송요찬에 대한 무효표 95만 표, 그밖의 군소 후보에게 던져진 83만 표, 도합 1백78만 표로 분산되지 않았습니까. 이번엔 다릅니다. 혁신계가 단결하여 대중당을 만들어 그 표가 야당 통합후보에게 집중되게 되어 있으니까요."

"그래도 사정은 달라지지 않아. 야당은 한일조약에 따른 손해를 강조하겠지만 무식한 국민들에겐 그게 먹혀 들지 않아. 뒤에야 어떻게 되었건 일본 자금의 유입으로 각 기업체가 활발하게 움직이고 있는 것은 사실 아닌가. 그 종업원들은 정치 의식에 앞서 그들의 생활 근거를 생각하게 되는 거다. 뿐만 아니라 번영이라는 환상에 국민들은 눈이 멀어 있어. 대중이란 원래 그런 거여. 나는 이번 선거에 야당이 이길 가망은 거의 절대적으로 없을 거라고 생각해. 밉다는 감정이 너무 앞서면 사태 판단이 흐려진다는 것도 알아야 할 것 아닌가. 우리의 민도가 프랑스의 반쯤만 되어도 '미운 놈'과 '더욱 미운 놈'을 구별해서 투표하겠지만 불행하게도 그렇지 못하는 판국이니 도리가 없지."

"이 정권의 부정과 부패를 파헤쳐 국민 앞에 폭로하면 민심은 흥분할 것인데요."

"모르는 소리 하지도 말게. 부정과 부패가 공기처럼 미만해 있다지만 공기만 갖곤 증거가 안 돼. 부정부패의 적시는 구체적이라야 하는데 그것을 어떻게 적시할 것인가. 재벌 밀수사건은 박 정권의 비호 아래서 이루어진 것이라고 했다가 장준하 씨가 징역살이하고 있는 사실을 모르고 하는 소린가. 그 때문에 장준하 씨가 징역살이하는 것도 뭣한데 15년 동안이나 한국 잡지언론의 선두에 있던 『사상계』가 빈사지경이 돼 있지 않은가."

"안 된다 안 된다 하시는 선생님의 사상이 의심스럽습니다."

"된다 된다 하는 자네의 상식이 나는 의심스럽다."

"선생님 혹시 공화당의 사쿠라 아닙니까?"

"비대증과 독선병에 걸려 있는 공화당이 나 같은 사람의 사쿠라가 필요하겠는가."

"어떻게 하건 선생님을 대중당에 끌어 넣고 싶었는데요."

"나는 어떻게 하건 자네를 대중당에서 끌어내고 싶다."

"아아, 손들었습니다."

하고 일어서며 김달중은 씨익 웃곤

"사실은 서민호 선생께서 꼭 선생님을 만나보라고 하셔서 왔습니다. 서민호 선생과 한번 만나보실 생각이 없으십니까."

했다.

"피차 번거로울 것이니 당분간 만나지 않는 게 좋겠다."

고 말하며 이사마는 서민호 씨가 술을 하지 않는 사실에 생각이 미쳤다. 술도 없이 딱딱한 화제를 견디는 것은 힘드는 일일 것이었다.

김달중을 보내고 난 후 김달중이 말한 '미움의 세력화'를 생각해보았다. 미움을 가지면서도 그 미움을 세력화하는 데 노력하지 않는 것은 무기력한 탓이거나 비굴한 탓이다. 그런 생각을 하면서도 이사마는 신민당에 뛰어들거나 대중당에 동조할 수 없는 스스로의 심정을 재확인할 수밖에 없었다.

그러나저러나 자기에게 여권을 거부한 정권에게 미움을 느끼는 것은 당연하지 않는가. 그런데도 그 미움을 세력화하지 못한다면 너무나 슬프지 않은가.

결국 사마천은 그렇게 슬픈 사람이 아니었던가. 사마천이 될 수 없으면서 사마천의 슬픔만을 가진 서글픈 군상이 얼마나 많을 것인가.

'그 가운데의 하나가 나라는 인간?'

김광섭의 「어느 해의 자화상」이 뇌리에 솟아올랐다.

……아침에 나갔던 청춘이 저녁에 청춘을 잃고 돌아올 줄 몰랐다. ……드디어 애수를 노래하여 익사 이전의 감정을 얻었다…….

부정의 궤적

1967년 5월 3일.

이사마는 사업에 실패한 성유정을 위로할 겸 설악산에 갔다. 그날은 대통령 선거일이었지만, 이사마는 별반 관심이 없었다.

박정희의 승리가 확실했기 때문이다. 윤보선에게 있어서는 1963년의 선거가 절호의 기회였다. 그때를 놓쳐버린 윤보선이 현직 대통령으로서 막대한 자금을 가졌고, 방대한 당 조직과 공무원을 포용하고 있는 박정희를 이겨낼 도리가 없는 것이다.

그런데다 투표가 공정하게 되리라고 믿을 수도 없었고 개표가 제대로 되리라는 것도 기대할 수 없었다.

설혹 투표에 있어서 이긴다고 해도 윤보선은 대통령이 될 수 없을 것이라고 국민 대다수는 앞질러 생각하고 있었다.

—총칼을 가지고 정권을 빼앗은 사람이 투표로써 그 정권을 내놓겠느냐.

이것이 국민대중 사이에 흐르고 있는 보편적인 통념이었다.

외설악의 계곡에 도착한 것은 오후 5시경이었는데 계곡의 곳곳에 술판이 벌어져 있었다. 장구 소리를 곁들여 노랫소리가 있고 왁자지껄 웃음소리도 터져나왔다. 막바지에 이른 선거 기분이라고 할까.

이사마와 성유정은 그 소음을 피하느라고 비선대 들머리까지 갔다. 그곳에도 난장판이었다.

해가 질 무렵 술꾼들이 고성방가하며 내려갔다. 두 사람은 어느 허술한 여관집에 들었다.

개울에서 몸을 씻고 술상을 대하고 앉았다. 나전구의 불빛이 이르지 못한 저편은 칠흑의 어둠이었다.

"썩은 놈의 동네엔 달도 없다더니."

성유정이 투덜댔다.

"동네 탓을 해서야 됩니까. 오늘은 음력으로 3월 24일인걸요."

"용케 음력을 다 알고 있군."

"혹시 설악의 달구경을 할 수 있지 않을까 해서 아침에 캘린더를 보았거던요."

"무월설악하고래無月雪岳何故來인가."

성유정이 한마디 했다. 걸핏하면 한시풍을 뽐내는 게 그의 버릇이었다.

"꼼시꼼사 내來하니 시무월是無月이로다."

하고 이사마가 응수했다.

"그것 무슨 소린가."

"이럭저럭 오다 보니 달이 없더라."

"꼼시꼼사가 이럭저럭인가?"

"그래 봬도 그게 프랑스말입니다."

"근처에 프랑스인이 없다고 함부로 지껄이긴가?"

"프랑스인이 없을 때 한마디 해보아야죠. 모처럼 배운 프랑스언데."

두 사람 사이에 빈번히 술잔이 오갔다.

"오랜만에 이 주필을 찾는 기분이구나."

"전 오랜만에 성 선배를 찾은 기분입니다."

그러다가 돌연 성유정이

"선거는 결판이 났겠지?"

했다.

"선거의 결판은 1961년에 나버린걸요."

"1961년?"

하더니 말뜻을 알아들은 모양으로

"그래도 기적을 바라는 기분까지야 없앨 수 있는가."

하고 성유정이 웃었다.

이사마로선 뜻밖인 말이었다. 성유정이 선거 결과에 대해 다소나마 호기심을 가지고 있다는 사실이 이상했던 것이다.

"성 선배는 조스의 말 듣지 못했어요?"

"조스가 뭐라고 했기에."

"이 정권은 쿠데타에 의하든가, 본인이 죽거나 하기 전엔 절대로 이양될 수 없는 정권이라고 하잖았어요?"

"조스의 말이 없더라도 그것쯤은 나도 알고 있어."

"그런데 아까 그 말은 무엇입니까."

"그러니까 기적이라고 하잖았나."

"기적도 없어요."

"그렇다고 보면 윤보선 씨는 훌륭해. 안 될 줄을 번연히 알면서도 돈 쓰고 정력 소모하기까지 하면서 대항출마를 하니까 말이다."

"본인은 혹시 되지 않을까 하는 생각을 가졌는지 모르죠."

"그렇다면 바보게?"

"그런 바보가 있어야 쇼가 되는 것 아닙니까."

"아무도 대항출마를 하지 않았으면 어떻게 될까."

"무투표 당선이죠 뭐. 국민의 압도적인 지지 때문에 감히 대항할 자가 없었다고 으쓱하겠죠."

"우울한 얘기군."

"전연 무관심하면 우울할 것도 없어요."

"무관심할 수 있다는 것도 일종의 재능이야."

"그러니까 나는 장자를 좋아하는 겁니다."

"장자가 정치에 무관심했나?"

"철저하게 무관심했지요."

그러자 성유정이 웃었다.

"왜 웃습니까."

"자네가 너무 순진해서."

"제가 순진하다구요."

"그렇지 않은가. 자넨 장자가 남긴 글만 보고 하는 소리지?"

"그렇습니다."

"그 사람도 생활을 했을 것 아닌가."

"그렇겠죠."

"그 사람의 생활기록은 아무것도 없지?"

"없는 게 아니라 남아 있는 기록이 없는 겁니다."

"마찬가지 아닌가. 그 사람의 생활기록은 없고 사상의 에센스만 남아 있는 것 아닌가. 그러니 그게 그 사람의 전부가 아니다 이 말이다."

"사상의 에센스가 그런걸요."

"글쎄 알기 쉽게 톨스토이의 예를 들어보자. 만일 다른 작품과 생활

기록이 전연 없는데 그의 '성욕론'만 남아 있다고 가정해봐. 톨스토이는 엄격한 금욕주의자가 될 것이 아닌가. 사실은 80세가 넘도록 여자 없인 자지 못했던 사람이 말이다."

"장자의 철학이 그렇게 되어 있고 그 반대되는 증거는 전연 없으니 그렇게 생각할밖에요."

"나는 자네처럼 장자를 애독하지 않았으니까 생각하건대 그의 논리는 치밀하고 아주 견고했어. 그런 치밀한 논리를 구사하는 사람이 세상사에 무관심할 수 없어. 참으로 세상사에 무관심한 사람은 그처럼 치밀한 논리를 조작하지도 않을걸, 아마. 무관심을 빙자한 관심, 초월을 빙자한 집착, 이를테면 명증의 허위. 어떤 사상가나 정치가를 흩으로 평가해선 안 돼. 장자의 경우, 그의 철학은 무관심의 철학이더라 하면 그만이야. 그 사람은 무관심한 사람이었다고 하면 지나쳐. 이를테면 논과論過다."

"성 선배가 평론가 안 된 게 다행입니다."

"슬슬 평론가가 되어볼까 해. 재산도 일찍 날려버렸고 할 일도 없구."

"사업에 왜 실패했습니까."

"실패한 건 아니지."

"어째서요?"

"세상을 알기 위해 사례금 낸 걸로 치니까."

"태평하시겠습니다."

"태평하지는 못해."

이런 씨알머리 없는 말을 주고받고 있는데도 두 사람의 마음은 흡족했다. 서울을 떠나 설악의 산 속에 있다는 의식이 한결 마음을 차분하게 했는지 모른다.

얘기는 소년시절, 학생시절의 회상에까지 번졌다. 밤이 깊어가는 것도 몰랐다. 적당하게 취한 성유정은

"달이라도 있었더라면 적벽부赤壁賦를 닮은 설악부雪嶽賦쯤 지을 수 있었을 것인데."

하고 평소 좋아하는 소동파의 시 한 수를 읊었다.

荒凉廢圃秋 황량폐포추

寂歷幽花晩 적력유화만

山城已窮僻 산성이궁벽

況與城相遠 황여성상원

我來亦何事 아래역하사

徙倚望雲巘 사의망운헌

不見苦吟人 불견고금인

淸樽爲誰滿 청존위수만

황량한 가을의 폐원,

해가 질 무렵 다소곳이 피는 꽃,

궁벽한 산 속의 마음.

시가완 아득히 멀다.

무슨 까닭으로 내 여기 왔는가.

그저 하염없이 구름 속의 봉우리를 바라볼 뿐이다.

고금苦吟하는 시인을 만날 수가 없는데

가득 채워진 이 술잔은 누구를 위한 것인가.

이사마가 웃었다.

"남의 시창을 듣고 웃는 사람이 어딨어."

성유정이 볼멘소릴 했다.

"봄철에 가을의 노래를 부르니 웃었죠."

"그럴 수도 있는 거야. 춘창추시春娼秋詩, 봄에 부르는 가을의 노래. 그 있지 왜, 도스토예프스키의 '겨울에 쓰는 여름의 인상', 즉 '동기 하상'冬記夏象."

성유정의 혀가 다소 꾸부러졌다.

이튿날 속초로 나가 여관방에 앉아 신문을 펴들었다.

일면 가로로 굵다랗게

"공화당 재집권 확정"

이란 컷이 뽑혀 있었다.

성유정이 들여다보며

"미친 소리. 언제 공화당이 집권한 적이 있었던가."

하고 피식 웃었다.

성유정의 말이 옳았다. 집권은 박 대통령이 했지 공화당이 집권한 것은 아니다. 공화당은 들러리를 섰을 뿐 아닌가.

중간 타이틀은

"박정희 후보 대통령에 재선

4일 상오 11시 현재 550만 1천1표로 압승

윤 후보보다 118만 표 앞서"

기사는 다음과 같이 이어져 있었다.

6대 대통령 선거를 판가름하는 대세는 예상보다 빨리 박정희 대통령의 재집권으로 낙착되었다. 개표 초부터 일방적인 전국적 리드를 거듭해온 박 대통령은 이날 상오 11시 현재 550만 1천1표를 얻음으로써 지난번 당선권을 돌파 재집권의 좌를 굳혔으며 윤보선 후보는 432만 811표로써 118만 118표의 현격한 차이로 패배한 고배를 다시 한 번 마시게 되었다. 벌써 국제여론은 대통령의 재선에 축하의 뜻을 표시하면서 박 대통령을 재선시킨 한국민의 현명한 판단에 경의마저 표한다는 보고가 주미 김현철 대사로부터 전달되었다. 윤보선 신민당 후보는 그의 두 번째 패배가 부정선거에 있음을 지적하면서 국민에게 자각을 촉구했다.

동양통신의 인용으로 된 이 기사를 이사마는 차분히 두 번 읽었다. 그때 그는 주필 시대의 눈으로 되어 있었다. 그의 안목으로 보면 이 기사는 실격이었다. 구체적인 사실만 기록해도 될 것을 무슨 까닭으로 애매한 '국제여론'을 들먹일 필요가 있는가.

"한국민의 현명한 판단에 경의마저 표한다."

고 했는데 이것은 윤보선 후보에게 투표한 사람들을 은근히 중상하는 말이다. 김현철 주미대사의 말이라고 되어 있지만 아리송한 문맥으로 전체적인 의견인 양 풍기고 있는 것이다.

이것을 기사 제작의 기술이라고 하는 것일까. 그렇다면 그건 언론의 권위를 타락시키는 기술이다.

박 대통령의 담화라고 하며

박정희 대통령은 4일 상오, 이 사람들을 다시 대통령으로 뽑아줘 앞으로 국민을 위해 일하게 된 데 국민에게 사의를 표한다고 말하고 국민 여러분의 지지와 여망에 보답하기 위해 경건한 마음으로 더 성심 성의껏 일할 것을 다짐했다. 박 대통령은 이날 신범식 청와대 대변인을 통해 발표한 특별담화에서 국민 여러분은 앞으로 모두 합심 협력하여 민족중흥에 매진해줄 것을 당부했다. 박 대통령은 이어 이번 선거를 자유롭고 평온한 분위기 속에서 무사히 끝내게 되었음을 국민과 함께 기뻐한다고 말했다.

신민당은 패배를 자인하면서도 부정선거라고 비난하고 있다고 했다. 다음과 같은 기사도 있었다.

제6대 대통령 선거의 투표가 끝나 3일 하오 7시부터 전국 일제히 개표가 시작된 전국 개표소에서는 봉함이 안 된 투표함이 발견되는가 하면 위조투표 백지 묶음, 그리고 투표자 수보다 더 많은 표가 나타나는 등 갖가지 사건이 발생했다. 4일 새벽 5시 현재 전국적인 사건을 보면 개표소에 경찰관이 입장한 사건이 3건, 봉함 안 된 투표함이 3건, 선거위원장의 직인이 없는 투표지 사건이 3건, 위조투표 1건, 투표자 수보다 투표지가 더 많은 사건이 3건, 백지 묶음이 발견되어 신민당 참관인이 퇴장한 가운데 개표가 진행된 사건이 1건이었다. 광주 을구 신민당 개표 참관인 이필호·김록영 씨 등은 3일 밤 광주 을구 부재자 투표 322표 중 선거관리위원회가 인정한 318표 가운데 인주 빛깔이 같고 붓대자국이 똑같은 표가 상당수 나왔다고 주장, 무더기 표라고 항의했다.

그러나 이러한 것은 빙산의 일각일 것이고 보다 근원적인 데 부정이 있었다는 것은 확실하다. 하지만 누구도 박정희가 낙선할 것으론 알지 않았다는 바로 그 사실이 중요하다.

그런데 이 선거 결과에서 나타난 보다 중요한 사실은 노골적인 지방색의 표출이었다. 민주주의는 투표로써 결정된다지만 앞으로도 지방색이 이처럼 노골화되면 적지 않은 난관이 민족의 앞날을 가로막을 것이 아닌가.

이런저런 생각을 하다가 성유정이 불쑥 말했다.

"누가 대통령이 되건 상관할 것이 있나. 어깨를 움츠리고 숨을 죽이고 처박혀 있으면 살아갈 수 있을 것이니 그만해도 다행한 일이 아닌가. 이북에선 움츠리고도 살 수 없다지 않은가."

"움츠리고도 살 수 없다는 게 무슨 뜻이죠?"

"적극적으로 바깥에 나와 아첨을 해야 산다느면, 움츠리고 있으면 불평분자로 몰린대."

"어디서 그런 말을 들었소."

"안 들어 짐작이 가지 않는가. 그런데 지난 3월 북한에서 탈출해 온 중앙통신 부사장이라던가, 이수근이란 자가 기자들과 만난 자리에서 그런 소리 하는 걸 들었다."

"사실이 그렇겠지만 이수근이란 자는 기분 나쁩니다. 아무래도 나는 그자가 진심으로 귀순해 온 사람 같질 않습니다. 그자의 그 뻔뻔스런 얼굴을 봐요. 관상학적으로 돼먹지 않았어요."

"관상학?"

"나의 관상학은 정확해요. 과학입니다. 두고 보시오. 이수근이란 놈, 무슨 일을 낼 놈이니까."

"두고 보지, 그럼."

화제가 이수근으로 되어 한바탕 의견 교환이 있었다. 이사마는 어디까지나 위장탈출한 놈이라고 주장했고, 성유정은 그렇지 않을 것이라고 주장했다.

"중앙통신의 부사장이면 북괴에선 최고의 언론인이다. 북괴에선 '부'가 실권을 쥐고 있다거든. 그만한 놈이 탈출했다고 하면 그 사실만으로써 북괴의 체면이 손상된다. 그런 마이너스를 감당하고까지 위장탈출할 목적이 무엇이었겠어."

하는 것이 성유정의 주장이었다.

이사마는 이런 말을 했다.

"우리가 짐작도 못 할 목적이 있을 수 있겠지요. 가령 막대한 자금을 갖고 중대한 사명을 띠고 월남한 간첩이 배신을 했다고 합시다. 그 배신자에게 보복하러 왔다고 상상할 수도 있잖아요? 당당하게 탈출해 온 놈이라 당국은 그자의 말을 들을 것 아닙니까. 자기들이 파견한 간첩으로 이런 놈이 있다고 하면 당국이 가만있겠습니까? 대한민국으로 하여금 놈들의 원수를 갚게 하는 겁니다."

"그럴듯하군."

"뿐만 아니라 그로써 한국을 농락하는 효과도 노릴 수 있는 겁니다. '환영받고 돈 받고 잘살며 흑심을 가꾸고 있다가 기회가 포착되면 한 수작 한다' 이거지요. 또 있습니다. 남파된 간첩에게 공포를 주는 겁니다. 배신자는 이렇게 처단된다, 북괴는 배신자를 어떤 방법으로건 가만두지 않는다는 본보기를 하는 겁니다. 그러기 위해선 위장탈출은 좋은 방법 아닙니까? 그리고 그 탈출 경위와 경로를 소상하게 알아보고 북괴의 경비병이 사격한 각도도 내 나름대로 살펴보았는데 의심나는 점이 한두 가지가 아니었어요. 북괴의 경비병들은 예외없이 저격수들입니다. 명사수지요. 그자들이 마음먹고 총을 쏘았다면 이수근을 놓칠 까닭이 없어요. 더욱이 자동차를 그냥 둬요? 협정위반 같은 것에 구애할 놈들입니까? 경비병이 탈출자를 놓친다면 총살감일 겁니다. 그런데 놈들은 자동차가 가는 방향의 땅을 보고 쏘았더군요. 나는 시나리오에 의한 행동이라고 봅니다."

"이 주필에겐 명탐정이 될 소질이 있구만."

"신문기자로서의 육감이지요."

"아무튼 탐정의 소질이 있어."

"예사로 주필이 되는 걸로 압니까?"

"주필과 탐정과는 상관없잖은가."

"탐정의 소질이 없으면 주필 노릇 못 합니다."

"크게 나왔군. 그런 사람이 자기가 체포될 줄을 몰랐나?"

"나의 판단은 이성적인데 그들의 행동은 폭행적이었으니까요."

"그런 것까질 판단할 줄 알아야 명주필이 되는 것 아냐?"

"나는 명주필은 아니니까요."

"아냐, 명주필이었지."

"여하간 이수근이란 놈의 쌍판때기를 보시오. 무슨 일을 저지르고 말 테니까요."

"또 관상학인가?"

"과학이니까요."

2박 3일의 여행을 끝내고 돌아온 이사마는 앞으로 다가올 국회의원 선거를 현장에서 지켜보기로 하고 지역을 선정하고 일정을 짰다.

이사마가 이 선거를 중시한 덴 다음과 같은 이유가 있었다. 박 정권은 조스의 말을 빌리지 않더라도 다른 사람에게 이양할 수 없는 정권이다. 그런데 현행 헌법으로선 이번 임기가 끝나면 박 정권은 물러서야 한다. 물러서지 않으려면 이번 임기 중에 헌법을 고쳐 3선의 가능을 만들어놓아야 한다. 헌법을 고치려면 공화당이 3분의 2 이상의 의석을 차지해야 한다.

그러니 이번 선거의 양상으로 박정희가 3선을 노릴 것인가, 그렇지 않을 것인가를 판단할 수 있다. 백에 백, 박 대통령은 이번 선거에 공화당이 3분의 2 이상의 의석을 확보할 수 있도록 힘쓸 것이다. 이것이 이사마의 짐작이었다. 이 짐작을 확인하기 위해서도 선거운동의 양상을 지켜보아야 한다.

선거는 초장부터 추악하게 시작했다.

마을마다에 막걸리가 홍수처럼 범람했다. 부녀자들이 백주에 술을 마시고 비틀거렸다. 전국 방방곡곡에 행락 기분이 넘쳤다.

"선생님 이건 선거가 아니고 전 국민을 미치광이로 만들 수작입니다."

K도 Y읍에 이사마와 동반해 간 젊은 신문기자 김군이 한 말이다.

"술로써 육체를 마비시키고, 돈으로 양심을 마비시켜 표만 빼내자는 것 아닙니까."

하고 김군은 어느 당 운동원의 하루를 추적한 얘기를 했다.

아침에 선거사무실에 가서 어제의 운동 경위를 대강 설명하고 나면 그날의 일당을 두둑히 받는다. 그러곤 사무실을 나와 지정된 마을로 간다. 마을을 책임지고 있는 사람을 만나 호주머니에서 유권자 명부를 꺼내선 서로 교합한다. 그리고 얼만가의 돈을 마을 책임자에게 주고 자기는 주막에서 기다린다. 여기저기서 사람들이 모여들면 호기 있게 술을 산다. 술을 마시는 동안 자기가 지지하는 후보자의 선전을 그럴듯하게 한다. 그러곤 집으로 돌아와서 낮잠을 자고 다시 나가선 유권자의 동향을 체크하곤 아무래도 불미스럽다 싶은 자를 찾아가서 회유한다. 반응이 탐탁지 않으면 은근히 협박한다. 밤이면 고무신·운동화·비누 등을 가지고 집집을 돌며 아낙네들에게 애교를 뿌린다. 슬그머니 돈 봉투를 꺼내놓고 모르는 척 돌아와버리기도 한다. 돈, 돈, 돈의 장난이다.

"돈으로 산 표가 민심을 반영하는 것으로 되는 걸까요."

김군이 이렇게 물었지만 이사마인들 명쾌한 대답을 할 수 있을 까닭이 없다.

길가에서 어느 노인을 만나 이사마가 물은 적이 있다.

"영감님, 마음속에 이 사람을 찍겠다고 작정한 사람이 있습니까?"

"아직은 없소."

"어차피 결정해야 할 것 아닙니까."

"투표소에 가서 결정해도 늦지 않을 건데요, 뭐."

"그렇게 소신이 없어서야."

"소신이 뭐요. 이놈이 그놈, 그놈이 이놈인데 무슨 소신을 가지라는 거요."

요컨대 푸짐하게 술이나 사주는 사람, 돈을 많이 주는 사람에게 표를 던지겠다는 노골적인 의사표시였다. 도토리 키 재는 것처럼 올망졸망하니 당장 이득이 있는 사람에게 찍겠다는 것이다.

물론 그렇지 않은 사람도 있었다.

골수 야당도 있었다.

추악한 선거 양상을 개탄하는 사람도 있었다.

"이런 선거이면 하지 말아야 합니다. 우선 어린애들의 교육상 좋지 않습니다. 선거라고 하면 그들은 막걸리 마시는 걸로 상상하게 되었습니다. 돼지고기 먹는 게 선거라고 알고 있는 애들이 있습니다. 소풍 가서 술 마시고 춤추는 게 선거인 줄 아는 아이도 있구요. 아침에 깨어보면 비누·운동화·고무신이 수북이 쌓여 있으니까 산타클로스가 왔다 간 줄 알아요. 산타클로스는 무슨 개 물어갈 산타클로슨가. 표 도둑놈이 표 훔치러 왔다가 엉겁결에 두고 간 것이란다. 이렇게 말했지요. 아무튼 자녀들 교육을 위해서도 이런 선거 풍토는 개선해야 해요."

하고 국민학교 교장을 지냈다는 노인이 투덜대는 것을 이사마는 들었다.

돈 때가 묻고 막걸리 냄새가 풍기는 표로써 뽑힌 국회의원이 국사를 위해 얼마만큼 성의를 다할 수 있을 것인가.

이사마는 충청도, 경상도를 거쳐 전라도로 들어가 선거 막바지 풍경을 목포에서 구경하기로 했다.

목포에서 입후보한 여당 후보도 K씨이고 야당 후보도 K씨였다.

여당의 K씨는

"여러분, 목포가 왜 이처럼 침체되어 있는지 아십니까? 해방 이후 이곳에선 야당만 뽑았기 때문이오. 이번에 또 야당을 내면 목포는 대한민국의 판도에서 이탈합니다. 내가 당선되기만 하면 목포는 당장 달라질 것입니다. 공장이 유치되고, 항구가 개축되어 큰 항구로 발전되고, 교육 시설이 완비된 교육도시가 될 것입니다. 영산강을 개발하여 기막힌 고장으로 만들 것입니다. 직접 대통령께서 여러분 앞에 약속한 것을 잊으시지야 않았겠지요. 이번이야말로 우리 목포를 기사회생케 하는 절호의 기회입니다……."

하고 목청을 돋우고 있었고

야당의 K씨는

"이번 공화당에서 이 목포에 얼마나 많은 돈을 뿌렸던지 그 사람들이 제공한 막걸리로 목포 천지는 강을 이루고 국수가락은 그 위에 다리를 만들 지경입니다. 좋아요, 그것도 좋습니다. 주는 것이면 얼마라도 잡수세요. 그러나 꼭 잊어선 안 될 일이 있습니다. 이번 내가 당선되면 이건 나만의 승리가 아니라 자유와 민주를 사랑하고 장기집권의 음모를 분쇄하는 여러분의 승리, 즉 민권의 승리가 될 것입니다."

누구의 눈으로 보아서도 전례가 없는 부정선거였다. 자유당 때의 그 어지러운 부정선거도 이 부정선거엔 그 악성과 독성에 있어서 아득히 미치지 못한다는 것이 중평이며 중론이었다.

민주주의를 내걸고 이처럼 비민주적 만행이 저질러졌다는 것은 두고두고 생각할 문제다. 쿠데타에 의해 성립된 정권이 걸어야 하는 불가피한 궤적이란 표현은 아르헨티나의 군사정권이 저질렀던 부정선거에 대한 미겔 가르시아의 말이다.

이에 이어진 미겔의 말을 인용해둘 필요가 있다.

―폭력은 폭력에 의해서만 지켜지는 것이며 부정은 부정에 의해서만 유지되는 것이다. 그러나 마약에 한도가 있듯이 폭력과 부정은 그 죄악을 적분하여 자기분해하게 마련이다. 답답한 것은 그 시기를 예언하지 못하는 사정이다.

이윽고 부정선거를 규탄하는 학생들의 데모가 터졌다.

"나는 이 목표를 달성하기 위해 생명을 바쳐 부정선거에 항거할 결심입니다."

하고 외쳤다.

그러자 이곳저곳에서 함성이 터지더니 급기야 3만여 명의 데몬스트레이션이 되었다. 거리는 갈기에 가득 찼다. 만일 그 데모를 막는 세력이 있기라도 했더라면 난장판이 벌어졌을 것인데 다행히 그런 일은 없었다.

목포에선 야당이 이겼다.

그러나 전국적으론 야당의 참패였다.

공화당은 비례대표를 곁들여 130석의 의석을 확보하고 신민당은 44석을 얻는 데 그쳤다. 130석이면 개헌선인 117석을 13석이나 초과한 의석이다.

"이로써 박정희의 3선은 결정되었다."

고 이사마는 홍콩에 주재하고 있는 조스에게 편지로 알렸다. 이사마의 목포행은 조스의 부탁에 의한 것이기도 했다.

선거 결과는 박 대통령의 3선이 가능한 방향으로 낙착돼 데모는 거의 매일 계속되었다. 이번 데모의 특색은 다수의 고등학교 학생이 주동이 된 데 있었다.

대학생도 뭣한데 고등학교 학생까지 교문을 나서선 안 되는 것이다.

다음은 데모 닷새째를 보도하는 신문 기사다.

학생데모 5일째.

6·8총선 부정규탄 데모가 닷새째로 접어든 서울시내의 학생데모는 16일 아침에도 일찍부터 행동을 개시, 상오 9시 개 고등학교 학생들이 교문을 나와 데모를 벌였다.

특히 경기고생 2백여 명은 등굣길에 시민회관 앞에 집결, 상오 8시부터 데모를 감행했는데 급거 출동한 기동경찰에 의해 해산되었다…….

이날 데모에 들어선 고등학교는 경기고·서울상고·서울고·홍국고·경복고·대광중고·삼선고·서라벌여고·강문고·동성고·청량리고·인창고·광운전자고 등이다.

서울대학교에 휴교령을 내렸으나 데모는 계속되었다. 16일엔 30개 대학과 148개 고등학교에 임시휴교령을 내렸다. 그래도 부정선거에 항의하는 데모는 그치질 않았다

신민당의 유 당수는 전면적으로 재선거를 실시해야 한다며 여·야 할 것 없이 당선자들은 사퇴해야 한다는 강경한 주장을 내세웠다.

누구의 눈에도 부정선거였고 보니 박정희 대통령도 가만있을 수 없게 되었다. 6월 8일 현재 94개 지구에서 125건의 선거 소송이 제기되어 있었던 것이다.

6월 16일, 박정희는 드디어 성명을 발표했다. 다음은 그날 합동통신 기사다.

박정희 대통령은 16일 상오 6·8총선 부정시비로 긴장된 정국 수습을 위한 정부 입장을 밝히는 담화를 발표했다. 박 대통령은 공명선거를 실시해보겠다던 6·8총선거 후문이 좋지 않다는 것은 심히 유감스러운 일이라고 말하고 정부는 이를 중대시, 수사력을 총동원하여 선거사범을 조사 적발에 힘써왔다고 말했다

박 대통령은 이날 담화를 통해 그동안 대검에서 조사 보고한 선거사범의 전모를 발표했다. 이날 박 대통령이 밝힌 대검에서 조사 보고한 선거사범의 전모는 다음과 같다.

△화성지구의 선거 부정행위는 뚜렷하여 부정선거 관련자는 전원

구속한다.

△보성 지구는 부정 관련 지구.

△평택 지구는 더 조사가 필요하다.

△군산·옥구 지구는 문여도島 투표함 수송 시, 신민당 호송원이 동행하지 못한 원인이 고의적이었던 것인지 밝히고 있다.

△영천 지구에 대리투표가 있었다는 사실은 더 조사할 필요가 있다.

△여타의 말썽 난 지구는, 소위 난동사건 등 선거사범으로서 통상적 선거 소송에서 다루어져야 할 성격의 것이다.

이어 박 대통령은 다음과 같이 말했다.

"검찰의 보고에 의하여 본인은 혐의가 있건 없건 상기 지구에 대한 조사의 공정을 위해 여당으로서는 해당 지구 입후보자들을 제명할 것을 지시했다.

그리고 본인은 아울러 법적 시비와 사실의 전부를 차치하고 여야 간에 말썽이 뚜렷한 지구들에 대해서는 여당은 일단 제명 조치를 취해놓고 법의 공정한 심판을 기다릴 것을 지시했다. 고창·서천·보령·화성·곡성·영천·대전·평택 지구 후보자들을 제명할 것을 지시했다.

정부는 여·야와 지위 및 당락 여부를 막론하고 선거부정을 저지른 사람에게는 앞으로 가차없이 처단할 방침이다.

시민은 선거의 부정을 보고 참지 못하는 정의심이 있어야 하고, 동시에 정부의 조치와 법의 심판을 믿어 참고 지켜보는 인내심이 있어야 한다는 점을 강조하지 않을 수 없다. 사회의 물의를 절차와 법에 의하지 않고 시민의 감정으로 이것을 시정해보겠다는 조급성은 또 새로운 물의를 가져온다는 것을 명심하여 국민 여러분의 냉철한 판단과 자중을 촉구하여 마지않는다."

이 발표가 있기 하루 전, 보성 지구의 공화당 당선자 양달승 씨가 구속되었다. 이에 앞서 화성 지구의 공화당 당선자 권오석 씨도 구속되었다.

이외에 평택 지구의 이윤용, 고창 지구의 신용남, 보령 지구의 이원장, 화순·곡성 지구의 기세풍 등 제씨가 공화당에서 제명되었다.

이런 사태를 들추어 K신문의 Y기자는 이사마에게 이런 말을 했다

"이건 순전히 쇼입니다. 눈 가리고 아웅하는 식이지요. 개헌선을 13석이나 초과하고 있으니 7, 8명의 탈락쯤은 문제가 되지 않는 겁니다. 약삭빠른 계산이지요."

"신민당은 어떻게 할 건가."

이사마가 물었다.

"지금 야단을 하고 있지 않습니까. 개원식엔 등원하지 않을 모양입니다. 그러나 결국 흐지부지되겠지요, 뭐."

하고 Y기자는 씨익 웃었다. 그리고 덧붙였다.

"부정선거를 최종적으로 책임질 자가 누군 줄 아십니까?"

이사마는 대답하지 않았다.

그 대신 속으로 생각한 바는 있었다. 선거에 부정이 있는 한, 민주주의는 자꾸만 멀어질 뿐이라고.

그러나 민주주의에 대한 기대를 현 정권에 걸 수 없었던 이사마는 그런 사태에 구애를 받을 심정은 아니었지만 7월 1일의 대통령 취임식을 맞아, 아직 감옥에 남아 있는 이른바 혁신계 인사 19명 전원이 석방된

다는 소식은 반갑기 한량이 없었다.

이사마는 신문지상에 발표된 강기철·기세충·김달호·윤길중·이수병·권대복·문희중·유근일·하태환·이종신·권병영·이삼근·정순학·노현섭·김일수·송지영·안신구·이윤식·김민구 등 제씨의 명단을 보며 눈물을 흘렸다.

어떻게 된 법 논리로 이들은 그처럼 장기간 옥고를 치러야 했을까. 1961년 5월 20일 체포되어 1967년 7월에 출감하는 것이니 장장 7년여의 영어 생활이 아닌가. 이들이 감옥에서 지낸 그 아픈 세월을 누가 어떻게 보상해줄 것인가. 보상할 수가 있을 것인가.

강기철 씨는 온순한 사학자인데 교원노조의 간부였다고 해서 15년의 징역을 받은 사람이다.

기세충 씨는 통일운동을 했다고 해서 역시 15년의 징역을 받은 사람이다.

김달호·윤길중 양 씨는 통일사회당의 간부라고 해서 15년 징역을 선고 받았고, 이수병 씨는 통일운동을 한 학생으로서 15년 징역을 선고받았다.

권대복 씨는 사회대중당의 간부였다고 해서 15년 징역, 문희준 씨는 통일운동을 했다고 해서 15년 징역, 유근일 씨는 역시 통일운동을 했대서 15년 징역을 받은 학생.

하태환·이종신·권병영 씨도 마찬가지의 경우,

이삼근·노현섭 양씨는 죄없이 학살된 아버지와 형의 유골을 찾겠다고 나선 죄로 15년 징역,

정순학·김일수·이윤식 등 제씨는 민주사회주의 정당의 간부라고 해서 15년,

김민구 씨는 교원노조의 간부였다고 해서 무기징역을 받은 사람이다.

송지영·안신구 양씨는 민족일보에 관계했다는 죄로 제1심에선 사형, 제2심에서 무기로 된 사람들이다.

이사마는 이 사람들의 기록을 세밀하게 검토했었다. 도의적으론 물론 법률적으로도 일편의 죄가 없다는 것을 이사마는 혁명재판소가 제시한 기록만으로써도 판단할 수 있었던 것이다. 살아 있었으니까 이렇게 석방되기도 했는데, 사형을 당한 수많은 사람, 옥사한 사람들은 가련하기도 하다.

이사마는 어떤 훌륭한 치적도 그들에게 저질러졌던 죄악은 씻지 못할 것이라고 생각한다.

과연 역사의 심판이란 것이 있는 것일까. 역사를 믿을 수 있는 것일까.

아우슈비츠에서 살아서 나온 엘리 위젤의 말을 상기한다. 엘리 위젤은 이렇게 쓰고 있다.

> 나는 10년 동안 침묵하기로 했다. 그 혹독한 체험을 정리하기 위해서도 그만한 시간은 필요할 것이었고, 내 감정을 정리하기 위해서도 그만한 시간은 필요할 것이었다. 시간이라고 하는 원근법을 통해 아우슈비츠에서 있었던 일을, 원인과 진행, 그 결과에 이르기까지 근원적으로 실상 그대로, 진상 그대로를 인식하기 위해서도 그만한 시간이 필요한 것이었다. 10년이 경과된 후인데도 나는 그때의 의문을 풀 수가 없다. 왜 그런 일이 있어야 했던가. 그런 일을 그냥 일과성인 사태라고만 보아 넘길 수가 있겠는가. 그런 일이 있어선 안 될 일이었다면 우리는 앞으로 어떻게 해야 할 것인가. 보복을 기도하는 것은 죄악인가. 복수를 신 또는 역사에게 맡겨놓고 안연할 수 있는 일인

가. 그런데 10년이 지나서 분명히 안 것은 아우슈비츠는 과거가 아니며 현재이고 미래라는 것이다. 그때의 희생자가 모조리 되살아나지 않는 한, 그런 사태를 있게 한 제 원인, 제 조건이 근절되지 않는 한 아우슈비츠는 오늘의 문제이며, 나의 문제다…….

권력이 스스로를 지탱하기 위해선 못 할 짓이 없다는 증거가 곧 부정선거이고 혁명재판이었는데 또 하나의 사건이 발생했다.

이 사건은 박정희가 제6대 대통령에 취임하는 식전이 있은 지 일주일 후에 발표된 것이다. 이 사건의 의미를 알기 위해선 '제6대 대통령 취임사'를 읽어둘 필요가 있을 것 같다.

단군성조가 천혜의 이 풍토에 국기國基를 닦으신 지 반만 년, 연면히 이어온 역사의 전통 위에 이제 대한민국 제6대 대통령으로 취임하면서 나는 국헌을 준수하고 나의 신명을 조국과 민족 앞에 바칠 것을 맹서하며 겨레가 쌓은 이 성단에 서게 되었습니다. 나는 나의 이번 임기에 속하는 앞으로의 4년간이 이 나라의 자주와 자립과 번영이 안착하는 대망의 70년대를 향한 중대한 시기임을 깊이 명심하고 책임이 한없이 무거움을 통감하며 '일하는 대통령'으로서 조국 근대화 작업에 앞장서서 충성스럽게 나라와 겨레를 위해 봉사할 것을 굳게 다짐하는 바입니다.

친애하는 국내외 동포 여러분!

우리 대한민국은 탄생한 지 얼마 안 되는 신생국가입니다. 그러나 우리의 역사는 수없이 많았던 외세의 침략을 전 국민적인 항쟁으로 격퇴한 억센 민족이며 인내와 끈기로 고난을 이겨낸 생명력과 창조력을 지닌 민족임을 말해주고 있습니다.

백 년 전의 쇄국, 고립이 백 년의 정체와 고난을 가져오기는 하였습니다만 이제 한국은 그 새로운 민족사를 개척하고 아시아에서뿐만 아니라 세계에 있어서 중요한 공헌을 할 시기가 다가왔다고 생각합니다.

오늘날 우리는 아시아에 있어서 새 물결을 일으키고 있습니다. 그것은 신생국이 예속과 정체를 박차고 정치적 독립과 경제적 자립을 성공적으로 달성하는 본보기를 보이는 일이며 민주주의, 공산주의보다 더욱 능률적인 경제발전을 이룩할 수 있다는 사실을 보이는 일이며 동서와 남북의 대립 속에서 그 중압과 견제를 지양하고 자유·평화·번영·통일을 이룩하는 일이며 한마디로 자립에 눈뜬 한민족의 각성은 진실로 큰 힘을 발휘하는 것이라는 위대한 실증을 성공시키는 일입니다. 우리는 이 위대한 실증을 70년대의 세계에 증언하기 위하여 모든 준비를 다하고 있습니다.

하루속히 조국의 근대화를 완수하고 자주자립의 통일조국을 창건하는 역사적 대업을 착실하게 진행시키고 있습니다. 나는 우리의 대도시에서부터 벽촌 낙도에 이르기까지 민족중흥의 양광이 정체와 의타의 검은 안개를 무찌르고 서서히 퍼져나가 자력 전진에 의한 번영, 이른바 창조적인 자조 의식이 움텄음을 응시하는 바입니다.

친애하는 동포 여러분!

오늘로 시작되는 국정의 새 출발을 위해서 우리는 먼저 냉철한 이성과 슬기로운 자각으로 돌아가 과열된 6·8선거로 빚어진 정쟁 분위기를 냉각시키고 사리와 당리를 초월한 국가의 대의와 국리 민복의 증진을 생각해야 하겠습니다. 우리는 민족사상 참으로 획기적인 역사적 과업에 이미 착수하고 있습니다. 균형 있는 경제성장으로 아시아에 빛나는 공업국가를 만들기 위하여 우리는 위대한 전진을 하고 있는 것입니다.

이 좋은 기회를 놓치는 일이 있어선 안 되겠습니다. 우리는 현재 진행 중인 제2차 5개년계획을 추진하는 데 온 국민의 공동의 노력을 집중해야 하겠습니다. 정국의 안정은 경제발전의 대전제입니다.

6·8선거가 유감스럽게도 입후보자들의 과열한 경합으로 그 분위기가 혼탁하게 되었고, 또 일부 지역에서 일어난 선거의 부정은 급기야 6·8총선거 전체를 불명예스러운 것으로 인상 주고 말았으니 이것은 실로 우리 민주시민의 큰 실망이라 아니할 수 없습니다.

6·8선거가 주고 간 오늘의 실망의 여건 속에서 우리가 찾아나가야 할 길은 자포와 자기와 자학의 길이 아니라 새로운 자신의 가능성을 찾아내는 냉정과 지혜와 금도일 것입니다.

법을 어긴 자에게는 법으로 다스리고 민주주의 과정에서 일어난 과오는 민주주의 방식에 의하여 시정함이 민주사회에 있어서 최선의 방책임을 우리는 명심해야 하겠습니다.

국민 여러분!

참신한 정치풍토의 조성과 평화적 정권교체는 민주주의를 하겠다는 우리 온 국민의 한결같은 염원이 아니겠습니까. 이것은 또한 나의 변함없는 정치적 소신인 것입니다.

우리는 우리의 민주주의 과정에 다소의 오점이 찍혔다고 해서 민주주의를 하겠다는 우리의 노력과 신념에 변동을 가져와서는 안 될 것입니다. 우리가 성급한 나머지 과오의 시정을 변칙적 수단에 호소한다면 그것은 오히려 평화적 정권교체라는 우리의 염원 달성을 더욱 멀리하고야 마는 결과가 될 것입니다.

우리는 시련에 부딪힐수록 더욱 확고히 민주주의에 대한 신념을 가지고 냉철한 이성과 지혜로써 민주주의 원칙을 준봉해나가는 인내와 용기가 있어야 할 것입니다.

친애하는 국민 여러분!

나의 소원은 이 땅에서 가난을 몰아내고 통일조국을 건설하는 것입니다. 우리가 바라는 사회는 '소박하고 근면하고 정직하고 성실한 서민사회가 바탕이 된 자주독립의 민주사회'입니다. 우리의 적은 빈곤과 부정, 부패와 공산주의입니다. 나는 이것을 우리의 3대 공적公敵이라고 생각합니다.

빈곤은 생존을 부정할 뿐 아니라 인간의 천부적인 개성을 억압하고 정직과 성실과 창조력을 말살하는 것이며 부정과 부패는 인간의 양심과 친화력을 마비 저해하는 것이며 공산주의는 우리의 자유와 인권과 양심을 파괴하는 것입니다. 정녕 이 3대 공적이야말로 우리 민족의 중흥을 위한 투쟁에 있어서 근본적으로 배격해야 할 공적이라고 아니할 수 없습니다.

정직하고 근면하고 소박하고 성실한 국민대중이 국가의 중추가 되고 빈곤과 부패를 추방한 복지사회의 건설이라는 우리의 목표 달성을 위해서 나는 우리들이 보다 더 근로와 실무에 밝고 충실하며 우리 주변의 사소한 구석구석을 눈여겨 개선하고 사회 생활의 윤리와 질서를 존중할 것을 희구합니다.

남을 헐뜯기 전에 자신을 돌아보고 자기의 주장만을 옳다고 하기 전에 주위를 두루 살피는 여유와 긍지를 가지기를 희구합니다. 그리하여 법과 질서와 슬기와 이치가 지배하는 사회가 되기를 희구합니다.

친애하는 동포 여러분!

나의 이러한 정의의 복지사회가 지금 우리가 추진하고 있는 공업입국의 대도를 통하여 이루어질 수 있고, 또 공업입국은 이러한 사회를 건설하는 데 그 주안이 있음을 확신하는 바입니다. 경제건설 없이는 빈곤의 추방이란 없을 뿐 아니라, 경제건설 없이는 부정, 부패의 온상이 되는 실업과 무직을 추방할 수 없기 때문이며 또 그것 없이는 공산주의에 대한 승리, 즉 자유의 힘이 넘쳐 흘러 북한의 동포를 해방하고 통일을 이룩할 수 없는 것입니다.

공업 입국에 관해서는 제2차 5개년계획을 골간으로 농공 병진 정책과 대국토 건설 계획을 국민 앞에 공약으로 제시하고 이미 진행 과정에 있습니다만 여기서 한 가지 분명히 해둘 것은 경제개발의 지렛대가 되는 것은 진정 농업생산력의 증대에 있다는 나의 신념인 것입니다. 우리가 추진하는 조국의 근대화나 공업입국은 소위 비체계적인 공업 편중 방식이 아니라는 것입니다.

우리의 근대화는 합리적이고 균형 있는 산업구조·국토구조·소득구조의 형성을 목표로 전근대적인 제반 구조를 개혁해나가자는 것이요, 공업화와 중소기업을 농업생산의 터전 위에서 발전시키는 삼위일체의 근대화 작업을 하자는 것입니다.

친애하는 국민 여러분!

지금 우리나라에선 시급히 불식해야 할 전근대적 요소가 많으며 극복해야 할 장애물도 허다합니다. 정치로부터 경제·문화·사회에 걸쳐 씻어야 할 비합리적 요소가 허다할 뿐 아니라 또 계속해서 새로운 과제가 그 해결을 촉구하고 있습니다. 그러나 난관 극복의 길은 난관 자체에 있는 것이 아니라 바로 우리 자신의 의지 속에 있는 것입니다. 불굴한 의지와 용기로써 조국의 근대화를 향해 '위대한 전진'의 발걸음을 재촉해야 하겠습니다. 우리는 기왕에도 몇 차례 분단의 비극을 극복하고 통일하고야 말았던 영롱한 민족의 피를 이어받고 있습니다. 그러한 조상을 가진 우리가 어찌 통일을 이룩하지 못하겠습니까. 협력하고 단합합시다.

통일을 향한 전진 대열엔 '너'와 '나'가 있을 수 없고 다만 '우리'가 있을 뿐입니다. 끝으로 사랑하는 동포 여러분의 영광과 행복을 빌고 오늘 우리와 자리를 같이 하지 못한 북한 동포들에게 하나님의 은총 있기를 빌며, 멀리 우리를 찾아 이 식전에 참석하신 우방의 친우들에게 감사드리는 바입니다.

이사마가 이 취임사를 읽고 느낀 감회는, 첫째 '레토릭'(수사)의 빈곤이었다. 즉 과잉된 수식어가 빚은 '레토릭'의 빈곤이다. 곧 성의의 빈곤을 말한다. '스피치 라이터'가 초안을 만들었을망정 본인에게 성의가 있으면 이대로 발표될 순 없었을 것이었다. 레토릭의 빈곤과 졸렬은 곧 성의의 빈곤으로 된다는 것이 이사마의 신념이다.

다음의 감회는 문장의 졸렬은 차치하고 그 내용의 대부분은 국민에게 대해 다질 것이 아니라 본인 자신에게로 향해야 한다는 것이었다.

"민주주의의 과정에 오점이 찍혔다고 해도……, 성급한 나머지 변칙적 수단에 호소해선 안 된다."

는 뜻의 말은 5·16쿠데타를 일으킨 당사자의 입엔 차마 담지 못할 말이다.

그런대로 이사마는 그 취임사에서 밝힌 내용에 긍정적인 기분을 가졌다. 이사마는 박 정권을 박 자신이 죽기까진 계속될 정권이라고 생각했기 때문에 가급적이면 밝은 면을 보려는 마음의 경사를 지니고 있었다.

'당분간 대안이 없다. 그럴 바에 비판만 하고 불평불만을 가꿀 것이 아니라 단 얼마라도 플러스 방향으로 나가도록 심정적으로나마 협력해야 할 것 아닌가.'

하는 기분이었던 것이다.

7월 8일이었다.

김형욱의 이른바 '북괴 대남적화 공작단' 사건에 관한 제1차 발표가 있었다.

다음은 그날의 합동통신 기사다.

김형욱은 8일 상오, '동베를린을 거점으로 한 북괴 대남적화 공작사건'의 제1차 진상을 발표, 관련자의 총수가 194명에 달하고 있으며 그중 입건 또는 구속수사를 받고 있는 피의자는 107명이나 된다고 밝혔다. 관련자의 대부분은 서방 각국에 유학 중인 학생과 장기체류자이지만 그 가운데는 이름난 대학교수를 비롯하여 학계·언론계·문화계의 인사도 포함되어 있다고 말했다.

김형욱은 이들이 20여 차례에 걸쳐 미화 10만 달러에 달하는 공작금을 북괴로부터 받고 괴뢰의 지령에 따라 1962년 이후 계속 귀국, 대남 공작 활동을 벌여왔다고 지적했다.

이날 김형욱이 공식 발표한 사건의 개요와 피의자별 혐의 사실은 다음과 같다.

북괴는 1958년도부터 서독을 비롯한 서방 각국에서 재학 중인 유학생과 도구 중渡歐中인 각층의 장기체류자들에게 심리전 공작을 펴

왔는데 그 첫 단계로써 동백림 관광과 북한에 있는 가족들의 소식, 상봉 주선, 생활비 제공 등 감언이설로써 이들의 환심을 사는 데 힘을 기울였다.

이들의 공작에 속아 넘어간 명지대학 조교수 임 모 박사가 1958년 9월 동백림에 가서 북괴 동독대사 박일영과 접선한 것을 비롯 67년 5월까지의 10년 사이에 당시의 유학생인 현 서울대학 문리대 부교수 황 박사 등 15명의 현직 대학교수·의사·예술인 및 공무원 등이 수차에 걸쳐 동백림을 왕래하면서 박일영 등 북괴 공작원들과 접촉했고, 일련의 간첩 교육을 받은 뒤 대한민국 정부의 전복에 관한 지령과 2천 달러의 공작금을 받고 활동을 해왔다.

특히 임 모 박사와 윤 모 등 7명은 1961년 8월부터 65년 8월 사이에 소련, 중공을 거쳐 평양에 체류, 현 북괴 노동당 부위원장이며 대남공작 총국장인 이효순 등 간부에게 철저한 밀봉교육을 받았다.

이들은 북괴의 지령에 따라 서구에 있는 유학생 안홍근 등 명단을 입수 현재 북괴와 접선되어 있는 저명인사들의 동향을 살펴 보고했다. 또한 황 모 박사는 학계와 정계에 구축된 합법적 토대를 이용하여 1963년 9월에 한국의 민주주의제도를 변혁하고 적화통일을 이룩하기 위해 학생 서클 '민족주의비교연구회'란 불온단체의 지도교수로 그의 불온사상을 고취하고 모 정당 운영위원장인 김 모 등 7명은 황박사와 내통하여 시위, 음모 등으로 정부를 뒤엎을 것을 결의했다.

그리고 주동자 피의 사실을 밝혔는데

△명지대학 조교수 임 모: 철학박사, 1956년 1월 서독 유학 중 북괴 공작원 조 모에 포섭되어 1961년 8월 소련을 거쳐 평양에 넘어가

노동당에 입당한 뒤, 남한에서 학원 또는 혁신 정당에 잠입하여 지하당을 조직, 합법 또는 비합법적 수단으로 남한 정부 타도 운동을 전개, 북괴가 지향하는 평화 통일을 성취할 것이며 서독의 유학생과 광부 등을 포섭하라는 지령을 받고 62년 1월 서독에 돌아와 포섭 활동을 하다가 63년 3월에 귀국, 이대 대학원생 홍 모 양과 결혼, 부부합세 간첩 활동을 벌여왔으며 이 같은 과업을 수행하기 위해 전후 7차에 걸쳐 모두 미화 6천8백 달러의 공작금을 받았다.

△경희대학 조교수 정 모(34세): 1955년 10월, 서울대학 문리대 4년 재학 중 도불, 파리 대학 정치대학을 졸업, 1966년 3월에 정치학 박사 학위를 받고, 66년 4월에 귀국하여 경희대학 정경대 조교수로 재직 중인데 59년 1월 약혼자 임 모(37세)의 도불로 파리 대학 '안토니' 부부학생 기숙사에서 동거하면서 북괴 대불란서 공작책과 접촉, 북괴를 찬양, 불온책자를 탐독 찬양했다. 정은 또한 62년 5월, 동백림 소재 북괴 대사 집에서 교육을 받은 후 공작금 6백 달러를 받고 파리에 귀환, 62년 7월에 프랑스 공작책임자의 지시에 따라 모스크바 경유, 평양에 도착, 3주간 체재하면서 노동당에 입당, 공작금조로 미화 2천 달러를 받았다. 65년 6월 28일에는 처 임씨를 대동 동백림, 모스크바 경유 평양에 이르러 약 40일간 체류하면서 북괴 내각체를 관람하며 간첩교육을 받았고, 처 임씨는 65년 9월에 먼저 귀불케 하고 정은 계속 교육을 복습하다가 동년 10월에 모스크바 경유 동백림 도착, 공작금 2천 달러를 받고 체코·스위스 경유 10월 17일 프랑스로 돌아갔다. 정은 66년 4월 13일, 귀국에 앞서 공작금 2천 달러 중 1천 달러를 처 임씨의 친구 프랑스인에게 위탁했고 '난수표'를 처 임씨의 음부에 넣어 은닉케 하여 무난히 귀국시켰으며, 10월에는 친동생 정의

비행기 표를 구입, 도불케 하여 북괴와의 연락 거점을 확보했고, 처 임씨를 국회도서관 직원으로 취직시켜 부부 합세 간첩 활동을 해왔었다.

△정치학 박사 조 모씨(35세): 경기고등학교와 군복무를 거쳐 1959년 10월 프랑스로 건너가 파리 대학 및 그래노블 대학을 졸업하고 동대학 대학원에서 박사학위를 받고, 일본 도쿄 대학 강사로 있다가 귀국, 동국대학·외국어대학 등 강사를 거쳐 현재는 무직으로 있는데, 61년 4월 프랑스 유학 시 형의 친구이며 북괴 노동당 연락부 프랑스 주재 공작원인 노 모·박 모 등과 접선, 64년 3월 28일 처 김 모와 함께 동백림, 모스크바를 경유, 평양에 들어갔다. 65년 8월, 부부동반 재입국하라는 지령을 받고 입북, 일련의 지령과 공작금 2천 달러를 받고 65년 10월 17일 귀국. 자신은 학원에 침투, 처는 모 기관 통신원으로 취직하여 부부가 한 팀이 되어 북괴간첩으로 활약했다.

△김 모(44세, 서울의과대학 조교수): 1961년 8월 25일 도독渡獨, 프랑크푸르트 대학 피부과 조교수로 근무하다가 65년 5월 16일 귀국, 동년 8월 25일 한일병원 피부과 과장으로 병원을 개업했는데 62년 1월 서독 프랑크푸르트 대학 부속병원에서 북괴 주동독 공작원 이원찬과 접선, 동백림을 왕래하면서 그의 처 손 모(42세)와 더불어 다시 북괴와 접건, 귀국 후는 병원을 개업, 입원실을 완비하여 남파 공작원을 은닉 보호와 암호·서신 연락을 취한 사실이 있다.

합동통신은 이어 다음과 같은 기사를 발표했다. 김형욱 부장은 8일 아침 동베를린을 거점으로 한 북괴 대남적화 공작단 사건으로 이날 현재 약 70명이 구속되었으며 그중 반수 가량이 동독을 경유, 평양을 다녀왔다고 말했다.

김 부장은 서독으로부터 연행되어 온 사람이 15, 16명이라고 밝혔으며 수사 진도에 따라 구속 범위가 늘어날 것을 비쳤다. 김 부장은 수사 대상자에 저명인사가 많으며 정치적 오해를 받을 우려도 있다는 점을 들어 구속자 명단의 공식발표를 회피했으며 구속자 중 제1차로 7명이 검찰에 송치되었으며 금명간 제2차 송치가 있을 것이라고 밝혔다. 이 사건으로 구속된 자 중엔 황성모 서울대학 문리대 교수, 주석균 농업문제연구소장, 김중태 신민당 운영위원 등 저명인사들이 포함돼 있는 것으로 알려졌다.

이 사건이 이사마에게 적지 않게 충격적이었던 것은 사건의 연루자로서 황성모 씨가 끼어 있었기 때문이다.

황성모 씨의 고향은 사천이다. 이사마의 고향의 바로 이웃 군이란 인연만이 아니라, 그의 아버지 황순주 씨는 진주를 중심으로 한 서부 경남 일대의 명사로서, 명의로 이름이 높은 분이다. 이사마는 개인적으로 황순주 씨의 총애를 받았다. 이사마뿐이 아니라 황순주 씨는 고장 출신 신진학도들을 아끼고 보살펴주는 자상함을 가지고 있었다. 특히 이사마에게 대해서 각별했던 것은 이사마의 아버지와의 친교가 있었기 때문이다.

이사마가 진주에서 대학교수를 하고 있었을 무렵엔 어쩌다 사천에서 진주로 나오는 일이 있으면 당시 진주호텔을 경영하고 있던 우학경이란 사람과 친분이 있었던 관계로 그 호텔에 묵으면서 꼭 이사마를 불러내 술자리를 같이 하곤 했다. 연령 차가 부자 사이 정도로 달랐는데도 황순주 씨는 노소동락처럼 기쁜 일이 없다고 할 만큼 활달했다.

좌중에 가끔 아들 성모 씨가 화제에 오를 경우가 있었다. 드물게 보는 수재로서 서울대학에 재학 중인 성모 씨는 그 무렵부터 고장의 '아이들'이었던 것이다. 아들이 화제에 오르면 황순주 씨는 언제나 수줍어하는 표정으로 되며

"그저 제 앞이나 겨우 닦을 수 있을까 말까 한 아이를 두고 무슨 소리냐."

며 되도록이면 그런 화제를 피하려고 했다.

이사마가 황성모 씨의 존재를 다시 인식하게 된 것은 그가 서울대학의 가장 유명한 서클인 '민비연'의 지도교수가 된 이후의 일이다. 학생들이 전하는 말을 들으면 해박한 학식도 대단하려니와 문제의 진수를 석출하는 능력이 빼어났다고 했다.

이사마는 그런 준수한 두뇌를 가진 학자가 공산주의 사상에 감염되었을 까닭이 없다고 생각했다. 뿐만 아니라 그 서클에 속해 있는 학생들로부터 들은 바로는 마르크스-레닌주의 이론에 대한 핵심적인 비판엔 광채가 있다고 했다. 그러니 그의 공산주의에 대한 태도는 공식적·교조적·고식적인 것이 아니고, 과학적인 부분과 비과학적인 부분을 석별析別하는 소피스티케이트한 것일 것이라고 이사마도 짐작했다. 마르크스주의에 대한 결연한 비판안을 가졌다고 자부하고 있는 이사마 스스로가 한때 용공분자로 몰린 쓰라린 경험이 있기 때문에 황성모 씨의 처지를 이해할 수 있었던 것이다.

그러나저러나 황성모 씨가 동백림을 거점으로 한 간첩단에 끼었다는 사실은 납득할 수가 없었다. 도저히 가만 앉아 있을 수가 없었다. 황순주 씨의 온후하고 자상한 얼굴이 눈앞을 스쳤다.

그런데 한 가지 공포는 황성모를 검거하고 구속한 기관의 제2인자에

이병두란 사람, 즉 이사마에겐 재종형 되는 사람이 있었다는 사실에 비롯되었다. 이병두 씨도 황순주 씨의 사랑을 받고 큰 사람이며, 바로 이웃사촌의 관계이고 따라서 황성모 씨를 자랄 때부터 잘 알고 있는 사람이다. 그런 사람이 책임자로 있으면서 황성모 씨를 구속하는 것을 말리지 못했다면, 무슨 일이 있었던 것이 아닐까 하는 생각을 안 해볼 수 없는 것이다.

당장에라도 찾아가서 따져보고 싶었으나 이사마는 그 무렵 재종형을 만나기만 하면 입씨름을 하게 되는 결과를 빚어 되도록이면 단독대좌를 피하고 있는 사정이었다. 이사마는 성유정 씨의 도움을 청할까 하고 있는데 마침 성유정 씨로부터 전화가 왔다. 그도 황성모 씨가 구속되었다는 사실을 알고 충격을 받은 것이었다.

"전화론 말 다 못 하겠다. 이 주필이 내게로 올 건가, 내가 그리로 갈까……."

"내가 가지요."

"도대체 어떻게 된 거냐."

고 성유정 씨는 이사마가 앉기가 바쁘게 쏘아댔다.

"난들 알 수가 있습니까."

이사마는 쓴 웃음을 웃었다.

"동백림 사건이란 게 그 참말로 있었던 일인가?"

"뭔가 꼬투리는 있지 않았겠습니까."

"아닐 거야. 부정선거 때문에 시끄러워지니까 알쏭달쏭한 문제를 그렇게 프레임업 한 걸 거야."

"선배님, 말씀 삼가야겠는데요?"

"한번 생각해보란 말야. 194명이나 관련된 간첩단 사건이 그게 사실이면 나라의 위신에 관한 문제가 아닌가. 유럽에서 박사학위를 가진 사람이 북쪽의 간첩이라면 이건 만만찮은 일이 아닌가. 그런 사실이 있다고 치더라도 설득해서 이편의 사람으로 만들든지 안 되면 회유해서 카운터 스파이로 이용하든지 하는 게 유리하지 않을까? 자칫 잘못하면 한국의 최고 인텔리는 북괴를 지지하고 있는 것 같은 인상을 줄 염려도 있지 않아? 내용을 파악하고 있다면 위험을 방지할 수도 있을 거고. 내가 정보책임자 같으면 그따위 서툰 짓은 안 하겠다."

"그러니까 성 선배는 정보책임자가 될 수 없는 겁니다."

"황군이 그 사건에 관련이 있다니, 상상이라도 되는 이야긴가?"

"나도 상상할 수 없습니다."

성유정 씨는 자기가 청년시절 진주 도립병원에 폐렴으로 입원해 있을 때 사천에서 자전거를 타고 매일 문병을 왔다며 황순주 씨를 회상했다.

"그 어른이 얼마나 충격을 받으셨을까."

하고 성유정 씨는 말문을 닫아버렸다.

그날 밤 이사마와 성유정은 창선동 자택으로 이병두 씨를 찾아갔다

이씨는 성유정 씨와의 인사가 끝나자

"황성모 군 때문에 오셨지요?"

하고 풀이 죽은 얼굴을 했다.

"잘 아시는군, 도대체 어떻게 된 거요."

"미안합니다. 제가 역부족한 탓입니다."

이씨는 고개를 떨구었다.

"황군이 동백림 사건인가 하는 것에 관련된 것은 사실이오?"

성유정이 물었다.

"황군은 그 사건과는 관련이 없습니다."

"그런데 어떻게."

"황군은 민비연 사건으로 입건된 겁니다."

"민비연이 용공단체인가?"

"조사를 하고 있습니다."

"조사를 해보고 구속한 게 아니라 구속부터 먼저 해놓고 조사를 한단 말인가?"

"그럴 사정이 되었습니다."

"오늘 발표에 보니 정부를 전복할 음모를 꾸몄다고 되어 있던데."

"저는 모르는 일입니다."

"당신이 모르다니 무슨 소리요."

"부서가 다릅니다. 책임 범위도 다르구요."

"그렇다고 해서……."

"그러니까 제가 무력한 탓이라고 하지 않습니까."

"동백림 사건과 함께 취급한 까닭은 또 뭐요."

"황군이 독일에 유학한 경력이 있으니 그렇게 관련시킨 거겠죠."

"동백림 사건은 어떻게 된 거요."

"구체적으로 설명해보시오. 궁금해서 죽을 지경이오."

"미안합니다만 오늘 발표된 이상의 내용은 말할 수 없습니다. 기관의 기밀이니까요."

말이 이렇게 되고 보니 성유정도 잠잠해버릴 수밖에 없었다. 방안의 공기가 따분하게 되었다.

성유정이 일어서며

"설마 황군이 큰 곤욕 당하진 않겠지요?"
하고 물었다.

"검찰청으로 넘어갈 거니까 그때 진상이 밝혀지겠지요."

이씨의 대답이었다.

문간에까지 전송하러 나온 이씨는

"저도 성 선배나 이 사람 못지않게 괴롭습니다."
하고 한숨을 쉬었다.

한길로 나와 성유정이 중얼거렸다.

"이군의 말로 미루어 황군은 별스럽지 않은 것으로 걸려든 모양인데 직위를 내걸고 그 사람쯤 보호할 수 없었을까?"

"그렇게 해서 해결될 문제가 아니지 않습니까. 형도 최선을 다할 겁니다. 김형욱이란 사람은 자기 고집대로 하는 사람이니 형도 도리가 없었겠죠."

그 길로 김선의 집에 들러 술판을 벌였지만 흥이 일지 않았다. 진주 지방의 속담으로

"술이 서지 않았다."

김선은 동백림 사건에 관해 풍부한 정보를 가지고 있었다.

명지대학 조교수 임 모는 임석진이고, 경희대학 조교수 정 모는 정하룡이고, 정치학 박사 조 모는 외국어대학의 조영수이며 의사 김 모는 김중환이란 것을 김선을 통해서 알았다.

김선은 독일과 프랑스에 있는 사람들을 어떻게 잡아왔는가에 대해서도 비교적 소상하게 알고 있었다. 그 공작을 담당한 사람들이 술자리에서 자랑 삼아 한 이야기를 들었다는 것이다.

공작원 수십 명이 유럽 지방에 깔려 혐의 대상자 상대로 공작을 벌였

는데 대상자를 A B C급으로 나눴다.

A급은 윤이상·이응로 같은 사람들이다. 이들에겐 이번 8·15 광복절 식전에 참가하도록 대통령이 초청한다고 했다.

B급은 젊은 교수들이다. 이들에겐 김형욱이 초청한다고 꼬였다.

C급은 학생들과 광부들이다.

이들은 본에 있는 대사관에 일단 집결시켜 자동차를 태워 함부르크까지 가서 일본 항공에 태웠다. 그렇게 해서 붙들어 온 혐의자가 약 30명이란 것이다.

이런 얘기를 하고 김선이

"아무래도 하는 짓이 이상해요."

하며 상을 찌푸렸다.

7월 11일에 동백림 사건에 관한 2차 발표가 있었다. 민비연의 지도교수 황성모와 민비연 초대 회장 이종률, 초대 총무 박범진, 2대 회장 김중태, 3대 회장 현승일, 지도위원 김도현, 5대 회장 박지동을 동백림 사건과 관련, 정부 전복을 기도했다는 혐의로 체포했다는 내용이었다.

7월 12일엔 3차 발표가 있었다. 작곡가 윤이상, 그의 처 이수자, 서독 대학생 최정길, 전북대학 조교수 최창자 등의 간첩 활동 내용이었다. 7월 13일의 발표는 서독 프랑크푸르트 대학 이론물리학 연구원 정규명, 그의 처 강혜순, 광부 박성옥과 김성칠에 관한 혐의 내용이었다.

7월 14일엔 농업문제연구소장 주석균, 하이델베르크 대학의 강사 김종태, 노트르담 대학 화학연구원 이학박사 강계호, 서울상대 조교수 법학 박사 강빈구, 그의 처인 서강대학 강사 강 하이드론 개린드와 이종국의 간첩 활동과 불고지 혐의로 천상병을 체포했다는 발표가 있었다.

7월 15일엔 6차 발표가 있었다. 화가 이응로와 그의 처 박인경, 베를린 공과대학생 임석훈의 혐의 사실이었다.

7월 16일엔 공광덕에 관한 혐의 사실을 발표했다.

이렇게 발표하면서 김형욱은 기세가 등등했으나 한강엔 암울한 기류가 감돌고 있었다.

모두가 나라를 대표할 만한 엘리트들이고 보니 그들이 간첩 활동을 한 것이 사실이라면 나라를 위해 애석한 일이고, 만일 사실무근한 일을 사소한 꼬투리로 부풀려 올린 사건이라면 이건 정말 나라의 체면에 관한 일로 되기 때문이다.

압도적인 세론은 자유로운 유럽에서 공부를 하고 있자니까 자연 이런 사람도 만나고 저런 사람도 만나게 되고, 가벼운 기분으로 동백림·모스크바·평양까지 여행하는 기회가 있었을지 모르는 일인데 적당하게 설유하면 될 것을 저렇게 떠들썩하게 하는 짓은 결코 달갑지 않다는 것이었다.

"예컨대 윤이상·이응로 같은 예술가가 독일과 프랑스에 앉아 무슨 간첩 활동을 했겠는가. 북괴의 공작원이 무슨 의도로써 접근했는지 몰라도 그들이 호락호락 공작원들에게 넘어갈 사상의 소유자들이겠는가. 거꾸로 북괴의 공작원들이 한국의 정보기관을 혼란케 하고 이런 사건을 유발해서 대한민국의 체면을 망치려고 고의적으로 원인을 만든 것인데 그 꾀에 넘어갔다고 볼 수 있지 않은가. 그들이 평양에 간 것은 범법이고, 갔다 와서도 신고하지 않은 것은 나쁘지만 상대가 독일이나 프랑스의 권위 있는 대학의 교수이고 보면 그처럼 경하게 취급할 문제가 아니지 않는가."

하고 울분을 토하는 사람도 있었다.

시간이 흐르자 황당하다고밖엔 달리 표현할 수 없는 얘기가 항간에 나돌았다.

임 모라는 교수가 어떤 사람의 사주를 받고 서독에서의 자기 행적을 자랑하면서 그럴듯하게 각본을 꾸민 것을 근거로 이번의 대소동이 났다는 것이다.

그러나저러나 공판이 열려 보면 알 일이었다.

이사마는 제6대 대통령의 취임사를 상기하고, 그 속에 담긴 내용에 진실이 있었더라면 결코 이런 사건이 그와 같은 규모로 확대되진 않았을 것이라는 생각을 지울 수가 없었다.

앞뒤가 바뀌게 되지만 김형욱이 자기 입을 통해 한 뻔뻔스런 이야기를 이곳에 인용해두는 것이 좋을 것 같다.

> 동백림 사건에서 내가 저지른 큰 실수가 있다면 그것은 서울대학 '민족주의비교연구회' 관련자들을 동백림 사건의 하나로 취급한 일이다. 그것은 지도교수 황성모가 역시 독일 유학생이었고 그의 집에서 불온서적이 발견되기도 했기 때문에 그랬던 것이나 전체적으로 보아 '민비연'은 동백림 사건과 관계가 없었다.
>
> 1967년 7월 25일 나는 '민비연'을 반국가단체로 규정하고 검찰에 넘겼으나 동백림 사건과 같이 취급하면 무리가 생겨서 별도로 심리하기로 결정했다. 당시 육군 사병으로 복무하고 있던 '민비연' 4대 회장 조봉계는 군 수사기관에 이첩하고 기타 46명의 민비연 회원을 불구속으로 수사를 계속했다. 그러나 정치재판에 많이 서보아 요령이 좋았고 정치감각이 민감한 이들은 혐의 사실에서 교묘히 빠져나가고 하여 수사는 교착 상태에 빠져 있었다.

게다가 1966년 이른바 '몰로토프 칵테일'이란 폭약을 만들어 내란음모 및 폭발물 사용 혐의로 재판을 받아서 무죄가 된 김중태는 1967년 11월 첫 공판이 시작되자 유창한 법정증인으로 검사들의 기를 꺾었고, 혐의자 중 이종률과 박지동은 『동아일보』 기자이고, 박범진은 『조선일보』 기자여서 그랬는지는 모르나 『동아일보』와 『조선일보』는 은연중에 민비연 관계자들을 두둔하는 보도를 하고 있어서 안팎으로 어려움을 겪고 있었다.

이 사건에 관련된 46명을 하나같이 붙잡아다 문초해도 결과는 신통치 않았다. 이제 수사를 황성모의 사상적 배경으로 집중시켰다. 민비연 창설 당시 핵심 멤버로 활약했던 이한건은 당시 대한석유공사 이란 주재원으로 있었는데 그를 긴급 소환시켜 김포공항에서부터 수갑을 채우고 연행하여 조사했는데도 결과는 마찬가지였다.

"부장님. 황성모가 지도교수로 있을 때 민비연은 매주마다 세미나를 열었다 합니다. 한 번은 '헝가리 의거'에 관한 토론이 있었는데 발제하던 학생이 이건 공산 학정에 대한 민주세력의 항거라고 말하니까 황성모가 꼭 그런 것이라고 보기보다는 부패한 정치 지도층에 대한 불만이 더 큰 요인이라고 강평을 했다고 합니다."

어느 부하가 이런 말을 했다.

"그래애? 황성모가 '헝가리 의거'의 뜻을 호도했다는 거로군. 이한건에게 그걸 확인했소?"

"물론이지요. 허나 이한건이란 녀석은 자기가 가는 귀가 먹어서 잘 듣지 못했다는 겁니다."

"그럼 그걸 다른 사람에게 확인시킬 수 없단 말이오?"

"실은 민비연의 이론적 지도자로 창설 당시 초대 연구부장을 했던 김경재란 인물이 있는데, 그 친구면 알 것 같습니다. 그 친구가 황성모를 지도교수로 옹립한 주역입니다."

"그 녀석을 잡아서 입건시키지 않고 뭘 했소? 듣자 하니 골수분자 같은데."

"그것이 좀 묘하게 됐습니다. 민비연이 혐의 사실을 책동하고 있던 기간에 김경재는 공군장교 후보생으로 입대하여 대전에서 훈련을 받고 있었단 말입니다. 그러니까 혐의 사실의 발생 중 그는 시간적·공간적으로 알리바이가 성립된 것이지요. 훈련 중에 불러내 공군 수사기관에서 조사는 시켰지요. 현역 장교이기 때문에 입건을 하면 말썽이 생길 여지가 많습니다."

"그런 자식을 왜 장교로 임관시켰단 말이요?"

"당시 1964년대여서 정훈장교로 선발된 것을 간신히 막고 시골 벽지로 쫓아 보냈습니다."

"그래 지금은 그가 어디 있소."

"공군사관학교에서 중위로 교관 노릇를 하고 있습니다."

"잘도 올라왔군. 데려다 엄중히 조사하시오. 잘못하면 몇 년간의 장교 복무가 헛일이 되어 사병으로 불명예 제대를 하게 된다고 엄포를 주시오."

그래서 공사空士 김 중위를 수십 번 연행해 왔으나 자기의 양심을 걸고 황성모의 그런 발언을 들어본 적이 없다는 것이었다.

"제가 모든 세미나의 사회를 보았습니다. 그런 얘기를 들은 사람이 있다면 저와 대질시키십시오."

김경재의 한결같은 대답이었다.

군에 미칠 영향을 고려하여 장교 신분인 김경재를 함부로 입건시키기는 곤란했다. 거의 매일이다시피 그가 출두하여 조사받던 같은 '바라크' 건물에 이번에는 정치학과 동기동창인 허두표를 잡아다 장기 억류시켰다. 허두표는 민비연 회원은 아니었으나 김경재·이종률과 절친했으며 당시 육군 사병으로 복무하고 있었다.

"어, 김 중위님, 오늘도 수고가 많았습니다. 이거 다 국가를 위한 일 아닙니까? 내일 다시 오셔야 하겠습니다."

이렇게 김경재에게 깍듯이 예의를 차리고 수사관들은 허두표를 족쳤다.

"이봐 허두표, 넌 무엇 땜에 이 고생이야. 민비연의 골수분자인 김경재는 저토록 예우를 받으며 그래도 출퇴근을 하며 조사를 받는데, 너는 회원도 아니면서 이 고생할 것이 뭐가 있냐 말이야."

"그러나 전 아무것도 모릅니다."

결국 나는 그들에게서 아무것도 캐내지 못하고 말았다.

나는 마지막으로 황성모 본인과 이병두 차장실에서 대면했다.

"황 교수, 당신 6·25 때 인민당 의용군에 가담한 적이 있었다는데."

"네, 있었습니다."

"그럼 빨갱이 아니야?"

"그 논법 옳지 않습니다. 자발적으로 가담한 것이 아니라 끌려간 것이니까요. 피난을 가지 못하고 서울에 숨어 있다가 배가 고파 먹을 것을 찾으려 거리에 나왔다가 끌려간 것입니다."

"그래서?"

"한참 북으로 끌려가다가 탈출했습니다. 그러니 내가 오늘 이곳에 있는 것 아닙니까."

"그럼 당신은 공산주의자가 아니란 말인가?"

"아닙니다."

"그럼 뭐요. 황 교수의 정체는."

"엄밀히 말하자면 나는 사회주의자입니다."

"사회주의와 공산주의는 작은집, 큰집 아니오? 그 차이가 뭐란 말이오."

"현격한 차이가 있습니다. 내가 믿는 사회주의는 현대 공산주의가 주장하는 폭력혁명을 거부하는 것입니다. 동시에 특정 자본가들만이 권력과 군부의 배경을 업고 살찌는 자본주의도 반대하는 것입니다. 나는 젊었을 적 한때 이론적인 공산주의자였습니다. 그것은 아마도 우리 민족을 지배하던 일본의 침략적 군벌이 자본주의를 채택하고 있었기 때문에 이에 대한 저항으로 가졌던 민족주의적 감정의 발로였으리라 생각합니다. 그러나 나는 한번도 폭력적 공산주의 운동에 가담하여 행동해본 적은 없습니다."

"이것 봐요, 황 교수, 이론적 공산주의와 폭력적이고 행동적인 공산주의자의 차이가 무엇이란 말이오. 말장난하지 마시오. 공산주의는 공산주의인 거요. 그 이상도 아니고 그 이하도 아니오. 어떤 종류의 공산주의든 우리는 받아들일 수 없소."

"김 부장님, 이건 나에게 불리한 발언일지도 모른다고 각오하면서 한 말씀드리겠습니다. 부장님께선 모든 공산주의자는 죄다 나쁜 놈들이라 생각하시는 모양이군요."

"그렇다면?"

"나는 그렇지 않다고 봅니다. 우리 선배들이 일제하에서 독립운동을 하던 시절에는 상당히 공산주의자들이 많았다는 것을 부장도 알고 계시지 않습니까. 특히 1930년대에는 우리 사회의 지도적 인물과 독립 운동가 중엔 공산주의자 내지 민족주의적 공산주의자가 거의 3분의 2를 초과했습니다. 이건 통계 숫자에도 나와 있습니다. 폐일언하고 내가 말하고자 하는 요점은 공산주의자들 중에도 진정 민족을 위하는 좋은 사람이 있다는 사실입니다."

"아니, 내 앞에서 공산주의자를 옹호하겠다는 거요?"

"그건 내 본의가 아닙니다. 다만 그런 시대에 학생시절을 보내면서 나도 한때 그 이론에 학문적으로 심취해본 적이 있다는 것을 솔직히 말씀드린 것입니다. 이 점 죄가 된다면 달게 받겠습니다."

"이건 숫제 공갈이로군. 그래 왜 그 알량한 공산주의를 저버렸소?"

"나는 초기 공산주의가 냉전체제 아래서 양극 중 하나를 택하여 침략성과 폭발성을 격화시키는 것에 실망한 것입니다. 마찬가지로 자본주의 철학도 우리 민족의 국가건설과 발전을 위한 논리로선 부적당하다고 보고 있습니다. 자본주의 안에도 무시 못 할 폭력성이 잠재되어 있었습니다. 사회의 모든 질서와 법이 '가진 자'에게 절대적으로 유리하게 돼 있고, 이에 대한 '못 가진 자'의 불만을 법과 질서라는 이름의 폭력으로 억누르는 불평등 사회가 이룩될 가능성이 많습니다."

"그러나 황 교수, 평등 즉 부의 균형 있는 배분을 하기 위하여 우선 부를 쌓아야 할 것 아니오. 어느 정도 성장을 이룩한 뒤에야 배분의 정의가 문제 된다는 것이오, 내 말은."

"그건 일리 있는 말씀입니다. 허나 참다운 민주사회는 '분배의 구조'가 평등해야 할 뿐만 아니라 '기회의 구조'도 평등하게 주어져야 한다는 얘깁니다. 자본주의 사회에서의 서민 대중은 매 맞으면서 쫓기고, 인격도 없고, 다만 먹여만 주면 되는 돼지 취급을 받고 있습니다. 돼지에게 먹이를 주는 것처럼 '배분적 정의'라는 이름으로 최소한의 의식주를 해결해주는 것으로는 충분치 않습니다. 그 돼지들에게 자기발전의 기회를 주어 돼지들이 사람이 되고 인간으로 평가받을 수 있도록 하는 사회를 만들자는 것이 내가 가진 정치철학입니다."

"그렇다면 황 교수가 우리 정부를 못 도와줄 것도 없지 않소? 나는 사실, 여기 있는 이병두 차장의 권고도 있고 해서 여러 모로 황 교수의 재주를 아끼고 있습니다. 현실적으로 국정을 담당하다 보면 시행착오도 있고 과오도 있게 됩니다. 그걸 이해하시고 잘 협조하여주시오."

"고마운 말씀입니다. 나는 다만 이름 없는 사회학자로서 가끔 정부를 선의에서 비판하고 앞으로 이 나라의 기둥이 될 젊은 학생들에게 편견 없는 세계관을 알려주는 것을 내가 이 시점에서 국가를 위해 할 수 있는 최선의 봉사라고 생각하고 있습니다."

"그러면 황 교수가 민비연 학생들을 지도했던 것은 정부 전복을 기도한 것이 아니었단 말이군요."

"핫하, 김 부장님, 내가 학생 몇을 데리고 세미나 좀 한다고 곧 전복이 될 만큼 대한민국 정부는 힘이 없습니까?"

"농담이 지나치오. 황 교수는 말에 풍자가 너무 많소."

결국 황성모를 움직이려는 시도는 좌절되고 덕분에 그로부터 일장의 강의를 받는 셈이 되고 말았다.

1967년 12월 16일, '민족주의비교연구회'는 재판정에서 다시 학술단체로 인정되고 관련자 대부분은 무죄가 되었다. 1심에서 3년 징역을 언도받았던 황성모와 2년 징역을 언도받았던 김중태도 그후 대법원까지 올라갔다가 '형집행정지'라는 것으로 정부의 체면을 간신히 세우고 풀어주고 말았다.

'민비연'이란 이름만 들어도 정나미가 떨어진 만큼 애를 먹었다.

동백림 사건도 그 후 관련자의 사과와 반성의 정도에 따라 수습하였다. 그 과정에서 내가 인간적으로 크게 죄책감을 느낀 것은 맨 처음 정보를 제공했던 임석진과 의사 이수길이었다. 임석진은 자수를 했다고 해서 기소가 되지 않았으나 그의 아우와 누이가 모두 사건에 연루되어 내가 기소 보류를 시키려고 노력했으나 워낙 혐의 사실이 명백하여 오랫동안 옥고를 치러야 했었다.

자기 자신을 변명하기 위한 김형욱의 말을 어느 정도 믿어야 할지 간단하게 분간할 순 없으나 역사는 이러한 형식으로 스스로를 밝히는 경우가 있다는 것을 이사마는 알았다. 이병두가 황성모를 위해 무진 애를 썼다는 것이 밝혀진 사실도 반가웠다. 그런 뜻으로 성유정과 이사마는 이병두를 끼워 축배를 들었던 것이다.

삼망지도

동백림 사건은 갖가지의 풍문을 일으켰다. 한국 정부에 악의를 가진 외국 기자들은 사건 전부를 조작이란 식으로 해석하려고 했고 호의를 가진 기자들마저도 그 사건은 나라의 위신을 손상한 것이라고 보고 있었다.

일본에서 온 K라는 기자는 일부러 이사마를 찾아와서

"3선개헌을 위한 양동작전이 아니냐."

고 노골적인 질문을 했다.

이사마 자신은 이 사건엔 비판적이었지만 일본인 기자의 그런 질문엔 불쾌감을 느꼈다. 그래서 이렇게 말했다.

"당신들 일본 기자는 한국에 무슨 사건만 생기면 그것을 스캔들로 보려고 한다. 이번 사건이 무슨 목적을 위한 양동작전인지 아닌지는 그 귀추를 긴 안목으로 보고 판단할 일이지 조급하게 판단할 일이 아니지 않은가."

그러자 K는

"전 언론인인 선배 격의 인물을 찾아와서 기자로서의 육감을 말했을 뿐인데 불쾌하게 여긴다니 전연 뜻밖이오."

하고 정색을 했다.

"당신은 내가 이 정권에 의해 박해를 받고 있는 사람이라고 보고 당신의 추측에 유리한 증언을 나로부터 얻을 작정인 모양이지만 그렇게 생각한다면 오해를 하고 있다. 좋으나 궂으나 내 나라의 정부인데, 나 자신은 속으로 어떻게 생각하고 있건 외국인 기자 앞에서 스캔들의 자료를 제공할 수 없다."

이렇게 단호한 태도를 취한 원인이 또 하나 있었다. 우연히 K가 S란 일본의 잡지에 기고한 기사를 읽었는데 그는 이렇게 쓰고 있었던 것이다.

—한국에 온 이래 처음으로 판문점에 갔다. ……나는 북조선의 『로동신문』 기자와 친하게 되어 회담이 끝날 때까지 여러 가지 얘기를 나누었다. 이 사나이가 말해준 북조선의 신문과 신문기자 생활은 흥미가 있었다.

『로동신문』은 북조선 제1의 신문인데 발행부수는 30만 부, 주 3회는 6페이지, 다른 날은 4페이지. 편집국엔 당생활부黨生活部·공업부·농업부·보도부·편집부가 있다는 것이고 각 도마다에 2, 3명씩 특파원이 배치되어 있다고 했다. 이 신문의 기자 총수는 2백 명, 아침 8시에 출근, 밤 7시 지나 퇴근. 월급은 월 1백 원(일본돈으로 치면 1만 5천 엔)인데 그가 지금 살고 있는 집은 철근 콘크리트의 아파트다. 방 두 개에 목욕탕, 변소, 부엌이 있다. 집세는 월 2원 3전, 쌀 1킬로그램당 6전이니 생활엔 곤란이 없다. 신문기자에겐 양복과 구두가 배급된다. 밤에 신문사에서 돌아오는 도중 식당에서 한잔할 경우도 있고, 가끔 친구를 집에 초청하여 술을 마시기도 하는데 그래도 월급이 남는다고 했다.

놀란 일은 오모리 씨를 알고 있는 사실이었다. 그는 오모리 씨가 왜

『마이니치신문』을 그만두었는가, 지금 뭘 하고 있는가 등등을 물었다. 그의 얘기에 의하면 그가 근무하고 있는 신문사엔 『세계』 『중앙공론』 『문예춘추』 등의 월간잡지와 『선데이 매일』 『주간조일』 같은 주간지가 들어와 있다는 것이다. 오모리 씨에 관한 것을 그런 잡지를 통해 알고 있다며 자랑스럽게 말했다. 그것이 만일 사실이라면 자랑할 만한 일이다. '자유가 없다'는 공산국가의 신문기자가 이들 일본의 잡지를 전부 읽고 있는데 '자유를 지키기 위해' 베트남에 파병까지 하고 있는 한국에 살고 있는 내가 그가 들먹인 잡지를 쉽게 읽을 수 없는 형편이니까…….

이 기사는 어디까지나 한국에서 스캔들을 찾아내고야 말겠다는 시각과 태도로 씌어진 것이다.

이사마 자신 신문사에 있어 보았지만 어느 신문사치고 외국의 신문잡지 구독을 금지당하고 있다는 사실을 들은 적이 없다. 그런데 K는 북조선의 신문기자가 읽을 수 있는 잡지를 한국의 신문기자는 읽을 수 없는 것처럼 쓰고 있다. 그리고 그 수법이 약간 비열하다. 한국의 신문기자들은 일본의 잡지를 읽을 수 없다곤 차마 쓸 수 없으니까

"한국에 살고 있는 내가 그런 잡지를 쉽게 읽을 수 없다."

고 씀으로써 한국의 기자들이 일본 잡지에 접근할 수 없는 것처럼 잔재주를 부리고 있는 것이다.

이것 말고도 K는 악의에 의한 것이라고밖에 말할 수 없는 기사를 쓰고 있었다. 그러니 아무리 정부에 대해 비판적이라고 하더라도 이사마는 그에게 스캔들의 자료가 될 만한 말을 할 까닭이 없었다.

"선생님은 대단히 리버럴한 분으로 알고 존경하고 있었는데."

하는 말이 K의 입에서 나왔다.

"동백림 사건을 3선개헌을 위한 양동작전이라고 인정하면 내가 리버럴한 사람으로 될 뻔했던가?"

이사마의 말투에 약간 시니컬한 빛깔이 섞였다.

"3선개헌을 위한 양동작전까진 아니더라도 부정선거에 대한 국민의 반발을 무마할 수단으로 고안된 것이라던가, 보이콧 전술을 쓰고 있는 야당에 겁을 주기 위한 것이라던가, 갖가지로 생각해볼 수가 있지 않겠습니까. 그처럼 갖가지로 생각해보는 게 곧 리버럴한 태도가 아니겠습니까."

"솔직한 얘기로 나는 동백림 사건에 관해서 정부가 발표한 이외의 사실은 아무것도 모르오. 그러니 갖가지 해석을 해볼 수도 없소."

"그럼 이 선생은 당국이 발표한 그대로를 믿고 있습니까?"

"그 질문엔 응할 수가 없소."

"응할 수 없다고 하는 것을 보니 약간의 의혹은 있다는 것 아닙니까."

폭발하려는 신경질을 이사마는 가까스로 참고

"당신의 기사를 읽은 적이 있는데 당신은 북조선에 관한 기사는 로맨스로 만들려고 하고, 한국에 관한 기사는 어떻게든 스캔들로 만들어야 직성이 풀리는 그런 것이 있소?"

하고 물었다.

"당신은 북조선의 신문을 구경이나 한 적이 있소?"

"아직 없습니다."

"그렇다면 북조선과 남조선의 언론 사정, 또는 신문기자의 생활을 비교하려고 들지 말고, 북조선의 신문을 한 번이라도 보고 말하시오."

"내 기사의 어떤 것을 보았소?"

K의 표정이 긴장하고 있었다.

"『로동신문』의 기자를 만났다는 기사요."

"나는 들은 대로 썼습니다. '그의 말에 의하면'이란 단서까지 붙이고 되도록 객관적으로 쓰려고 했습니다."

"그럴까요? 당신은 한국의 기자는 대단히 가난한데도 출입처에서 돈을 받아선 술값을 자기가 꼭 치르길 고집하는 허영을 부린다고 쓰고 있는데, 한국의 신문기자가 받는 보수가 북조선 신문기자가 받은 보수보다 월등하게 나을 거요. 당신의 기사에 보면 북조선 기자들의 월급이 일본돈으로 쳐서 1만 5천 엔이라고 했는데, 판문점에 드나들 수 있는 정도의 한국 기자라면 일본돈으로 고쳐 30만 엔 이상은 받을 것이오. 양복과 구두를 북조선의 기자들은 배급받는다고 했지만 그 정도의 혜택으론 한국 기자의 생활수준에 따라오려면 아득히 미치지 못하오."
(1967년 현재의 한화와 일화의 비율은 한화 100원에 일화 250엔쯤 되었다.)

"이 선생이 여당적인 인물로 변해 있을 줄은 정말 몰랐습니다."
하고 K는 농담처럼 꾸몄다.

"그런 판단도 잘못이오. 당신이 일본의 자민당 정부에 비판적이라고 하더라도 외국의 기자가 사실을 확인하지도 못하면서 어느 사건에 대한 엉뚱한 해석을 하려고 하면 당신은 가만있겠소? 더더구나 그 외국 기자에 동조해서 함께 자민당 정부의 욕을 하겠소? 그러지 않았다고 해서 여당적 인물로 되는 겁니까. 이런 사정도 있지 않겠소. 자기는 욕을 하고 있으면서도 외국인이 하는 욕은 듣기 싫은 감정 같은 것."

"우리 일본인은 외국인의 비판을 언제이건 환영합니다. 외국인과 동조해서 정부를 비판하기도 하구요."

K가 그 말을 할 땐 자랑스런 표정이 되었다.

K를 돌려보내고 난 뒤 이사마는 좀처럼 불쾌한 기분에서 벗어나지 못했다. 그 불쾌함은 K라는 사람에게 대해서라기보다 어설프게 동백림 사건 같은 걸 일으켜 버린 사람들에 대한 불쾌감이었다.

—어째서 외국인에게 얕잡아 뵐 짓을 하는가.

—갖가지 오해를 갖게 하는 짓을 하는가.

성유정 씨의 말에 의하면

"위정자로서의 모럴이 결핍해 있는 탓이다."

"아이큐만 높고 에스프리가 부족한 탓이다."

이사마는 동백림 사건 때문에 K와 같은 일본인 기자에게 무시당하고 농락당했다고 생각하니 오랫동안 마음이 편하질 않았다.

그러나 기록자가 일일이 흥분만 하고 있을 순 없다. 진상을 파악하기 위한 자료의 수집, 날카로운 관찰력, 건전한 판단력이 필요한 것이다.

60년래의 가뭄이라고 한다.

삼남지방의 한재旱災가 매일처럼 보도되었다. 지하수마저 말라간다고 했다.

사람들이 만나면 물 걱정으로 인사를 대신하게끔 되었다.

그 무렵의 일이다.

성유정 씨의 집에 가기 위해 이사마가 택시를 탔다. 부산에서 온 윤광인과 동행이었는데 자동차 안에서 두 사람은 물 걱정을 했다.

그러자 운전사가 말에 끼었다.

"가물어도 걱정 없어요."

"왜요?"

이사마가 반문했다.

"일본에서 가지고 오면 될 것 아닙니까?"

그 말이 해괴해서 이사마는 잠자코 다음 말을 기다렸다.

"일본과 협정하면 만사가 잘될 것처럼 떠들어댔으니께 물쯤이야 일본이 갖다 주겠지요, 뭐."

딴으론 운전사는 정부에 대한 반감을 그렇게 표현한 것이었다.

서툰 응수를 했다간 또 무슨 말이 나올지 몰라 가만있었더니 운전사도 그 이상의 말은 하지 않았다. 그러나 그 정도로써도 시민들의 감정을 짐작할 수 있을 것 같았다.

성유정 씨를 만나자마자 그 얘기를 했더니 그의 말이

"요즘 서민들의 감정은 마른 나무에 휘발유를 뿌려놓은 것 같다."

고 했다. 불을 그어대기만 하면 타오를 형편이란 것이다.

"전라도가 더욱 심한 모양이죠? 신문에 보니 논 2천 정보, 밭 8만 정보가 말라붙었답니다. 지하수는 바닥이 났구요. 김해 들도 낙동강에서 먼 곳엔 형편이 없습니다."

부산에서 온 윤광인이 한재의 참상을 소상하게 설명했다.

"정사政事와 자연을 결부시키는 것은 미신이 되겠지만 민심은 미묘한 거라."

며 성유정이 이런 얘기를 했다.

"『한비자』에 있는 말인데, 세유삼망世有三亡, 세상엔 망하는 길이 세 가지가 있는데 한 가지는 '이란공치자망'以亂攻治者亡이고, 또 한 가지는 '이사공정자망'以邪攻正者亡이고, 다른 한 가지는 '이역공순자망'以逆攻順者亡이라고 했어."

"성 선배님, 딴 데 가선 함부로 그런 말 마시오."

이사마가 한 말이다.

"저 사람 노이로제 증세가 점점 악화되는군."

하고 성유정은

"내가 말하건 안 하건 그런 문자가 있는 걸 어떡하나. 일러 삼망지도三亡之道라고 하는 것인데 앞으로 두고 보면 알 것 아닌가."

하며 웃었다.

"망하다니 누가 망한단 말입니까?"

"뻔한 것 아닌가."

"뻔하다뇨? 사악한 자가 정당한 자를 공격하면 망한다는 얘깁니까? 천만의 말씀입니다. 그들은 망하질 않아요. 여차하면 도망가버리니까요. 남미에서 나는 쿠데타 보지 않았습니까. 백성을 괴롭힌 자들은 쿠데타를 당해도 수월하게 망명하대요. 비행기 타고, 돈 갖고. 죽는 놈, 망하는 놈은 백성입니다. 한비자의 시대완 달라요. 그땐 비행기가 없었으니까요. 내가 딴 데 가선 그런 말 말라는 건 무슨 위험이 있다고 한 건 아닙니다. 시대착오적인 말을 해가지고 사람들의 경멸을 살까 봐 한 말입니다."

"이 주필, 소설을 쓰더니만 제법 같은 소릴 하게 됐어."

"수단방법 가리지 않고 이기기만 하면 되는 세상에 살면서 엉뚱한 소릴 하시니 답답합니다."

"엉뚱한 소릴 하는 게 취미인 걸 어떻게 하나. 나는 요즘 비로소 아웃사이더가 좋다는 것을 알았다."

며 성유정이 씨익 웃었다.

아웃사이더가 화제에 오르자 윤광인이

"쥘리앵 반다를 아시지요?"

했다.

"그런 사람 난 몰라."

성유정의 대답이었다.

"프랑스의 유명한 작가인데요."

하고 윤광인이 한 말은

"쥘리앵 반다는 사상가가 정치에 참여해야 하는가 하는 문제를 제기한 사람이지요. 쥘리앵 반다는 사상가, 여기엔 작가까질 포함시키고 있는데, 사상가는 정치에 참여해선 안 된다고 했습니다. 왜 사상가가 정치에 참여해선 안 되는가. 그의 의견에 따르면 정치에 있어서 사상가는 염직廉直을 지키지 못한다는 겁니다. 사상가의 일은 투표자에게 호소하여 선거에 이기는 데 있는 게 아니란 거지요. 진리의 횃불을 드는 게 사상가의 사명이라는 겁니다."

"그건 지나친 궤변 같은데. 정치엔 사상가가 필요하지 않을까? 옳은 정치를 하려면."

하고 성유정은 프랑스의 유명한 정치가 몇을 들먹이곤

"그 사람들은 사상가로서도 걸출한 인물들이 아닌가."

"쥘리앵 반다가 그런 말을 한걸요."

하고 이사마가 받았다.

"모리스 바레스를 두고 한 말입니다. 모리스 바레스는 파리 제1구에서 입후보해서 국회의원이 된 사람이지요. 그런데 쓰면 기막힌 문장을 남기는 사람이 정치 연단에 서면 전연 생색이 없었던 모양입니다. 그래 반다가, 만일 작가가 대중의 들뜬 기분에 감염되어 의정 단상에 모습을 드러낼 정도로 타락하면 그로써 끝장이라고 한 거죠. 모리스 바레스라고 하는 특정인에게 하고 싶은 말을 반다는 일반론적으로 표명한 거지요."

"프랑스의 사상가나 작가들 가운덴 정치엔 흥미를 갖지 않는 사람이 상당수 있는 것 아닙니까?"

윤광인이 끼운 말이다.

"급진사상을 가진 사상가나 작가들은 그렇지도 않지. 탁월한 예술적 소질을 가진 사람들이 정치에 뛰어든 바람에 예술을 망쳤다고 반다는 생각하고 있는 거라. 그러나 명색이 사상가이고 작가인 이상 정치에 무관심할 수 있을 까닭이 없지. 정치비판을 하는 정도로 정치에 관심은 가지되 실제 정치운동엔 가담하지 않는다는 것이 일반적인 예로 되어 있는 것 같아."

이사마의 이 말에 이어 성유정이

"결국 사상가나 작가는 아웃사이더란 말 아니냐."

고 했다.

윤광인의 말이 있었다.

"프랑스의 사상가나 작가로서 아웃사이더 아닌 사람도 상당히 많은 것 같아요. 정치에 흥미를 느끼지 않은 부류가 많기도 하지만 인사이더도 많거든요. 드골·망데스 프랑스·미테랑 같은 사람은 정치가이기 전에 사상가이고 문필가입니다. 그것도 일류에 속하는. 국회의원은 아니지만 앙드레 말로라든가 레몽 아롱 같은 사람은 인사이더가 아닐까요?"

"한국의 정치가는 어때?"

성유정이 물었다.

"사상가 또는 작가라고 할 만한 사람은 정치가 속엔 전연 없는 것 아닐까요?"

이사마가 생각하는 빛이 되며 말했다.

"그것이 한국 정치의 비극이지. 일류의 지성인을 망라하지 못했다는 점, 국회의 비극은 거기에 있어."
하는 성유정.
"아니죠. 전국구라는 명칭으로 여당에선 상당수의 지성인을 포섭하고 있는 것 아닙니까?"
하는 윤광인.
"지성인이 끼어보았자 무슨 보람이 있겠소. 장군의 사상과 철학자, 문관의 사상이 일치돼야 할 판인데."
하는 이사마.
"여당이 흡수한 지성인이 지성인 축에 들어갈까?"
성유정이 고개를 갸웃하며 말을 이었다.
"지성인이 지성인 구실을 할 여지가 전연 없는 모양이야. 얼마 전 서모를 만났는데 지성인의 의견을 가장 필요로 하는 사람이 지성인의 말을 들으려고 안 한다누먼."
"시작이 우습게 되어 있으니 남의 말을 들을래야 들을 수 없게 돼 있는 것 아닙니까?"
이 사마의 의견이었다.
"측근엔 꽤 괜찮은 지성적 인물들이 있다고 보는데요. 예컨대 황용주·서정귀·왕학수……."
윤광인이 손가락을 일곱 개 꼽았다.
"그들 모두를 자기보다 열등하다고 보고 있는 모양이니 모처럼 가지고 있는 보석을 썩히는 셈 아닌가. 허기야 아무런 기대도 가지고 있지 않으니까."
하고 성유정이 이사마에게
"어이 기록자, 요즘 베트남 사태는 어떻게 되어 있는가."

"참, 최근 사르트르가 베트남에 관해 쓴 논문이 나왔습니다. 사르트르는 베트남에 있어서의 미국의 행동을 '제노사이드'集團虐殺란 시점에서 보고 있습니다. 지나치게 공산주의적인 분석을 경계할 줄만 알면 베트남 전쟁의 의미와 진상을 파악할 수 있게 하는 명논문이었습니다. 다음과 같은 지적은 귀담아 들어둘 만하던데요. 미국 정부가 현대의 제노사이드를 창시했기 때문에 나쁜 것이 아니다. 게릴라에 대한 효과적 반격의 제 형태 가운데서 제노사이드를 가려내어 실시했기 때문에 나쁜 것이 아니다. 전략적 경제적 동기로서 제노사이드를 선택했기 때문에 나쁜 것도 아니다. 사실을 말하면 제노사이드는 억압자에 반항하여 결기決起한 민족 전체에 대한 유일 가능한 대항책이다. 미국 정부가 옳지 못한 것은 제노사이드 이외의 방법으로썬 실현할 수 없는 전쟁 정책을 평화 정책에 우선시키고 있기 때문이다. 대강 이러한 논지인데 사르트르는 베트남을 절대선으로 치고 미국을 절대악으로 보는 지나치게 경직된 이분법에 있어서 과오를 범하고 있지 않을까 하는 생각이 들대요. 어떻게 해서 베트민을 베트남 국민 전체의 이익을 대표하는 세력이라고 믿고 의심하지 않았는지 그 점이 안타깝기만 하구요."

"나는 그런 철학적 이론을 듣고 싶은 게 아니라 앞으로 어떻게 될 것인가. 우리나라와 어떻게 연관되어 있는가. 그걸 알고 싶을 뿐이오."

"앞으로 어떻게 될 것인가는 점쟁이에게나 물어야 할 일이구요. 베트남 상대의 경제수지는 최근 경제기획원이 발표한 게 있습니다."

하고 이사마는 언제나 들고 다니는 기록용 파일을 펴고 설명했다.

"작년도에 베트남에 파견된 노무자의 수는 9천874명, 근로자 임금, 일반 수출 등으로 베트남으로부터 벌어들인 돈은 5천966만 달러인데 그 내역은 근로자 임금 907만 1천 달러, 건설 군납이 407만 7천 달러,

용역 군납이 814만 2천 달러, 물품 군납이 988만 9천 달러, 일반 수출이 1천469만 2천 달러, 군인의 봉급이 1천316만 4천 달러."

"여태까지의 전사한 수는?"

"확실힌 모르겠는데요. 수천 명 될 것 아닙니까?"

"기록자로 자처하는 사람이 그 숫자를 파악하지 못했어? 한심하군, 그 많은 인명을 희생시키고 얻은 건 기껏 6천만 달러도 채 못 되다니."

성유정이 혀를 찼다.

이사마는 사르트르의 논문으로 돌아갔다.

"『존재와 무』를 쓸 만큼 유연하고 치밀한 사고술을 가진 사르트르가 정치론에선 어째서 그토록 교조적으로 되는지 몰라요. 자본주의가 수정되어야 하기도 하지만 사회주의도 수정되어야 할 부분을 가지고 있는 것인데 사르트르에 있어선 언제나 자본주의는 악이고 사회주의는 선이라고 하는 도식적인 사고에서 벗어나질 못해요. 그러니까 하노이 정부를 긍정하고 사이공 정부는 부인하는 그의 태도를 이해 못할 바는 아니지만 하노이 정부야말로 베트남 인민들을 대표하는 정부라고 단정적으로 전제하고 나오는 태도는 옳지 못하다고 나는 생각합니다. 미국의 세력을 몰아내기 위해 민족의 역량을 결집하는 구심체로선 하노이 정부의 의미가 크겠지만 그 정부가 끝끝내 베트남 국민을 어디로 끌고 갈 것인가 하는 덴 회의를 느끼지 않을 수 없는데 사르트르에겐 전연 그런 것이 없거든요. 사이공 정부가 대표할 수 없는, 그리고 하노이 정부도 대표할 수 없는 국민의 수가 대다수일지 모른다는 짐작이 어느 한구석에나마 있어야만 베트남의 진상에 육박할 수 있을 것이 아닌가 하는 것이 나의 생각입니다. 사르트르는 베트남에서 미국이 떠나기만 하면 그만이란 것처럼 쓰고 있는데, 보통의 정론가政論家이면 모르되 철학자의 처지로선 미흡한 것이 아닌가, 아무튼 나는 그 논문에 불만이 많았습니다."

"사르트르도 가끔 레닌의 제자가 되더만. 요컨대 당파의 철학자가 아닌가."

이것은 성유정의 코멘트.

화제는 사르트르에서 국내 정치로 옮겨졌다.

이런저런 얘기가 오가다가 성유정은

"한국에 과연 정치가 가능한가."

라고 했고, 이사마는

"나는 한국엔 정치밖에 없다고 본다."

고 했다.

"지금은 기다릴 때입니다. 어떤 끝장이 나고야 말 것은 확실한데 그 시기를 알 수 없으니 무작정 기다려야지요."

윤광인의 말이다.

이어 윤광인은

"어떻게든 아웃사이더가 존재할 수 있다는 점에선 이북보다는 이남이 나은 것 아닙니까."

하고, 지금에 있어서 지도자의 자질은 어떤 것이라야 하겠는가 하는 문제를 제기했다.

"뭐니뭐니 해도 통일에의 의지가 가장 중요하겠지. 분단된 이대로의 상황으로썬 전 국민을 기회주의로 만들 수밖에 없으니까. 일상적인 일을 처리하는 데도 지도자의 심중엔 통일에의 의지가 항상 작용하고 있어야 해."

하는 성유정의 말을 받아 이사마는

"민주주의에 대한 의지는 어떻구요."

했다.

"한국적 민주주의에 대한 의지는 밝혀져 있지 않습니까."

하고 윤광인이 웃었다.

"그것조차도 제스처니까 문제이지. 신념은 없이 레토릭만 갖고 꾸민 것이 한국적 민주주의니까."

"레토릭만으로 꾸민 것이 아니라, 필요에 따라 꾸민 것이라고 하는 게 타당하지 않을까?"

성유정이 이사마의 말을 수정했다.

"통일에의 의지도 민주주의에 대한 의지도 이 정권엔 기대할 수가 없는 것 아닙니까?"

윤광인의 말에 성유정이

"그러니까 윤 교수는 기다려야 한다고 하잖았어? 별말 말고 우리는 기다리자. 이 주필의 기록이 어떻게 될지 당분간 그것에나 흥미와 기대를 가져야지."

했다.

"기대 같은 건 아예 갖지 마시오. 요리의 명수도 재료가 시원찮으면 방불한 요리를 만들지 못하는 법입니다. 하물며 서툰 기량 갖고선 어림도 없지요."

이사마의 말은 막상 겸손만은 아니었다.

1967년에도 국내외적으로 갖가지 일이 있었다. 이사마의 메모를 보면 다음과 같은 사건이 열거되어 있다.

구봉광산에 매몰되었던 김창선 씨가 368시간 36분 만에 기적적으로 생환했다. 9월 6일에 있었던 일이다.

9월 7일엔 신민당이 유진오 당수 중심의 지도체제를 만들었다. 창당후 처음으로 유 당수 중심의 체제를 구축했다는 것인데 5개 분과위원회의 구성은 다음과 같다.

총무위원장 – 서범석

부위원장 – 채문식

조직위원장 – 정성태

부위원장 – 이민우

선전위원장 – 홍익표

부위원장 – 김수한

정책위원장 – 정해영

부위원장 – 한왕균

재정위원장 – 김세영

부위원장 – 조홍만

이 밖에 기획위원회 멤버로서

자동 케이스

유진오 대표위원·조한백 운영회의 부의장·김의택 전당대회의장·정운갑 정당대회 부의장 등

지명 케이스

유진산·정일형·이재형·윤제술·박기출·이상돈·유옥우·유청·최영근·이민우·부완혁·김영삼·박영록·김수한·박병배

중앙감찰위원

장준하·김정열·박한상·최병길·임문석·서태경·서태원·우홍구·유수현·배성기·이병하·함종빈·유치송·박명환·김용성·성낙현·김현기·정규현·정상구·임갑수

이사마는 이 명단을 메모하고 있는 동안 약간의 감회에 젖었다. 물론 예외는 있겠지만 나름대로의 신념으로 야당 외길을 살아온 사람들인 것이다.

그 가운덴 이사마가 신문사 주필로 있을 때 친숙하게 지낸 사람들도 있었다.

이들의 운명이 앞으로 어떻게 될 것인가. 험난한 야당의 길을 끝끝내 걸어 월계관을 쓸 인물이 나올까. 월계관을 쓸 수 있건 말건 야당으로 존재한다는 것만으로 이 나라의 정치사에선 소중한 인물들이다.

면식이 없는데도 이사마가 좋아하는 사람은 정성태 씨다. 이사마가 신문사에 있을 때, 그땐 자유당 치하였는데 예산국회에서 한 그의 연설을 읽고 정성태 씨를 국회의원다운 국회의원이라고 느꼈었다. 그분의 대성을 비는 마음이 일었다.

우리 북양 어선단이 알류샨 열도의 남방에서 조난하여 한 척은 침몰, 한 척은 행방불명이란 비보가 들어온 것은 9월 19일. 실종 어부의 수는 28명.

이사마는 이 비보를 기록하면서 피에르 로티의 『빙도의 어부』를 생각했다. 살기 위해 나갔다가 북해에 생명을 묻어야 했던 사람들의 슬픈 운명!

공화당은 드디어 6·18선거의 부정과 타락을 시인하는 선거백서를 발표했다. 그 백서에선 신민당이 저지른 부정도 열거하고 있다.(9월 25일)

9월 23일 박정희 대통령은 전남의 한재상황을 보고 받고 농지세 감면액 2억 7천6백90만 원 전액을 국고 보조하고 자조 사업 자재대 7억 3천3백만 원도 국고에서 지출하도록 결정했다.

11월 18일 AP통신은, 미국이 쏘아 올린 '서베이어 6호'가 17일 상오 2시 32분(KMT 하오 7시 32분) 달 표면에서 역사적인 도약을 했다고 전했다. 이로써 우주계획에 있어서 미국이 소련을 완전 제압했다고 하고, 불원 달에 인간을 착륙시킬 계획을 달성할 것이라고 뽐냈다.

사이공 17일발 AP통신은 닥토 지구의 전세를 완전 역전시켜 미군이 요충 고지를 점령하여 주도권을 잡았다고 전했다. 7시간의 돌격전 끝에 월맹군 후퇴로를 차단하기도 했다는 보도다.

이 전투에서 미군 측은 128명의 전사상자를 냈다는 것인데 사르트르의 '제노사이드'란 말이 상기된다.

—아름다운 뉴잉글랜드의 풍광 속에서 자라, 사랑하며 일하며 꿈을 가꾸며 느티나무 아래에 자리를 깔고 손주와 더불어 백 세까지도 살 수 있었을 네가 무슨 까닭으로 베트남의 정글에 죽으러 갔느냐.

어느 반전 시인의 시가 연상되기도 하는데 어찌 뉴잉글랜드의 청년뿐인가. 주말엔 북한산에 가고 때론 한강변을 걸으며 사랑하고 일하고 꿈꾸고 하여 백 세까지도 살 수 있었을 한국의 청년들이 무슨 까닭으로 베트남의 정글에 죽으러 갔느냐.

11월 27일 신민당원들은 비로소 당선자 등록을 하고 11월 29일 첫 등원을 했다. 총선거가 있은 지 장장 174일 만이다.

—하늘 아래 처음 있는 국회란 말은 이승만이 한 말인데 선거 후 174일 만에 당선자가 등원하는 국회는 분명 하늘 아래 처음 있는 국회일 것이다.

크리스마스 이브에 끔찍스런 참사가 있었다. 전남 광주시 우산동에 있는 금속공장에서 압축된 석유 난로가 과열로 인해 폭발하여 여자 종업원 7명이 타 죽고 남녀 종업원 6명이 중화상을 입은 사건이다.

죽은 종업원들이 모두 10대 소녀라는 사실이 애처롭기만 하다. 신문에 나 있는 사진을 보아서도 앳되고 예쁜 얼굴들이었다.

그녀들은 하루 40원을 버는 여공들이라고 한다. 가난을 씹고 사는 꽃봉오리들! 피어보지도 못하고 꽃봉오리인 채 죽었다. 타서 죽었다.

이 사건을 보도한 신문의 같은 지면에

"성탄절 이브, 비밀 댄스홀은 흥청댔다."

는 기사가 있었다.

그래서 세상인가.

그래서 인생인가.

야심의 덫

1968년에 들어서기가 바쁘게 어처구니없는 사건이 생겼다.

당시의 1월 22일, 23일자 신문을 옮겨볼 수밖에 없다.

"서울 근교에 무장간첩"

이란 제하에 다음과 같은 기사가 있다.

—북괴 무장간첩 30여 명이 서울 근교에 나타나 경찰관 한 명과 민간인 네 명을 사살하고 파주와 고양군 쪽으로 도주했다. 채원식 치안국장은 22일 상오 기자회견에서 무장간첩이 대거 출현하여 서울 근교에서 종로서 경찰대와 교전했으며 경찰은 간첩 한 명을 사살, 한 명을 생포했다. 종로경찰서장 최규식 총경이 전사, 민간인 네 명도 목숨을 잃었다고 밝혔다.

채 국장은 이들 간첩단이 교전 끝에 파주와 고양군 방면으로 도주했는데 이 지역의 야간 통금시간을 밤 7시부터 익일 새벽 6시까지로 연장했다고 발표했다. 경찰에 의하면 21일 밤 10시, 서울 근교 경찰초소에 30여 명의 무장괴한이 출현, 종로경찰서 전훈파출소 근무 김경주(32) 순경 등의 경찰관으로부터 불심검문을 받자, 모 기관원이라고 사칭, 시내로 들어왔다.

한편 10분이 지난 뒤 청와대 구역을 경비하던 종로경찰서장 최규식 총경이 사실을 무전으로 보고 받고 현장으로 달려가 이들 괴한을 검문하다가 간첩이 쏜 총탄에 맞아 전사하고 민간인 네 명이 피살되었다. 이들 간첩은 길 한복판에서 기관총을 난사했으며 지나가는 시내버스에 수류탄을 던지는 등 온갖 악랄한 만행을 저지르고 파주와 고양군 쪽으로 도주했다.

이 교전으로 종로서 수사계 근무 정종수 순경과 방범대원 정사영 씨 등이 부상을 입었다. 채 치안국장은 간첩들이 검정 코트와 사복 바지를 입었으며 농구화를 신고 있었다고 밝히고 간첩 용의자를 발견한 시민은 즉시 경찰에 신고해주도록 요망하고 있다.

—생포 간첩 폭사

22일 시내 효자동 부근에서 교전 중 생포된 간첩 한 명이 치안국 수사 과장실에서 수류탄 폭발로 죽었다.

치안국 수사과장실에 연행, 채 치안국장이 직접 몸 수색을 하여 옷 안에서 수류탄 여섯 발을 발견, 압수하고 나머지 한 개를 꺼내는 도중 수류탄 안전핀이 빠져 폭발하는 순간, 채 치안국장이 재빨리 간첩을 터지는 수류탄 위에 덮어 주위에 있는 수십여 명의 경찰관들이 위기를 모면했다. 이 사고로 수사과장실의 문짝이 부서지는 등 소동을 빚었다. 한편 채 치안국장은 약간의 부상을 입은 것으로 알려졌다. 그런데 생포된 또 한 명의 간첩은 군에 이첩, 조사를 받고 있다.

—버스 네 대를 폭파

21일 밤 10시 10분 종로경찰서장 최규식 총경이 북괴 무장간첩을 불심검문 중 순직한 후, 종로구 청운동 과학수사연구소 앞길에서 간첩들이 투척한 수류탄에 시내버스 네 대가 폭파되었다. 이들은 청와대에서 불과 5백 미터 떨어진 과학수사연구소 앞길을 지나가던 진흥여객 소속의 버스다.

—추격전 벌여 또 세 명 사살, 한 명 생포

채원식 치안국장은 22일 상오 10시 현재 도피 중인 무장간첩을 군경합동으로 추격 중 ○○지점에서 교전 끝에 한 명을 생포하고, 세 명을 사살했다고 발표했다. 이로써 도합 무장간첩 두 명을 생포하고 네 명을 사살했다.

—외투 안에 무기를 은닉해

22일 채 치안국장은 21일 밤 서울에서 발생한 무장간첩 사건에 대해 간첩들의 인상착의를 다음과 같이 밝히고 발견 시에 즉시 군경에 신고해주기를 당부했다. 이들 무장간첩들은 모두가 25세 내지 26세 가량의 청년들로서 외투 안에 기관단총, 수류탄, 권총 및 실탄대로 무장하고 있다. 이들의 옷은 겉에는 진한 회색의 신사용 외투이고, 안엔 국방색 인민군복인데 계급장이나 아무런 표지가 없으며 신은 흰색 고무신과 검정색 농구화다.

—각군 지휘관 긴급회의

대간첩작전대책본부가 설치되어 있는 합참에서 22일 새벽 1시 김성은 국방장관 주재하에 각국 지휘관회의가 긴급 소집되었다. 합참의장·육해공군 참모총장·해병대 사령관 등의 각군 수뇌가 모인 이날 작전회의에서 서울 근교에 나타난 무장간첩 일당을 일망타진하기 위한 대책이 토의되어 무장간첩의 퇴로를 차단하기 위해 병력을 요소에 투입하기로 했다.

—도처에서 간첩 탐색전

북괴 무장간첩단의 소탕전을 펴고 있는 군·경 합동수색대는 22일 밤과 27일 새벽 사이에 서울 근교와 평택, 북한산 등지로 도주하는 간첩들을 발견, 맹렬한 추격전을 벌이고 있다.

23일 새벽 0시 25분경, 서울 서대문구 갈현시장 입구 박석고개에서 회색 바지를 입고 농구화를 신은 괴한 한 명이 이북 사투리로 인근 주민에게 파출소와 여관의 위치를 묻고 갔다는 신고에 따라 이 괴한을 추격 중이다.

23일 새벽 2시 40분경, 경기도 고양군 신도면 수수리 중봉동에서 무장괴한 4, 5명이 북상 중 아군에 발견되어 우리 ○○사단 병력과 대치 중이다.

22일 하오 6시 20분경 경기도 평택군 고덕면 동고리 마을 앞에 회색 외투를 입은 괴한 두 명이 지나가는 것을 평택읍에 사는 윤용주(26)씨가 신고하여 경기도 경찰수색대는 이들 괴한을 추격 중에 있다.

22일 밤 8시 20분경 서울 종로경찰서 세검파출소 동북방 3킬로미터 지점에 무장괴한 4, 5명이 출현, 문수암으로 식량 보급하러 가던 중 세검 파출소 파견근무 지영진(31) 순경과 홍남파출소 순경 이달연(30) 씨, 방범대원 강사훈(35) 씨 등 세 명에게 수류탄 한 발을 던지고 기관총을 난사한 뒤 북쪽으로 도주했다.

22일 밤 10시 50분경, 서울 서대문구 천연동 49 봉은사 뒤편에 사는 정옥자 씨 집에 도둑이 들어 저녁밥 5인분이 없어졌다는 신고를 받고 무장간첩의 소행이라고 짐작, 그 일대를 수색 중이다.

이날 하오 12시 10분경 서울 서대문구 불광동 280 김광도 씨 집에 배낭을 멘 괴한 두 명이 침입, 밥을 달라고 요구하다 거절당하자 북쪽으로 도주했다고 한다.

—양주 등에 또 다른 간첩단

치안국은 23일 새벽에 또 다른 무장간첩단이 양주 파주 근처에 남하하지 않았나 보고 이들의 색출과 침투로를 봉쇄하도록 지시했다.

경찰 보고에 의하면 20일 하오 5시경 양주군 광정면 광교리에서 북괴제 방한모 37점 등의 유류품이 미8군에 의해 발견되었으며, 파주군 천현면에서도 이와 같은 유류품이 발견되었다고 하는데 이러한 유류품으로 보아 다른 무장간첩들이 새로운 루트를 타고 남하하지 않았나 보고 있다.

경찰은 이에 대한 작전을 펴고 침투로 등을 봉쇄할 병력을 증강하고 있다. 한편 군 당국에 들어온 보고에 의하면 23일 새벽 2시 50분경 무장 괴한 5, 6명이 경기도 고양군 신도면 중봉동에서 나타나 ○○사단 병력과 교전 중이라고 하는데 상세한 상황은 알려지지 않고 있다.

—일부 서울 잠복

이호 내무부 장관은 22일 하오, 21일 밤에 경찰수색대와 교전한 북괴 무장간첩들은 대부분 북쪽으로 도주했으나 그 일부가 서울시내에 잠복하고 있는 것으로 추측한다고 말했다.

—간첩 김의 자백

서울시내에 나타났던 무장간첩단은 청와대 공격을 최종 목표로 하고 2년간 조직적인 훈련을 받고 지난 16일 평양을 출발했다는 사실이 생포된 간첩에 의해 밝혀졌다.

22일 상오 3시쯤 세검정 파출소 근처에서 생포된 간첩 김신조(27)는 또

"현재 북한에는 남한 정부기관 폭파 등 특수임무를 띤 특수유격대원 2천4백여 명이 훈련을 받고 있는데 3백 명이 1개 대대로 편성된 8개 대대가 있다."

고 수사기관에서 자백한 것으로 밝혀졌다.

또한 이들 무장간첩의 정확한 숫자는 모두 31명으로 한 명은 국군대위, 두 명은 중위, 세 명은 소위의 계급장을 달고 나머지는 사병복장으로 위장했다는 것이다.

—허점뿐인 대간첩작전

31명의 무장간첩단이 서울에 도착하기까지 아군의 저지나 별다른 검문을 받지 않았다고 생포된 간첩 김신조가 말했다.

이런 일이 어떻게 있을 수 있었을까.

이사마는 자기 자신의 감정과 의견은 제쳐두기로 하고 가능한 대로 시민들의 소리를 들어보기로 했다.

그날 밤, 이사마는 아파트 앞에 있는 목로술집으로 나갔다. 그 목로

술집은 육체노동자·하급 샐러리맨·그밖에 근처에 사는 소시민들이 모여드는 집이다. 이사마는 한구석을 차지하고 앉아 그들 사이에 오가는 말에 귀를 기울였다.

얽히고설킨 잡다한 말 가운데서 기록해둘 만하다고 여긴 것에 다음과 같은 것이 있었다.

"아마 놈들은 홍길동 같은 둔갑술과 축지법을 익힌 자들인가 보지? 그러지 않고서야 어떻게 그 휴전선의 삼엄한 경계선을 뚫고 들어오나. 서울에 온 것도 뭣한데 청와대와의 상거 5백 미터의 지점에까지 말이다."

"국민들의 경각심이 해이했다고 보고 쇼를 한번 해본 거 아닌가?"

"종로경찰서장이 죽었는데 그게 쇼일 까닭이 있나?"

"하두 쇼가 많아서 그렇게 한번 생각해본 거라."

"방위군을 곁들여 철석 같은 방비를 하고 있다고도 하고 해야 한다고도 떠들고 있던데 그게 그럼 말짱 거짓말이던가?"

"6·25 때 기습을 당해본 경험이 있으면 정신을 채려야 할 껀데."

"누가 많이 먹나 하고 남의 밥 그릇 챙기기가 바쁜데 그런 정신 채릴 겨를이 있었을랴구."

"국방에 정신이 없고 정치에만 정신이 있는 거라. 중이 염불엔 정신이 없고 잿밥에만 정신이 있다는 말이 있지 않은가."

"동독·서독·프랑스 등 유럽에선 그처럼 정보 활동을 잘 해갖고 동백림 사건 같은 것을 포착한 사람들이 어찌 국내의 정보엔 그렇게 어둡노."

"등잔 밑이 어둡다고 않는가."

"우연히 자하문 근처의 파출소에서 문제가 생겼기 망정이지. 그 우연이 없었더라면 큰일날 뻔하잖았는가."

"놈들이 우리들의 눈엔 선 농구화를 신고 있었던 것이 다행이었지."

"아무리 교묘해도 빠진 구석이 한두 군데는 있는 법이라."

"김일성인가 하는 친구, 우리 박정희 대통령을 도우려고 꾸민 게 아닐까? 아무리 홍길동이 같은 놈들이기로서니 대통령의 생명에 지장이 있도록은 못 할 낀데 그걸 알고, 그런 짓을 하는 것을 보면 좀더 휴전선의 경비를 강화하라고 충고한 셈 아녀? 이 사건을 미끼로 국민을 더욱 움짝달싹 못하게 하라고 권한 것 아녀? 두고 보라고 놈들 때문에 국민들에게 대한 압력이 보다 더 강해질 테니까."

"씨알머리 없는 소리 하지도 말게."

"아녀, 그렇게 흩으로만 생각할 게 아녀, 정부가 너그러운 정치를 할 때가 되었다 싶으면 김일성이 꼭 엉뚱한 장난을 해선 정부의 태도를 경화하는 쪽으로 만들어버린다니께."

"그건 그렇고 이런 일이 예사로 일어난다면 불안해서 어떻게 사노."

"미국으로 이민이나 가지 그래."

"돈이 있어야 이민 가지."

"이민 갈 돈도 없는 녀석이 불안은 왜 하노."

"빨갱이헌테 당해보지 안 했은께 그런 소리 하는 거다. 난 6·25 때 놈들에게 징발되어 폭격 맞은 용산역을 복구하는 일을 했는데, 노동자를 위한다는 말은 새빨간 거짓말이다. 노예도 그런 노예가 없었어. 어수룩한 데란 한 군데도 없어. 어떤 놈이 감시꾼인지 알 수도 없고. 조금 먼 눈만 팔아도 반동이다, 적성분자다 해갖고 구박인데 정말 죽갔더만. 어어, 무서워."

"그래 지금은 상팔자다, 이 말인가?"

"지금이나 그때나 하루 벌어 하루 먹는 처지는 마찬가지지만 지금은 가만있기만 하면 아무도 건드리진 않지 않는가. 충성 경쟁도 없고 자아

비판도 없고, 이런 데 와서 술을 마셔도 탓하는 사람도 없고……."

"아닌 게 아니라 조금 여유가 있다 싶은 사람은 미국에 교두보를 만드는 모양이야. 이민 가는 것보다 더 교묘하지. 국영기업체 부장, 중앙청 과장 이상, 1억 원 이상의 재산이 있는 사람들은 아들이나 딸, 아니면 사위라도 미국에 유학시켜 그곳에 자리를 잡아두도록 하는 것 같애. 여차하면 그리로 가는 거지. 아마 이번 사건이 있고부턴 바짝 서둘껄. 내가 지금 미쟁이 일을 하고 있는 집에서도 아들을 미국 보낼려고 애를 쓰고 있던데 아들이 말을 안 듣는 거라. 그런데 이번 일이 있고 보면 아마 아들도 반대하지 않을껄."

"그럼 아무것도 없는 우리들만 남아 있다가 빨갱이들에게 당하나?"

"당하기 싫거든 돈을 벌어. 그래 갖고 이민을 가든지, 아들 딸 미국으로 유학을 보내든지."

"돈을 벌어? 돈엔 눈이 달렸는데 우리 같은 놈에게 돌아올 까닭이 있나. 죽으나 사나 내 나라를 떠날 순 없어."

"어디서 그런 용기가 나오는 걸까. 죽을 각오하고 청와대까지 들이닥칠 용기가 말이다."

"김일성의 명령이니 꼼짝 못 하지."

"김일성이 뭣이길래 그런 명령을 내리지?"

"환장한 놈이야, 자기만 환장한 게 아니라 북한 사람들을 모조리 환장하게 만들고 있는 거라."

"환장했다는 말이 맞아. 환장하지 않고서야 어떻게 그런 짓을 할 수 있겠나, 그런 명령을 내릴 수 있겠나."

얘기는 다시 21일 밤 사건으로 되돌아갔다. 그로 인한 정부에 대한 비난과 공격이 없었던 것은 목로주점이란 그 환경 때문일 것이다.

이사마는 무거운 마음으로 그 목로술집에서 나왔다.

이튿날 성유정이 이사마를 찾아와서 대뜸 신문의 한 군데를 짚으며 읽어보라고 했다.

박영록 신민당 대변인은 이번 북괴 무장간첩들의 서울시내 침투 사건에 책임을 지고 국방장관·내무장관은 인책사퇴해야 한다고 주장했다. 신민당은 이번 사건을 무장간첩 사건이 아니라 무장공비의 침투 사건이라고 규정하고 관계 장관의 인책사퇴뿐 아니라 국민에게 대해 정부는 사과하고 조속히 간첩 전원을 체포하고 그 진상을 밝히라고 재차 성명서를 발표했다.

기사를 마저 읽고 이사마가 물었다.

"이게 어떻다는 겁니까. 신민당으로 당연한 처사가 아닙니까?"

성유정의 얼굴이 찌푸러졌다.

"이게 뭐 나빠요?"

이사마가 재차 물었다.

"일엔 순서란 게 있어."

하고 성유정은

"국방장관·내무장관의 인책사퇴는 다음다음의 문제다. 이 성명에 앞서 공화당과 연명으로 김일성에게 대한 맹렬한 항의 성명을 내야 하는 거라. 김일성의 폭거를 규탄하는 성명을 전 세계를 상대로 발표하는 거라. 오늘날 여당과 야당으로 내부적으론 싸우고 있지만 북괴의 침략, 또는 외세의 주권 침범에 대해선 여와 야가 없이 일치단결하여 싸우는 것이 국민의 총의라는 것을 미리 밝혀, 김일성 도당이 아무리 국민을 이간하고 혼란을 조성하려고 해도 김일성의 책략에 대해선 한국 국민이 일사불란하게 대처할 것이란 태도를 명백히 해두어야 한다. 이번 사건을 계기로 초당적인 간첩대책위원회를 만들자고 제의하는 것도 바람직하다. 그렇게 함으로써 결정적인 단계에 가선 여당과 야당이 일치할 수 있다는 것을 국민이 인식하도록 하고 전 세계도 그렇게 느끼게 해야 할 것이 아닌가. 그런 연후에 관련 당국에 대한 책임 추궁이 있어야 할 것이고 국방·내무의 인책사직도 요구할 수 있을 것이 아닌가. 공화당에 정이 떨어진 것은 오래된 일이지만 신민당에 대해서도 정말 정이 떨어졌다. 정부의 잘못을 따지기에 앞서 적이 무엇인가를, 그 적에 어떻게 대처해야 하는가를 보여줌으로써 야당으로서의 위신을 높일 줄도 알아야 할 것이 아닌가. 공화당에 대한 전략으로서도 그만한 성의는 있음직한 일이 아닌가."

이사마는 자기 이상으로 성유정이 이 사건을 충격적으로 받아들이고 있다는 사실을 알았다. 그래서 어젯밤 목로술집에서 들은 얘기를 했더니 성유정이

"정말 불안하다."

며 이런 얘길 했다.

"신문을 보고 대강 짐작해보아도 31명 무장간첩단의 잔당을 추격하기 위해 줄잡아 2, 3만의 군경이 동원된 것 같다. 이런 사실을 김일성이 안다면 다음과 같은 전략을 꾸며낼 수도 있을 거다. 20명 내지 30명의 소조를 30여 개 편성해서 남한 각지에 침투시킨다. 그러고는 분란을 일으킨다. 국민을 선동해서 일종의 인민 봉기의 상태까지 만들어낸다. 그렇게 해서 국군의 병력을 분산시켜놓고 대병력으로써 휴전선을 박차고 넘어선다. 들은 바에 의하면 북한의 항공력은 6·25 때와는 달리 대

단히 우수한 모양이다. 뿐만 아니라 김일성의 수작이 아무래도 이상하다. 무슨 전초전을 시도하고 있는 것 같은 느낌도 없지 않다."

"그래서 불안합니까?"

비아냥거리는 투로 이사마가 물었다.

"불안하다."

성유정의 말에 장난기라곤 없었다.

"나는 일시적인 장난이라고 봅니다. 지금 어느 때인데 김일성이 그런 모험을 하겠습니까. 이젠 무모한 짓은 안 할 겁니다."

"6·25는 무모하다고 생각하고 일으켰을까?"

"그때완 또 다르죠."

"그렇게만 생각할 수 없어. 김일성이 뭔가에 강박되어 있는 것 같애. 무슨 장난을 치지 않으면 안 될. 그는 지금 곤경에 처해 있어. 그 탈출구를 찾으려고 불을 지르려는 거야. 오늘 여기까지 오면서 시민들의 표정을 보았는데 모두 아무렇지 않은 얼굴들이었어. 전연 불안의 기색이 없어. 기가 막히더만. 어떤 일이 눈앞에 닥칠지 모르는데 말야. 선뜻 생각한 건데, 6·25 바로 전날도 이렇지 않았는가 싶은데. 내일 난리가 날 것인데 시민들은 평온한 얼굴을 하고 있었을 것이거든."

평소의 그답지 않은 긴장된 성유정의 표정을 보고 이사마는 하마터면 실소를 터뜨릴 뻔했다. 그러나 그 대신

"성 선배님, 정 그런 심정이시다면 이민이라도 가셔야 하겠습니다."

했는데 그 말을 성유정은 농담으로 치지 않고

"이민으로야 어떻게 갈 수 있겠냐만 나는 부산으로 도루 돌아가야겠다."

고 했다.

"전쟁이 나면 부산이고 서울이고 별 차이 있을 것 같습니까?"

"아니지, 1미터의 차이로 폭탄을 피할 수도 있고 맞을 수도 있는 거다. 1밀리의 차로 총탄을 맞을 수도 있고 안 맞을 수도 있고. 운명은 언제나 시간과 거리와 함수관계에 있다. 나는 죽는 게 두려워서가 아니라, 각박하게 위험이 느껴지는 곳에 있기 싫다는 얘기일 뿐이다."

"그건 나도 마찬가집니다."

"이번이 계기다. 그렇다면 우리 부산으로 가자. 소설이야 어디서 써도 되는 것 아닌가."

"전쟁이 나면 나는 이곳에서 총을 들고 싸울랍니다."

이사마의 말이 있자 성유정이 어이없다는 표정을 했다.

"왜 그러십니까."

"누가 자네에게 총을 맡길 것 같애?"

"싸우겠다는 사람에겐 총을 안 줘요?"

"기가 막히는군."

하고 성유정이

"이 주필은 총을 가지기 전에 붙들려."

"누구에게 붙들려요, 공산당에게?"

"공산당이 나타나기 전에 붙들려. 6·25 때 보도연맹에 가담한 사람들의 운명이 어떻게 되었는 줄 알지?"

그 말에 이사마의 등골이 오싹했다. 성유정의 말이 계속되었다.

"이 주필은 요시찰자 명부에 들어 있는 사람이야. 일단은 이 정부의 적성분자로서 취급되고 있어. 비상사태가 되면 이것저것 살필 여유도 없어진다. 이미 규정되어 있는 그대로 집행되는 거여. 전쟁이 났다고 하자, 당국이 이 주필에게 총을 줄 것 같애? 사람이 왜 그렇게 멍청해."

이사마는 일순 6·25 당시를 회상해보는 마음으로 되었다.

선뜻 눈앞에 떠오르는 사람이 있었다. 최양규라고 하는 사나이다. 하룻밤 친구를 재워주고 얼만가의 여비를 마련해준 것이 탈이었다. 그 친구는 오르그의 임무를 띠고 나타났는데 경찰에 붙잡혀 최양규의 이름과 돈을 받았다는 사실을 자백했다. 최양규는 경찰 신세를 지게 되었다. 좌익과는 아무런 관련이 없었던 그는 권하는 대로 보도연맹 가맹서에 도장을 찍고 석방되었다. 그리고 그는 그런 사실조차 잊고 있었는데 6·25가 터지자마자 연행되어 끝내 이 세상에선 찾아볼 수 없게 되었다. 조금이라도 좌익에 관계하고 있었더라면 석방운동을 해보기도 했을 것인데, 설마 그런 사람이 어떠랴, 하고 있다가 당한 변이었다.

억울한 사람이 어찌 최양규뿐인가. 이사마는 그러한 사례를 너무나 많이 알고 있었다. 그 순간 뇌리를 스친 사람이 최양규였을 뿐이다.

"괜히 겁주는 얘기를 해서 미안하군."

성유정이 씁쓸하게 웃었다.

"천만에요. 나도 그런 사실을 모르고 있는 건 아닙니다. 깜박 잊고 있었을 뿐이죠."

"아무튼 이런 기회에 경각심을 깨우치는 것은 좋은 일이다. 주변 정세가 위급하다 싶으면 일단 피해놓고 보는 거다. 평시엔 있을 수 없는 일이 비상시엔 큰 화로 되는 거니까. 게오르규의 『25시』란 소설 보았지?"

"내 자신이 '25시'적인 존재인걸요."

"그렇다고 해서 지나치게 위축할 필요는 없겠지만 정세의 분석은 세밀하게 해야 해."

하고 성유정은 냉철하게 최근의 정세를 검토해보자고 했다.

"자료도 없이 무슨 정세 검토를 합니까."

"중공과 북한과의 관계라든가, 북한과 소련과의 관계라든가."

"글쎄요."

"미국의 잡지나 신문 같은 데 특히 주목할 기사라도 없던가?"

"프랑스의 『르 몽드』 『피가로』쯤이 입수된다면 다소 참고가 되겠지만."

"일본의 잡지는 어때."

"그건 성 선배께서도 읽고 있지 않습니까."

"어쩌다 읽는 거지. 계속해서야 어디 읽을 수 있나."

"일본의 자료는 신용 못 합니다. 어떻게 된 까닭인지 그들은 공산권에서 일어난 일은 거개 미담으로 치고 그게 안 되면 '로맨스'로 치니까요."

"어떤 프랑스인의 말인데 요즘 일본의 지식인들은 머리는 좌익이고 실제 생활은 우익이라며?"

"비슷한 말이군요."

한동안 말이 끊어졌다.

이사마는 새삼스럽게 자기의 위상을 챙겨보았다.

'만일 공산당이 남침하는 경우, 정부는 내게 총을 주지 않고 나를 감금할 것인가.'

그렇지 않을 것이라고 추측할 수도 없고 그럴 것이라고 단정도 못 하는 심정이 따분했다.

"내가 설 땅이 어디냐"

는 어느 여자의 수기에 붙은 제목이 뇌리를 스쳤다.

"그래 성 선배는 부산으로 이사를 할 꺼요?"

"지금 같은 기분이면 당장에라도 하고 싶어. 그러나 조금 생각해봐야지."

"성 선배께서 부산으로 옮기면 나도 부산으로 갈래요."

"그보다 우리 이민이나 갈까?"

성유정의 그 말에 이사마는 언제인가 조스와의 사이에 있었던 일을 상기했다. 조스는 이사마더러 영국으로 가자고 했다. 그때 이사마는

"민족의 가슴팍에 못 한 개라도 박아놓지 않곤 이 나라를 떠날 수 없다."

고 했다.

그러나 북괴가 남침할 경우 맞서 싸우라고 총을 주지 않고 감옥에 가두어버릴 상황을 예상한다면 사정은 달라지는 것이다.

"성 선배야 가고 싶으면 가능할지 모르지만 내가 이민 가도록 허가하겠습니까."

저도 모르게 이사마의 입에서 한숨이 나왔다.

"꼭 가고 싶으면 돈이라도 써보지, 뭐."

성유정도 한숨을 쉬었다.

1968년 1월 21일 밤, 청와대 근처에 나타난 무장간첩이 이사마에게 안긴 정신적 부담은 뜻밖에도 컸다.

또 하나 대사건이 터졌다.

북한의 해군이 미국의 군함을 동해 해상에서 나포한 것이다.

다음은 24일자의 신문기사다.

동해서 미함정 납북

워싱턴 23일 AFP특전=합동.

83명의 승무원을 실은 미 해군 정보수집용 보조함 푸에블로호

(906톤)가 22일 하오 1시 45분(한국 시간), 북한 해안에서 26킬로미터 떨어진 동해의 공해상에서 4척의 북괴 해군 초계함에게 강제 납치되어 북한 원산항으로 끌려갔다고 23일 미 국무성이 발표했다.

미 국무성은 납북된 미 함정은 여섯 명의 해군 장교, 76명의 수병 및 두 명의 민간인이 탑승하고 있다고 밝혔는데 미확인 보도에 의하면 북괴 측이 동 함정을 납치할 당시 네 명의 수병이 부상했다고 한다. 푸에블로호는 이날 3시 32분(한국 시간), 마지막 무전을 보내고 동 함이 완전히 운전을 멈추었으며 무전은 이로써 끝난다고 연락해 왔다.

한편 미국 측에서 청취한 북괴 방송은 푸에블로호가 무장간첩선이었으며 북괴의 영해에 침입, 적대행위를 하고 있었다고 주장했다. 국방성 발표에 의한 나포 경위는 다음과 같다.

한 척의 북괴 초계함이 23일 하오 1시 10분경, 푸에블로호에 접근, 국적을 밝힐 것을 국제 신호로 요구, 푸에블로호가 신호기로 미국함임을 밝혔는데 북괴함들은 정지하지 않으면 발포하겠다고 위협했다. 북괴 군함들은 곧 영해상에 있다고 응답하는 푸에블로호의 진로를 막고 함 주위를 선회하기 시작했다. 곧 이어 세 척의 북괴 초계함이 더 나타나 푸에블로호의 뱃머리 선폭 및 선측 후부 등 각각 다른 위치에서 포위 대열을 갖춘 후 북괴 무장군인들이 푸에블로호 선상에 올라와 미국함의 승무원을 위협, 항로를 바꾸어 원산 방면으로 동행하기를 명령했다.

또한 아홉 대의 북괴 미그기가 상공을 선회하는 동안 그중 한 척의 북괴함이 색구索具를 붙인 방선판으로 푸에블로호의 선미를 밀기 시작했다. 푸에블로호엔 1시 45분에 북괴 무장군인이 등장했으며 2시

10분에 북괴함과 함께 푸에블로호는 원산항으로 입항할 것을 강요당했다. 마지막으로 2시 32분 무전 연락이 일절 중단된다고 각각 무전으로 보고해왔다.

미 해군 전문가들은 푸에블로호가 화물선이었던 것을 대적 정보활동용으로 개조, 여덟 개의 강력한 안테나 및 특수 전자 청취장치를 갖춘 해군 보조함이라고 밝히고 작년 6월 8일 시나이반도 연안에서 이스라엘기에 격침된 동형의 미니 SS리버티호보다 소형이라고 말했다.

무장간첩단의 서울 출현과 때를 같이한 사건인 만큼 갖가지의 상황을 추측케 했다.

지금 월남전에 말려들어 있는 미국의 병력을 분산시키기 위한 작전이라고 보는 사람도 있었고, 미국이 어떤 반응을 보일 것인가를 알아보기 위한 북괴의 술책이라고 보는 사람도 있었다.

"아무튼 지금 북한에 무슨 사건이 발생한 것은 필지의 사실이다. 그들의 대내적인 문제를 해결하기 위해 국제적인 문제를 일으켜 긴장을 조성하고 있는 것이다."

이것은 성유정의 견해였다.

동시에 성유정은 이렇게도 말했다.

"미국에 그런 식으로 도전하는 것을 보니 전쟁을 일으킬 의사는 없는 것 같다. 이 사건으로 미국은 만반의 태세를 갖출 것이니 북괴의 기습공격이 불가능하기 때문이다."

미국의 항공모함 엔터프라이즈호가 긴급 출동하는 등 동해 해상은 초긴장 상태가 되었다.

존슨 대통령은 강경한 성명을 발표하고 푸에블로호를 즉시 반환하라고 요구했다. 과연 미국이 보복 조치를 취할 것인가. 보복 조치를 취한다면 어떤 방법을 채택할 것인가.

울산 앞바다에 소련 구축함이 나타났다는 것이고 미군 작전구역에 북괴군이 또 네 명 나타나서 미군 세 명에게 중상을 입혔다고 한다.

무장간첩단의 퇴로를 차단하고 포위망을 압축하고 있다고 하나 탐색전은 답보 상태에 있는 모양이다.

미국의 주간지 『타임』은 무장간첩의 침투 사건을 다음과 같이 보도하고 있다.

> 소련에서 훈련을 받은 억센 군인 김일성 지배하의 북한은 공산세계 안에서 좌절감을 더해가는데 특히 남한과의 대비에 있어서 초조감을 느끼고 있는 것 같다. 그의 권위·위신을 대내외적으로 높이기 위해, 그리고 미군을 남한에서 철수토록 하기 위해 김일성은 위험한 정책을 쓰고 있다.
>
> 그가 좌절감과 초조감을 느낄 만한 이유는 충분하다. 작년으로써 끝난 그의 이른바 7차년계획은 여지없이 실패했는데 남한은 연 8.4퍼센트의 눈부신 경제성장력을 보이고 있다.
>
> 김일성과 그의 정부는 작년 봄에 있었던 남한의 대통령 선거를 방해하려고 했으나 뜻을 이루지 못하고, 4만 6천 명의 병력을 베트남에 파견하여 그들의 동맹국과 싸우고 있는 남한을 당혹한 눈초리로 지켜보고 있다.
>
> 금년 57세의 김일성은, 한국에서 가장 중요한 나이라고 치고 있는 61세까지 남한을 통합하려고 필사적인 노력을 경주하고 있다. 그러나 그의 야심은 남한의 눈부신 발전과 북한의 정체로 인해 흐려질 수

밖에 없다. 이윽고 그는 종래 주장해오던 평화통일의 가면을 벗고 외쳐대기 시작했다.

"우리는 강력히 남한에서의 혁명을 완수해야 한다. 우리 세대에 통일을 달성해야 한다."

이 목적을 달성하기 위해 그는 북한에 테러리스트를 양성하는 학교를 세웠다. 그곳에선 2천400명의 테러리스트 요원이 남한에 침투하여 게릴라전을 전개하기 위한 훈련을 받고 있다. 그 결과는 휴전선 일대에서 보여준 새로운 공격전술로써 나타났다.

1967년에 들어 북한은 566건의 침투 사건을 일으켰다. 1966년엔 50건의 침투 사건이 있었을 뿐이다. 1966년엔 19회의 총격전이 있었을 뿐인데 1967년엔 1천187건의 총격전이 있었고, 1966년엔 35명의 사망자를 냈을 뿐인데 1967년에 죽은 UN군의 수는 122명에 달한다. 이 가운데 16명은 미군이다. 김일성이 최근에 언제 어디서 전쟁이 터질지 모르는 긴장 상태에 있다고 떠벌리는 것은 이상한 일이 아니다.

지난주 김일성은 남한에 과감한 침투작전을 감행했다. 31명의 무장대원을 서울에 파견하여 남한의 대통령 박정희를 암살할 계획을 추진한 것이다. 김일성의 명령은 청와대에 침입하여 대통령의 목을 잘라 거리에 효수하라는 것이었다. 이렇게 대량의 테러리스트가 서울에 침투한 것은 1953년의 휴전 이래 처음 있는 일이다.

이 무장 테러리스트들은 6조로 나누어 각 조를 북괴군 대위가 지휘했다. 이들은 2년 동안에 걸쳐 게릴라 전술과 전법을 익혔다. 원산의 기지에 청와대의 모형을 만들어놓고 15일 동안 청와대 기습 훈련을 실시했다.

도보로 눈에 덮인 휴전선을 넘은 31명은 외투를 입고 검은 농구화를 신고 털모자를 쓰고 있는데 각기 66파운드 무게의 배낭을 지고 있었다. 그들이 휴대한 것은 각기 경기관총 한 정, 권총 한 정, 비수 한 자루, 여덟 개의 수류탄, 한 개의 대전차유탄이었다.

북괴의 테러리스트들은 휴전선의 철조망을 뚫고 지뢰를 피해 4일 만에 서울에 침투했다. 그들의 실수는 나무꾼에게 서울까지 가는 도중 검문소가 몇 개나 있으며, 어느 곳에 있는가를 물은 일이었다. 그 나무꾼이 경찰에 신고하는 바람에 요소요소에 경비망이 펼쳐졌다. 그러나 그들은 교묘하게 검문을 피해 청와대와의 상거 수백 야드까지 접근할 수 있었다.

그 지점에서 그들은 경찰에 적발되어 저항을 받았다. 총격전이 있었다. 그 총격전에서 경찰관 한 명이 죽고 게릴라 한 명이 죽었다. 그리고 김신조라는 북괴군 소위가 생포되었다. 나머지는 도주했다.

그들이 휴전선을 넘어가기 전에 체포하기 위한 대대적인 작전이 전개되었다. 지난 주말까지 10명을 제외한 전원을 체포했다. 그중 하나는 생포되었다. 나머지는 사살되었는데 이 작전 중 18명이 죽었다. 그 가운데 한 명은 휴전선을 지키고 있던 미군 병사다.

박을 암살하라는 지령을 내린 사람은 김일성이다. 김일성은 북한을 만년 계엄령하에 두고 있는 스탈린주의자다. 그는 근년 중공의 세력권에서 벗어나 소련에 보다 접근하려고 애쓰고 있다. 김일성은 북한의 자주성을 과시하기 위해 '베트민'을 도우는 병력을 파견하려고 했으나 호치민으로부터 거절당했다. 그러나 50명의 항공교관만은 호치민이 받아들였다.

김일성은 그의 주변에 모택동과 비슷하게 개인 숭배의 장막을 치고 압제와 탄압을 서슴지 않는다. 김일성의 압제를 뒷받침하기 위해 북한엔 36만 7천 명의 육군, 3만 5천의 공군, 1만 5백의 해군, 120만의 민병대가 언제이건 전투에 참가할 수 있도록 훈련되어 있다.

그런데 이러한 군비를 충당하기 위해 북한의 주민들은 엄청난 희생을 강요당하고 있다. 군사비는 1년 예산의 30퍼센트를 차지한다. 650대의 비행기를 가진 북한은 북베트남의 공군력보다 훨씬 우수하며 북한의 조종자들은 미그21을 조종하는 기술에 능하다.

푸에블로호 사건은 적지 않게 미국민의 자존심을 상하고 있는 모양이다. 다음과 같은 기사를 보아서도 알 수가 있다.

공해상에서의 푸에블로호 납치사건은 미국 국민에 대한 하나의 교훈이 되었다. 세계 최강의 나라가 조그마한 적에 의해 철저하고 야무지게 골탕을 먹을 수가 있다는 교훈이다.

하기야 이런 경험이 기왕에 없진 않았다. 1961년에 있었던 '피그베이'의 사건이다. 그러나 이 사건은 지역적으로도 규모로서도 극히 제한된 것이었기 때문에 우리의 당혹도 그다지 크지 않았다. 곧 잊혀질 수가 있었다.

북베트남도 작은 적이 큰 적을 괴롭힐 수 있다는 사실을 증명하고는 있지만, 크나 작으나 공산주의 국가가 이번 북한이 푸에블로호 납치사건에서 보여준 것처럼 무력을 도발하고 좌절감을 갖게 하는데 성공한 예는 일찌기 없었다.

그 빠르고 민첩한 북한의 행동은 아시아에서의 또 하나의 전쟁에 직면케 하는 위험을 내포하고 있다. 다른 하나는 베트남에서의 전쟁이다.

전쟁의 위기는 고사하고 파리에서 평양에 걸쳐 반미논쟁에 불을 붙인 것은 사실이다. 이 사건으로 인해 서방세계에선 동남아와 그 인근 지역에서 존슨 행정부가 과연 공산주의자들의 군사행동에 효과적으로 대처할 수 있을 것인지 하는 의혹이 일고 있다.

국내에선 재빠르게 북한이 보내온 사진, 즉 양손을 들고 끌려가는 푸에블로호 승무원들의 볼품없는 사진을 보고 격분의 감정이 일고 있다. 일주일에 걸친 그들을 석방하기 위한 워싱턴의 노력이 불모였다는 것을 알자 언론계, 대중, 국회에서의 반발이 격심하게 불을 뿜었다.

"추악한 해적행위다."
하고 매사추세츠 출신 하원의원 윌리엄 베이트가 소리 질렀다.

유타 출신의 상원의원 월레스 베네트는,

"함대를 이끌고 원산만으로 가서 로프로 푸에블로호를 끌고 오라."
고 외쳤다.

존슨의 베트남정책에 반대하는 사람조차도 즉각 북한에 보복하라고 주장하고 나섰다. 온건파 민주당 상원의원 프랭크 처치는 푸에블로호의 납치사건을 전쟁행위라고 보고

"해외에 있는 모든 군사력을 동원하여 푸에블로호를 돌려보내도록 해야 한다. 우리의 국가적 면목이 걸려 있는 문제"
라고 덧붙였다. 켄터키의 공화당 상원의원 스러스톤 모톤은

"배를 돌려주도록 모든 외교적 노력을 다해야 한다. 그 외교적 노력이 보람을 갖지 못하면 우리 모두가 그곳으로 가야 한다."
며 전쟁도 불사해야 한다는 강경한 의견을 토했다. ……

이사마는 북괴의 무장간첩단 사건과 푸에블로호 사건을 축으로 해서 한국 또는 한국인에게 있어서 세계는 어떠한 것일까 하는 문제를 설정했다.

이 문제를 설정하기 위해선 그 전에 한국인에 있어서의 현대란 무엇인가 하는 것을 문제로 삼아야 했다.

분명히 서구인에 있어서의 현대는 제1차 세계대전을 기점으로 할 수 있을 것이다. 제2차 세계대전도 결국 제1차 세계대전의 연장선에서 그 원인을 찾아야 하고 일본이 하나의 변수로서 등장하는 바람에 현대의 의미가 보다 복잡해졌을 뿐이다.

한국의 현대는 1945년 8월 15일부터 시작한 것이라고 이사마는 일단 가정해보았다. 그런데 한국인은 그 현대의 의미를 정당하게 파악하지 못했다. 괜히 들떠 있었을 뿐이다.

왜 이렇게 말할 수 있는가.

한국의 현대는 38선이란 부담과 더불어 시작한 것인데 그땐 아무도 38선의 심각한 의미를 깨닫지 못하고 정치에 사로잡혔다. 38선의 의미를 가장 절박하게 인식한 분은 김구 선생이 아니었을까.

가장 절박한 민족의 인식이 안두희라고 하는 테러리스트에 의해 민족사의 표면에서 사라졌다. 이승만의 정치시대가 전개되는 것이다.

6·25동란은 한국의 현대가 어떤 의미를 가지고 있는가를 알리는 가혹한 시련이었다. 동시에 그것은 한국의 운명이 한국인의 뜻만으로 좌우되는 것이 아니란 사실을 알리는 교훈이기도 했다. 에스토니아·리투아니아·라트비아와 더불어 공산주의의 정체를 증명하는 또 하나의 사례라는 인식을 가진 사람이 이 나라에 몇이나 되었을까.

자유당 정권은 현대의 그러한 의미를 전혀 파악하지 못한 인간들에게 의해 운영되었다. 이승만만은 그 의미를 알고 있었다고 추측할 수 있지만 이승만의 투철한 견식도 그가 어릴 때부터 익힌 마키아벨리즘을 넘어설 수는 없었다.

그 후의 민주당. 한마디로 카오스混沌였다. 그러나 이 혼돈 속에서 무언가가 탄생해야만 했다. 수십 번의 시행착오를 거듭하면서도 그 혼돈 속에서 민족의 활로가 발견되었어야 했다. 말하자면 한국에 있어서의 현대의 의미가 거듭된 시행착오를 거쳐 인식되어야 했던 것이다.

이사마는 여기까지 생각하다가 생각을 멈췄다. 역사에 있어서, 정치에 있어서 가정처럼 허무한 것이 없다고 느꼈기 때문이다.

공산주의에 진보를 보고 있는 수많은 인텔리. 5·16 후의 군사정권에 뭔가 명분을 찾으려고 하고 있는 인텔리. 민주주의를 앞세우고 보수의 늪에서 허덕이며 권력에의 의지 때문에 사분오열하고 있는 이른바 야당적인 인텔리.

이사마는 어느 진영 한 군데에도 몸을 둘 수가 없는 스스로의 고절감을 재확인하는 기분으로 되었다.

―내가 설 땅은 어디냐.

뜻밖에도 이 설문의 답이 빠르게 왔다.

1월 30일 이사마는 유치장에 있었다.

1월 30일은 수요일이었다.

이사마는 성유정과 같이 수안보 온천에 갈 계획을 세우고 있었다. 수안보에 가서 온천을 하고 조령을 넘어볼 참이었다. 그 옛날 영남의 선비가 과거를 보러 올 때 그리고 돌아갈 때 반드시 넘어야 할 고개가 조령이다. 그 조령을 넘어보자는 것이 오랫동안의 숙원이었는데 1968년의 1월 30일을 기해 그 숙원을 풀어보기로 된 것이다.

그날은 무척 추웠다.

각별하게 추위를 타는 성유정의 마음이 바뀌었지 않을까 해서 일어나자마자 이사마는 전화를 걸까 하고 있었는데 두 신사의 방문을 받았다.

비좁은 아파트 이곳저곳에 꽂혀 있는 책들을 둘러보던 눈초리를 이사마에게 돌리고 신사 한 사람이 말했다.

"옷을 입으시오. 같이 좀 가야 하겠소."

그들이 풍기고 있는 분위기로 미루어 어디로 가야 하느냐고 물어볼 필요도 없었다. 추위를 감안하여 입을 수 있는 데까지 옷을 껴입고 그들을 따라나섰다.

"성 선배께 전화해서 오늘의 계획은 틀렸다고 말하라."

고 집안 사람에게 이른 것이 고작이었다. 혹시나 싶어

"가는 곳을 대강이라도 알았으면 좋겠다."

고 했지만

"가보면 알 것이오."

하는 지극히 쌀쌀한 대답이 있었을 뿐이다.

검은 지프가 멎은 곳은 경찰서도 아니고, 어떤 관청 같지도 않은 3층 건물이었다.

지하실로 안내되었다. 살풍경한 방이었다. 추위 탓도 있었을 것이다.

심장이 얼어붙었다.

"김동수를 알지?"

하는 질문이 있었다.

김동수는 서대문 형무소의 같은 감방에서 오랜동안 지낸 사람이다.

"압니다."

"이주봉을 알지?"

그도 또한 서대문 형무소에 같이 있었던 사람이다.

"압니다."

"김재봉을 알지?"

역시 서대문에 같이 있었던 사람.

"압니다."

"그들과 한패거리지?"

"같이 서대문에 있었다는 관계로썬 한패거리지요."

"요즘 자주 만나고 있지?"

"요즘은 만난 적이 없소."

"신사적으로 묻고 있으면 신사적으로 대답해야지."

이사마는 신사적으로 되기 위해 기억을 더듬었다. 서민호 씨 관계로 김동수가 찾아온 적을 상기했다.

"석방된 후 김동수를 만난 적이 있소."

"만나 무슨 얘기를 했던가."

"서민호 씨가 하는 당에 참가하라는 청을 받은 일이 있습니다."

"그때 어떻게 했는가."

"거절했습니다."

"이주봉을 만난 일은 없나?"

아무리 생각해도 이주봉을 만난 일은 없었다.

"없습니다."

"없다?"

하고 어느새 작업복으로 갈아 입은 신사가 냉소를 띠었다. 그래서 생각하니 단독으로 이주봉을 만난 적은 없지만 여러 사람과 함께 만난 적이 있었지 않았나 싶어졌다. 그러나 확실하진 않았다. 잠자코 있었다.

"이주봉은 당신을 만났다고 하던데 당신은 만난 적이 없다고 하니 이상한데?"

"만난 적이 없소."

"그건 다음에 챙겨보기로 하고, 김재봉은 만났지?"

"만난 적이 없소."

다시 신사의 얼굴에 냉소가 일었다.

"당신 자가용 가지고 있지?"

"가지고 있습니다."

"당신 돈이 많은 거로군."

"내가 잘 아는 어느 사업가가 사준 것이오."

"그 사람이 누구요."

"꼭 그 사람의 이름을 댈 필요가 있을 때 말하겠소."

그 사람의 이름을 댔다가 괜한 누를 끼칠까 싶어 이렇게 이사마는 얼버무렸다.

"지금 그 필요가 있다고 하면?"

"필요가 있다고 나는 인정할 수가 없소."

"그것도 다음에 따지기로 하지. 김동수·이주봉·김재봉이 무슨 일을 하고 있는지 알지?"

"모르오."

"모르면서 자금을 대?"

"자금?"

하고 이사마는 어이가 없어서 웃었다.

"자금을 대지 않았단 말이오?"

"나는 그들에게뿐만이 아니라 누구에게도 자금을 댄 적이 없소. 댄 적이 없을 뿐 아니라 내겐 그런 돈이 없소."

"큰 돈이라야만 자금인 줄 아나?"

"큰 돈이고 적은 돈이고 간에 나는 자금을 댄 적이 없소."

"우리가 괜히 당신을 데리고 온 줄 알아?"

"……."

"무슨 근거가 있기에 당신을 데리고 온 거요. 솔직하게 말하는 게 당신에게 유리할 거요."

"나는 지금 솔직하게 말하고 있소."

"솔직한가 안 한가는 두고보면 알 거구. 또 한 가지 물어봅시다. 당신 선산에 간 적이 있지?"

"있습니다."

"거기 가서 뭣 했소."

"구미라는 곳에서 자고, 상모리란 마을에 갔었소."

"거기서 누굴 만났소."

"노인을 한 분 만났소."

"뭣 하러 갔지요?"

"기록자로서의 호기심에 이끌려 갔소."

"기록자가 뭐요."

"본 바, 들은 바, 느낀 바를 기록하는 사람이 기록자요."

"왜 하필이면 그런 것을 기록할라고 했지?"

"지금 이 순간 이 나라에서 가장 중요한 사람이 탄생한 곳을 가보고 싶었던 것뿐이오."

"그래 무슨 기록을 했소."

"아직 기록하지 않았소."

신사는 말을 끊고 싸늘한 눈초리로 이사마를 쏘아보고 있더니 바깥으로 나가버렸다. 썰렁한 방에 이사마만 혼자 남았다.

시간도 얼어붙은 듯 진행이 있는 것 같지 않았다. 또 하나의 신사가 들어오더니 아까와 같은 질문을 되풀이하고선

"김동수에게 준 돈이 얼마나 되느냐."

고 물었다.

김동수에게 돈을 준 기억이 나질 않았다.

"돈 준 일 없소."

"바른대로 말해요. 알고 묻는 거니까."

그 돈 문제로 한참 동안 승강이가 있었다.

"뒤에 후회해도 소용 없다."

는 말을 남겨놓고 그 신사도 나가버렸다.

또 한 사나이가 점심을 담은 쟁반을 들고 와서 탁자 위에 놓고 나갔다.

식사를 할 엄두가 나질 않았다.

시간 자체가 얼어붙은 느낌이었다. 이윽고 밤이 되었다. 그런데 아무도 나타나지 않았다.

긴 밤을 빙화氷化를 면하기 위한 노력으로써 일관했다. 추위는 사람의 사고까지 얼어붙게 한다. 그러나 그런 가운데서도 무슨 사태가 발생하면 총을 주지 않고 체포할 것이란 성유정의 말이 쉴 새 없이 명멸하고 있었다.

'혹시 전쟁이 본격적으로 시작된 것이 아닐까?'

하는 생각이 번뜩이기도 했다.

시계가 아침임을 가리키고 있었다.

어제의 신사들 가운데 한 명이 나타나더니

"대강 알았으니 집으로 돌아가도 좋다."

고 했다.

무엇을 알았느냐고 묻고 싶은 충동이 없지 않았지만 잠자코 있기로 했다. 어떤 경우라도 석방은 환영할 만한 일이었다. 그 건물에서 나와 눈부신 아침 햇살을 받고 눈을 비볐다.

환하게 트인 시야 저편에 성유정이 서 있었다.

무슨 꿈을 꾸고 있는 것 같은 기분이었다. 성유정이 다가오고 있는 것을 보면 분명 꿈은 아닐 것이었다.

성유정이 이사마의 손을 잡았다.

이사마는 왠지 부끄러웠다.

"성 선배께서 웬일입니까."

요령부득한 말이 되었다.

"이 주필은 이곳에 웬일인가."

성유정의 익살이었다.

성유정은 이사마가 연행되어 갔다는 소식을 듣고 사방으로 뛰었던 모양이다. 수안보로 가는 자동차 속에서 한 성유정의 얘기를 간추리면 김동수·이주봉·김재봉이 모종의 사건에 연루되어 체포되었는데 그들의 입에서 이사마로부터 얼마간의 돈을 받았다는 사실이 밝혀졌다. 그래 혁명당의 용의자로서 연행되었다는 것이다.

"그들에게 돈을 준 일 있나?"

성유정이 물었다.

이사마가 기억을 더듬어보니 3, 4개월 전 다방에서 김동수를 만나 얼만가의 용돈을 준 일이 있었다. 하도 영세한 액수여서 까마득히 잊고 있었던 것인데 그것이 문제가 되었구나 싶으니 이사마는 아찔한 기분이었다.

"동정도 예사로 할 게 아녀."

하고 덤덤하더니 성유정이 덧붙였다.

"곧 큰 사건이 발표될 모양이다. 그 사람들 야무지게 걸려든 것 같애."

김동수는 과묵하고 성실한 청년이다. 이주봉은 부지런히 책을 읽는 청년이다. 김재봉은 열심히 사업을 해보겠노라고 애쓰고 있는 청년이다.

이사마는 그들의 얼굴을 뇌리에 그려보고 있으니까 목이 메는 심정으로 되었다. 그 좋은 청년들이 계속 험난한 길을 걸어야 한다면 그들에게 있어서 조국이 무엇인가.

"이 주필도 그분이 없었다면 큰일 날 뻔했어. 앞으론 조심 또 조심해야 할 것이야."

무거운 침묵을 견디기가 힘들어 건성으로 하는 성유정의 말이었다.

차창 밖으로 눈에 덮인 산과 들이 스쳐갔다.

'아아 산하!'

가슴속에서 이사마는 이렇게 신음했다. 수안보 온천에서 펴든 신문의 기사는

—북괴 무장공비 소탕작전은 30일로써 사실상 끝났다. 잔당 다섯 명을 쫓고 있는 한미 군경합동수색대는 29일 이들이 숨어 있을 것으로 보이는 임진강 남쪽에서부터 노고산에 이르는 지역을 샅샅이 뒤졌으나 한 명의 공비도 찾지 못했다. 군 당국은 이날 하오 이번 소탕전에 투입된 공수부대를 철수, 원대복귀시켰으며 지난 21일 밤에 내렸던 비상도 전방부대를 제외한 후방부대에는 해제했다. 대간첩 대책본부는 무장공비 잔당 다섯 명은 동사했거나, 살아 있더라도 심한 동상에 걸려 움직이지 못하는 상태에 빠져 있을 것이라고 보고 있다.

유사 위의 일록

1968년 2월 16일

정부는 시민증, 도민증을 오는 4월부터 바꾸기로 하고 주민등록법 개정안을 심의 중에 있다고 했다.

시민증, 도민증만으론 해나갈 수 없는 이유가 어디에 있을까. 주민등록을 새로 실시할 경우에도 그때의 등록번호를 이미 가지고 있는 시민증 또는 도민증에 찍어주면 될 것이 아닌가. 예산 낭비를 방지하기 위해 시민증, 도민증의 갱신을 일절 중지할 줄도 아는 당국이 엄청난 출비出費가 될 주민등록증을 왜 새로 만들려고 하는 것일까.

어느 험구는 이런 말을 했다.

"어느 종이장수와 인쇄업자를 부자 만들어줄 작정을 한 거로군."

그러자 옆에 있던 자가 받았다.

"잘 해 처먹어라! 제기랄 것."

향토방위군을 만든다고 한다. 35세 미만의 남자들이 향방군의 조직 대상이다.

김일성의 장난이 이런 현상을 빚었다. 김일성의 장단에 춤을 추는 결과가 된 것이 아닌가.

성유정 씨의 말.

"대한민국을 지배하는 자도 김일성이다. 그자가 한번 움직이기만 하면 수백억 원의 돈을 써야 되고, 수천만 시간을 낭비해야만 되니."

신민당의 박영록 대변인은

"공화당 정권은 모든 실정에 대해 추호도 반성함이 없다. 개선책을 강구하려고도 않는다. 관계 책임자를 비호하려고만 든다. 실정을 은폐하려고만 든다. 향군법을 제정하고, 제대를 중지하고, 고령자를 소집함으로써 잔뜩 위기의식만 높이려고 든다. 사태를 역이용하여 전체주의적 체제를 확립하려고 서둔다."
고 비난했다.

2월 29일

공화당은 석유류세법·도로촉진법을 일방적으로 날치기 통과시켰다.

이러한 변칙 통과로 정치 문제의 초점이 원외로 번지게 되었다. 이런 사소한 법안까질 무엇 때문에 변칙 통과시킬 필요가 있었는가.

어느 소식통은 이렇게 말했다.

"석유세를 올리면 상대적으로 휘발유 값이 올라간다. 그런데 세율보다 휘발유 값이 오른 폭이 크다. 거기 문제가 있다. 정치자금을 마련할 계기가 생긴다. 공화당이 육박전까질 각오하고 강행 통과시킨 덴 그런 꿍꿍이속이 있다."

박 대통령은 3·1절 경축사에서 천명했다.

"북괴와의 협상은 절대 불가하다. 힘으로의 대결이 있을 뿐이다. 국방의 주체 확립 및 강화는 경제건설의 강력한 뒷받침이 되는 것이며 적과의 대결에서도 또한 강력한 저지력이 될 것이므로 확고부동한 자세로서 싸우면서 건설해야 한다."

4월 1일

향토방위군이 드디어 탄생했다.

대전에서 우렁찬 발대식이 있었다.

이로써 230만의 대원이 조국 방위의 전선에 서게 되었다.

"국토 안위에 관한 대비책을 당리당략의 대상으로 삼는 자유가 있다면, 그것은 정녕 침략을 자초하는 자유가 될 것이다."

향방군 발대식에서 한 박 대통령의 훈시 일절이다. 박 대통령 자신은 자유가 무엇인질 알고 있는 것일까. 쿠데타의 자유, 혁명재판을 강행하는 자유, 사형시킬 수 있는 자유……, 기타 기막힌 자유를 행사하고 있는 자유, 자유란 말은 참으로 섣불리 써선 안 될 말이 아닐까.

존슨 대통령은 차기 선거에 출마하지 않겠다고 선언했다. 자신의 업적과 인기를 감안한 뒤의 결정일 것이다. 그러나 이건 미국에선 예사로 있을 수 있는 일이다.

박 대통령은 이런 선언을 할 필요조차 없다. 3선이 금지되어 있으니까. 그런데 3선이 금지된 헌법이 그냥 그대로 통할 수 있으리라고 생각하는 사람은 드물다. 3선 문제를 거론할 필요가 없을 때에만 3선 금지 헌법이 살아 있다가 3선 금지가 꼭 필요할 시기에 가선 휴지가 될 것이란 것이 국민들의 염려다. 이런 짐작은 박 대통령을 모독하는 말이 될까?

성유정 씨의 말은

"두고 보면 알 일인데 뭣 때문에 숨가쁜 추리를 하려고 드느냐?"

신민당은 부산 유세에 이어 진해에서 시국강연회를 열었다.

신문이 보도한 바에 의하면 유진오 당수의 강연 요지는

"국민이 원하는 정부를 선택할 수 있을 때 참다운 민주주의를 찾을 수가 있다."

정치 교과서의 초보 가운데서도 서론에 해당하는 말이다. 해방 후 20여 년, 정당의 당수가 이런 말을 하고 다녀야 하는 상황은 만화가 아닐까.

그런데 유진오 당수로 말하면, 이 사람은 우등생이 되기 위해 이 세상에 태어난 사람이다. 학생시절엔 경성제국대학의 우등생이었다. 일제 때의 사회에서도 우등생, 미군정 시대에도 우등생, 자유당 시절에도 우등생, 민주당 시절에도 우등생, 5·16 후에도 우등생, 이젠 야당 당수로서도 우등생이 되겠다고 나섰다.

박기출 의원의 강연 요지는

"권력층에 도사리고 있는 부정부패는 극에 달했다. 공공요금 인상과 물가상승으로 서민 대중들의 생활은 도탄에 빠졌다."

김대중 의원은

"박 대통령은 어떤 일이 있어도 재선을 위한 개헌은 하지 말아야 한다."
고 열을 올렸고, 김재광 의원은

"합의 의정서를 공화당이 일방적으로 파기함으로써 정치적 배신행위를 자행하고 있다."
고 신랄하게 공화당을 비난했다.

4월 20일

박정희 대통령이 호놀룰루로부터 돌아왔다. 그곳에서 존슨 대통령과 회담을 가졌다.

존슨은 박에게 더많은 한국군을 월남에 파견해달라고 요청한 모양이다. 박은 그 제안을 거절하지 못했다. 아니 거절할 수가 없었던 것이다.

궁금한 건 반대급부다.

통일원을 신설한다는 법안이 국회에 제출되었다. 지금 단계에 있어선 제도가 필요한 것이 아니라 통일해야 한다는 의지가 필요한 것이다.

통일원을 신설한다고 해서 뾰족한 방안이 나올까. 장관 감투를 비롯한 몇 개의 감투가 불어날 뿐 아닌가. 페이퍼플레이에 필요한 책상 걸상과 사무용품의 수요가 늘 뿐이 아닌가.

어느 험구의 말

"힘의 대결 이외의 어떤 방법도 없다고 박 대통령이 말한 것은 불과 얼마 전의 일이 아닌가. 통일원을 신설하고 그것을 운영하는 비용으로 사병들의 부식비를 늘려주는 게 보람 있지 않을까. 모처럼 만든 통일원이 통일하지말자원院으로 될 것이 아닌가."

4월 30일 밤

서울 국제전신국 접수계에 폭탄을 던진 사건이 있었다. 당국은 남파 간첩의 소행이라고 밝혔다.

서울 전역에 긴급비상령이 내렸다. 김일성은 이래저래 남한의 시민들을 못살게 굴고 공화당 정권을 경화시킨다.

5월 10일

월남전 해결을 위해 파리회담이 열렸다. 회담으로 해결될 일일까?

5월 18일

하일레 셀라시에 에티오피아 황제가 서울에 왔다.

이 사람의 팔자는 꽤 기구하다. 제2차 세계대전 전 에티오피아는 무솔리니의 이탈리아 군대에 의해 강점당했다. 셀라시에는 영국에 망명했다.

이탈리아의 침공이 있기 전의 일이다. 셀라시에는 일본녀를 마누라로 삼고 싶었던 모양이다. 일본 정부에 신청을 했다. 그때 일본의 자작인가 남작인가의 딸 구로다가 자청하고 나섰다. 그 때문에 당시 일본의 신문들은 한동안 시끌덤벙했다. 결국 이탈리아의 침공으로 그 연담은 흐지부지되고 말았던 것 같은데, 이사마는 그 사건을 계기로 해서 에티오피아란 나라의 존재를 알게 된 것이다.

그때 셀라시에에게 시집가려던 일본녀는 지금 어떻게 되었는지. 살아 있다면 60세를 넘긴 나이가 되었을 것이다. 이사마가 그 일을 상기했더니 성유정 씨의 말이 있었다.

"기억력 하나는 그저 그만이다. 나는 말쑥이 잊고 있었는데."

그러나저러나 나라의 꼴은 엉망으로 만들어놓고 무슨 기분으로 한국에까지 온 것일까. 외지가 가끔 전하는 바에 의하면 에티오피아 국민의 3할은 아사 상태에 있다는 얘기다.

『뉴욕 타임스』에 실린 이탈리아의 여기자 팔라치가 셀라시에 황제와 인터뷰한 기사를 읽은 일이 있었다.

팔라치는 에티오피아의 과거·현재·미래에 걸쳐 날카로운 질문으로 셀라시에 황제를 골탕 먹이고 난 후에 이렇게 물었다.

"폐하, 지금 에티오피아를 구제하는 오직 한 가지 방법이 있다면 그건 무엇이겠습니까."

셀라시에는 대답을 못 하고 묵묵부답해버렸다. 그러자 팔라치가
"내가 대신 말해볼까요?"
했다.
"말해보라."
는 셀라시에의 말이 있었다.
"지금 에티오피아를 구하는 유일한 방법은 폐하가 황제의 자리에서 물러나는 일입니다."
당연히 셀라시에는 대로했다.
"이년을 당장 끌어내라."
고 호통을 쳤다.
"끌어내지 않아도 내 발로 나가겠어요. 나는 호의로써 충고를 한 것인데 그 호의를 받아들일 줄 모르는 사람 곁엔 더 있으라고 해도 있지 않겠어요."
하고 팔라치는 걸어 나와버렸다는 것이다.

그 얘기를 듣자 성유정 씨는
"그 여자 한국엔 안 올까? 한번 박 대통령과 인터뷰를 시켜보고 싶군."
"한국 정부가 그런 여자를 입국이나 시키겠습니까."
"그건 그렇고 셀라시에 없는 동안 에티오피아에서 쿠데타가 일어나지 않을까?"
"쿠데타를 일으킬 만한 실력자는 몽땅 다 데리고 온 모양이니 그런 걱정 없을 겁니다."
"우리나라는 이만하면 됐으니 앞으로 에티오피아 걱정이나 해야겠다."
성유정 씨는 이렇게 말해놓고 껄껄 웃었다.

서울시청 광장에서 환영식이 있었다. 그 광경을 텔레비전을 통해 본 이사마의 감상은

"황제라고 하기보다 황제의 역을 맡아 황제답게 하려고 애쓰는 서툰 연기자 같다."

는 것이었다.

5월 20일

신민당은 전당대회를 열었다.

평화적인 정권교체를 다짐했다.

그런데 이사마의 관심은 프랑스에 있었다. 파리에선 이른바 학생혁명이 진행 중에 있었다. 5월 20일 현재 학생들의 주장에 동조하여 4백만의 노동자가 파업에 돌입하고 프랑스는 완전히 무정부 상태가 되었다는 것이다.

이 난관을 드골은 어떻게 타개할 것인가. 정치가의 이상을 드골에게 두고 있는 이사마는 각 방면으로부터 정보수집을 서둘렀다. 그는 미국 공보원과 프랑스 문화원을 돌며 정확한 사태파악을 하려고 애썼다. 그러나 정보는 언제나 늦었다.

5월 21일

시민회관에서 전날에 이어 속개된 신민당의 전당대회는 주류계와 비주류계의 청년당원 사이에 난투극이 벌어져 수라장이 되었다. 이윽고 11시에 정회할 수밖에 없었다는데, 민주주의를 표방하고, 민주주의의 명분과 의욕으로써 정권을 노리겠다고 하는 야당이 당내의 사정을 민주적으로 해결하지 못한다면 당으로선 파산한 거나 마찬가지다.

드골 정권은 붕괴 직전에 이르렀다는 외신이다. 파리 교외에 전차가 집결하고 있다는 얘기다. 드골의 카리스마는 완전히 실추된 것일까.

5월 21일

7부 장관이 돌연 경질되었다. 누가 장관이 되건 이사마의 관심사가 아닌데 권오병 씨가 문교부 장관이 되었다는 사실은 주목할 만하다.

강경 일변도로 학원과 학생을 다스리겠다는 의사표시가 아닌가. 이사마에겐 그것이 박 정권의 위험 표시로 보였다.

어느 신문기자는 2선 개헌을 결행할 경우를 예상하고 한 포석이라고 보았다.

"그렇지 않고서야 사리에 맞지 않은 인사가 있을 수 있겠는가."

그 기자가 덧붙인 말이다.

프랑스의 파업은 전국에 파급되어 확대일로라고 한다. 드골은 국민투표를 고려해보겠다고 말했다.

미국과 월맹의 회담은 4차까지 거듭되고 있는데도 전도에 밝은 희망은 보이지 않는 모양이다.

6월 1일

파리에서의 외신.

—샤를 드골 대통령은 30일, 자기는 대통령직에서 하야하지 않겠다고 선언하고 현 국민의회를 해산하고 총선거를 실시하되 조르주 퐁피두 수상은 계속 유임시키고, 오는 6월 16일로 예정된 국민투표는 연기하겠다고 말했다.

시골 저택에서 난국 수습을 위해 24시간의 장고를 끝낸 드골 대통령은 30일 밤 파리로 돌아와 각의를 주재한 후, 31일 새벽 전국 방송망을 통해 국민으로부터 위임받은 대권을 충실히 이행하겠다고, 단호하고 격양된 어조로 말하면서 정부에 대한 대결이 계속된다면 의회 해산 이외에 다른 수단도 불사하겠다고 선언함으로써 공화국 헌법 16조에 규정된 비상대권을 발동시킬지도 모른다는 경고를 내렸다.

드골 대통령은 이어

"프랑스는 의회 총선거 일자를 정하진 않았으나 헌법이 정한 시일 내에 실시하겠다."

고 다짐했다.

파리의 석간지 『르 몽드』는 의회 총선거의 제1차 투표가 6월 23일 실시되며 국민투표도 동시에 실시될 것이라고 보도했다.

드골 대통령이 의회를 해산하고 총선거를 실시한다는 선언이 있은 뒤, 1백만 명이란, 1944년의 프랑스 해방 이래 유례없는 대군중이 30일 밤 드골 대통령을 지지한다는 의사를 표명하기 위해 프랑스 국가를 부르고, 드골 지지의 구호를 외치면서 널찍한 샹젤리제 거리를 노도처럼 행진했다.

이날 4시 콩코드 광장에 모이기 시작한 약 10만 군중은 시시각각으로 불어나 샹젤리제 입구인 에투알 광장에 당도했을 때엔 무려 1백만 명으로 늘어나 있었다.

3색 견장을 어깨에 두른 국회의원 여러 명과 학생 대표들이 섞인 이 행진 대열이 지나갈 때 길가에 모여 있던 많은 남녀 어른들과 어린이들이 3색기를 흔들며 그 대열에 합류했다.

이 기사를 읽고 이사마는 드골의 카리스마스가 아직 살아 있다고 확신할 수 있었다. 프랑스가 위대한 애국자를 버릴 까닭이 없는 것이다. 프랑스가 드골의 그 탁월한 지도력을 몰라줄 까닭이 없는 것이다.

그 전날 서울에도 파란이 있었다.

공화당 의장 김종필 씨가 모든 공직을 사퇴하겠다고 성명한 것이다.

그날의 신문기사를 초록해본다.

—김종필 공화당 의장은 30일, 공화당 의장직과 국회의원직을 포함한 모든 공직에서 사퇴할 뜻을 밝히고, 공화당에 탈당계를 정식으로 제출하여 정계에서 은퇴할 뜻을 밝혔다. 김 당의장은 이날 상오, 중앙당에서 열린 당무회의 석상에서 공직사퇴 의사를 밝힌 후 탈당계를 중앙당에 제출했는데 김 당의장의 이런 돌연한 사의 표명으로 공화당 내는 물론 정계 전반에 걸쳐 일대파문을 던져놓았다. 김 당의장은 이날 당의장직과 국회의원직 등 정치적인 공직은 물론 대한소년소녀단 총재, 기능올림픽위원장 등 비정치적인 공직까지도 물러나기 위해 사표를 제출했다고 하는데 김씨의 이와 같은 결심은 지난 15일 국민복지회 사건과 관련된 김용태 의원 등의 제명 조치가 직접적인 계기가 된 것으로 보고 있다.

이 기사를 읽고 성유정 씨는

"슬슬 막이 오르기 시작했다."

고 했다.

"무슨 막인데요."

이사마가 물었다.

"3선 개헌극의 막이 오른 셈이다. 3선을 단행하려면 우선 당내의 장애물부터 제거해야 하지 않겠는가."

"김종필과 그 측근이 3선 개헌의 장애물이란 뜻인가요?"

"김종필 본인의 의사야 어떻건 그 세력이 주류를 차지하고 있는 한 3선 개헌으로 공화당을 몰고 가긴 힘들 것이 아닌가. 그보다도 복지회 사건이란 게 어떤 것인지 그거나 한번 챙겨봐."

베일에 덮인 국민복지회 사건을 이사마가 알아낼 수 있을 까닭이 없다. 신문기자들에게 물어보았지만 김용태 의원이 김종필 씨를 장차 대통령으로 만들 목적으로 조직한 모임인데 들통이 나서 공화당으로부터 제명된 사건이란 정도의 사실 외에는 알 수가 없었다.

이사마가 그 진상을 알게 된 것은 훨씬 후의 일이고 뜻밖인 우연이 거들었기 때문이다.

소설을 쓰기 시작하게 된 이사마는 자기가 입수한 대로의 자료를 놓고 몇 개의 정경을 상상해보았다.

—1967년의 말, 어쩌면 1968년 정초.

JP의 심복이라고 할 수 있는 A·B·C·D·E가 K의 집에서 모였다.

K 아무래도 박 대통령은 3선 개헌을 하고야 말 것 같애.

A 그건 기정사실 아닙니까. 6·8선거는 3선 개헌을 전제로 한 전략으로 짜여진 선거 아닙니까.

B 뻔한 얘기지요.

C 어디서 누군가가 그 플랜을 지금부터 짜고 있을 겁니다.

D 본인은 전연 내색을 하고 있지 않지만.

E 아냐. 3선 개헌 운운을 금기처럼 하고 있는 게 수상해.

A 영리한 사람이니까. 타이밍을 재고 있을 거야. 미리부터 그런 낌새가 나타나면 야당이 결사적인 반대투쟁을 할 거고, 그게 국민들에게 먹혀들어가면 틀림없이 큰 지장이 생길 것이니 그런 발설을 막고 있는 게 틀림이 없어.

B 임기 1년쯤 남겨놓고 당론으로서 발기되도록 본인은 기대하고 있을 거야.

C 요컨대 3선 개헌을 강행한다는 것은 확실한 얘기가 아닌가.

D 이승만을 그냥 그대로 모방하겠지. 본의는 아니지만 국민이 원한다면 3선 개헌을 승복하지 않을 수 없다구.

E 야당의 반발이 심할 텐데? 국민들이 납득할 까닭도 없구.

A 야당? 야당은 결국 원외투쟁을 할 수밖에 없는데 거기에 대처하는 술수야 능란하지 않는가. 국민이 납득하고 안 하고도 문제가 안 돼. 이승만 때의 사례를 보면 알 게 아닌가. 이승만 때보다 더 고도한 술수를 가지고 있지 않는가.

K 요컨대 3선 개헌의 강행은 필지의 사실이다, 이것 아닌가.

A 그렇소.

K 그렇다면 이 정세를 그냥 보고만 있을 텐가?

B 보고만 있을 순 없죠.

K 3선 개헌의 문제는 민주주의를 지향해야 한다는 우리 목표에도 어긋나고, 장기집권의 뿌리를 심어 5·16의 정신을 손상시킬 염려가 있고, 국민의 생신한 의욕을 꺾어버리는 행동이 필요할 것이고, 그보다도 우리의 운명에 지대한 관련이 있어. 보라구, 당의 중앙위 의장은 김성진이지? 정책위 의장은 백남억이지? 사무총장은 길재호, 원내총무는 김진만, 재정위원장은 김성곤 아닌가. 우리의 JP는 완전히 꼭두각시가

되어버렸어. 지금 상태에 이 지경이니 앞으로 어떻게 될 것인지 빤히 짐작이 가지 않는가. 가만있다가 죽기만 기다릴까?

A 정치가의 명분으로서도 가만있을 수 없고, 국민에 대한 도의로서도 가만있을 수 없고, 우리의 지도자 JP를 위해서도 가만있을 수 없지요.

K 그럼 어떻게 해야 되겠는가.

B 강력한 핵심 체제를 만들어 밀고나가는 거지. 달리 방법이 있겠소.

C 우리의 힘으로 3선 개헌을 막을 수 있을까?

D 자신을 가져야지.

K 개헌만 막으면 우리 세상이 되는 것 아닌가. 누구는 생명 내걸어 놓고 쿠데타도 하는데 합법적인 길이 트여 있는 호헌운동을 못 한다고 해서야 말이 되는가. 이른바 4인 체제가 김 의장을 견제하고 있다지만 핵심 당원들은 거의 우리의 편이다. 우리의 노력으로 당내의 개헌선을 허물 수가 있을 것이고, 여차하면 야당과 연계하는 전술도 있을 것 아닌가. 만에 하나 그로 인해 사건이 터지면 그 사건이 혼선을 빚고, 그 혼선이 국민감정을 자극해서 개헌 사태까지 몰고 갈 수 없게 만들 수도 있지 않겠는가. 그러나 만사는 신중하게 해야 해.

이러한 담론의 연장선상에 만들어진 것이 '한국복지연구회'다. 신중을 기해 이런 이름을 지었다. 사태가 충분히 성숙되기까진 JP에게 알리지 말자는 약속도 있었던 것 같다.

또 하나의 정경
—5월 18일(1968)

김형욱이 그분으로부터 호출을 받았다. 김형욱이 약간 불안했다. 해임시키려고 부른 것이 아닌가 하고. 엄청난 일을 저질러놓았기 때문에 김형욱은 그분이 부르기만 하면 언제나 이런 불안감을 가졌던 것이다.

김형욱이 집무실로 들어서자 느닷없이 그분이 물었다.

"김용태가 요새 무슨 일 하고 있는지 아는가?"

"잘 모릅니다. 만난 적도 오래되고 해서요. 듣기론 골프나 치고 이 사람 저 사람과 어울려 다니며 술타령이나 하고 있다던데요."

김형욱이 우물쭈물하자 그분은 정색을 하고 말했다.

"무슨 복지횐가 뭔가를 하고 있다는데 그것을 몰라?"

"모릅니다. 복지회가 뭣을 하는 겁니까?"

"정보책임자가 내게 정보를 물어?"

"어디서 그 얘기를 들으셨습니까."

"내 정보비서관이 알려주었다."

"유승원 씨 말씀이구먼요."

"그래. 유승원이 연대장으로 있을 때 부관으로 데리고 있던 사람이 며칠 전에 찾아와서 하는 말이, 김용태가 회장이 되어 있는 복지회란 것이 있는데 멋모르고 가입했더니 이게 여당 안에 야당을 만드는 공작을 하고 있다는 거야. 종필이를 71년 대통령선거에 추대하는 공작을 암암리에 진행시키고 있더라는 얘기야."

"즉시 조사해보겠습니다."

그 길로 김형욱은 유승원 비서관을 찾아가 자세한 내용을 듣고 사무실로 돌아와서 곧 심복 부하를 시켜 복지회의 내용을 조사하라고 일렀다.

회장은 김용태, 부회장은 최영두, 사무총장은 송상남으로 구성된 이 모임은 민주공화당의 훈련을 거친 기간당원과 각 지구당의 청년봉사회장 등을 포섭하여 3선 개헌을 막고 JP는 차기 대통령으로 옹립할 목적으로 조직된 것이란 전모를 알게 되었다. 이것을 결정적으로 증명한 문서가 압수되기도 했다.

사무국장 송상남이 작성한 다음과 같은 시국 판단서다.

—우리 국민복지회는 여당 내의 야당이다. 1967년의 선거부정은 모두 박 대통령이 책임져야 하며 모든 부정부패 역시 그 책임은 박 대통령이 짊어져야 한다.

현재의 정세 판단으로 보아 박 대통령의 3선을 위한 개헌 공작은 필연적으로 대두할 것이며, 우리는 이를 저지하기 위해 저지세력을 확보해야 할 결정적인 국면에 처해 있다. 어쨌든 박 대통령이 더 이상 정치에 대한 야심을 가지지 못하도록 우리는 모든 노력을 경주해야 한다.

1971년 선거에 있어서 우리의 대안은 오직 김종필 당의장이다. 그러기에 우리는 그의 '이미지' 부각을 위해 모든 노력을 다해야 하며 기어이 1971년을 '김종필의 해'로 만들어야 한다.

동시에 김종필 당의장은 이 공동 목표를 위하여 정치적으로 책임을 져야 할 모든 사항을 일절 회피하고 자신의 '이미지' 관리에 신중해야 할 것이라고 우리는 판단한다.

이러한 정보와 자료를 취합해서 김형욱이 그분에게 보고했다.

철저하게 처리하되 세상에 알리지 않도록 하라는 지시가 있었다. 그분이 JP에게 대해 노골적인 반감을 표시했다고 하지만 확인될 순 없는 일이다. JP를 정적으로 인식하게 되었으리란 것은 짐작할 만하다.

김형욱은 JP를 찾아가서 담판했다.

그 결과가 김용태·최영두·송상남을 공화당에서 제명하는 처분으로 끝났다. 5월 25일에 있었던 것이다.

JP의 공직 사퇴는 이런 상황 속에서 이루어진 것이다. 그러나 그 결정은 그의 내면에서 나온 것이지 외부의 압력에 의한 것은 아니다. 현재의 고통을 참고서라도 그의 '이미지'를 손상하지 말아야겠다는 결심으로 한 행동이다. 구체적으로 말하면 3선 개헌의 소용돌이 속엔 말려들지 않겠다고 각오한 것이다.

6월 7일

로버트 케네디가 피격되었다는 외신이 날아들었다. 다음은 AP통신의 내용이다.

"미국 민주당 대통령 후보 지명을 받을 것으로 유력시되고 있는 케네디 의원이 5일 0시 15분(한국 시간 4시 15분) 캘리포니아 주 예선의 승리를 선언하는 순간 괴한이 쏜 흉탄에 이마와 오른쪽 귀 근처를 맞아 쓰러졌다. 저격범은 현장에서 케네디 의원 경호담당자에게 체포되었는데 예루살렘 태생의 요르단인 비샤라 시르한이라고 신원이 판명되었다. 23구경 권총을 가진 그는, 케네디 의원의 이스라엘 지지 발언에 자극받아 범행을 저질렀다고 하고, 내가 내 조국을 위해 거사한 것이라고 주장했다. ……"

케네디는 예비선거에 승리한 직후에 한 연설에서

"미국은 위대한 나라."

라고 했다는데 그것이 그의 절창이 되고 말았다.

맏형은 제2차 세계대전 중 태평양전투에서 전사하고, 중형 존 케네디는 대통령 재직 중에 죽고, 자신은 대통령 후보로서 죽었다. 위대한 나라를 위해 위대한 희생을 치른 셈이다.

행복한 나라의 불행한 사람, 불행한 나라의 행복한 사람. 선택의 자유를 준다면 어느 편을 택할 것인가.

정상에서 만난 불행, 저변에서 만나는 불행. 아니 저변엔 불행이 없다. 불행의 연속이니까.

메테를링크의 말이 생각난다.

"자기가 가진 지혜를 다해 남의 불행을 준비하는 사람이 있다."

예컨대……?

13회 현충의 날을 맞아 박 대통령이 한 말은

"……영령들의 희생정신을 받들어 자주국방과 경제건설을 위한 결의를 새로이 해야 한다……."

고.

6월 12일

미국 하원은 한국에 대한 추가 원조 1억 달러를 승인했다는 얘기. 국군 월남 증파에 대한 반대급부인가.

베트콩의 포격하에 사이공은 공포의 도시로 화했다는 소식. 파리회담 8차회의에서 해리맨 미국 대표가 사이공 포격을 항의하자 베트민의 대표는 미리 준비해놓은 반박문을 읽더라는 얘기. 아무래도 베트민의 단수가 높은 것 같더라는 프랑스 기자의 익살이다.

최영희 국방장관은 우리 조종사를 연내에 베트남에 파견하겠다고 한다. 지상군을 도우기 위해서라고 하니 달리 할 말이 있을 까닭이 없다.

7월 2일

프랑스 총선거에서 드골파가 압승했다. 지난번 선거엔 242석을 차지했는데 금번 선거에서 355석으로 불어난 것이다. 이건 1793년 공화제가 실시된 이래 처음 있는 기록이다. 단일정당이 이처럼 의석을 많이 차지하게 된 것은 역사 이래 처음이다. 1967년 선거에 73석을 얻은 공산당은 이번 선거에선 33석밖엔 얻지 못했다.

불과 한 달 전만 해도 드골 정권의 명맥은 풍전등화와 같았다. 그런데 어떻게 된 일일까. 드골은 명실공히 프랑스의 수장으로서 그 자리를 굳힌 것이다.

드골은 그의 회고록에서 처칠을 언급하여

"위대한 구상의 위대한 옹호자이며 위대한 역사의 위대한 예술가"

라고 했는데 이 평언은 그냥 그대로 그 자신에게 들어맞는 것이 아닐까.

이로써 프랑스의 정국이 안정될 것이다 싶으니 이사마의 마음이 느긋해졌다.

오랜만에 성유정 씨와 같이 김선의 집을 찾았다.

신사임당의 화충도 병풍(물론 복제)이 있는 방에서 아가씨들을 불러놓고 한바탕 놀아보자고 했더니 김선은 그 방엔 접근도 하지 말라며 자기의 내실로 안내했다.

"왜 그 방엔 못 가게 하느냐."

고 이사마가 따졌더니 김선은

"그 방엔 문명의 이기란 이기는 죄다 갖추어져 있어 문명인이 덜 되는 사람은 아예 접근하지도 말아야 해요."

하곤

"오늘 밤엔 제가 가라고 할 때 가셔야 해요."

하는 말을 남겨놓고 나가버렸다.

조촐한 요리상과 함께 뜻밖에도 윤 마담이 들어왔다.

"바쁠 텐데 어찌 이 방에까지."

하고 성유정이 물었다. 김선의 대리인 격인 윤 마담은 기생 배정·방 배정·손님에게 애교 떨기 등으로 바빠 이사마와 성유정이 있는 양옥집엔 좀처럼 드나들 수가 없었다. 그런 마담이 한가하게 시중을 들어주니 성유정이 물어본 것이다.

"오늘 밤은 한 패밖엔 손님을 못 받게 돼 있어요."

윤 마담의 대답이었다.

"왜?"

"오늘 밤엔 돈까쓰하고 SK의 자리가 있거든요."

돈까쓰란 김형욱의 별명이다. SK는 물으나마나 정계의 거물이다.

"그 사람들이 오면 다른 손님을 못 받게 돼 있는가?"

"손님들이 기분 상할까봐 우리 쪽에서 그렇게 신경을 쓰는 거죠. 그런데 오늘 밤엔 저편에서 특별히 주문이 있었어요."

"다른 사람 받지 말라구?"

"그래요."

"그래서 손해보는 분에 대해선 배상이라도 해주나?"

"돈까쓰나 SK는 모두 기마에가 좋은 사람들이니까요."

"기마에 좋은 사람들 제쳐놓고 기마에 없는 우리에게 와 있으면 손해지 않나."

"돈까쓰가 오면 전 피해야 되게 돼 있어요. 때문에 김 사장이 고생하게 되는 거죠. 어쩐 일인지 돈까쓰는 김 사장 앞에선 꼼짝 못 해요. 저만 보면 생트집을 잡고 야단인데두요."

돈까쓰와 윤 마담이 싸웠다는 얘기를 이사마는 들은 적이 있다. 처음 나온 아가씨가 너무 긴장한 탓으로 돈까쓰의 양복바지에 술을 엎질렀는데 벌이라면서 그 아가씨의 옷을 벗기려고 했다. 돈까쓰는 집요했다. 아가씨는 완강했다. 아가씨가 끝끝내 말을 듣지 않자 끌어당겨 옷을 찢다시피 하고 아가씨의 깊은 곳에 손을 넣었다. 아가씨는 비명을 질렀다. 그래도 돈까쓰는 능글능글하게 웃으며 넣은 손을 빼려고 하지 않았다. 보다 못해 윤 마담이

"추잡하게 굴지 말라"

고 한마디했다.

그것이 도화선이 되어 입씨름이 벌어졌다. 말에 궁하게 되자 돈까쓰는 윤 마담의 얼굴에 술을 뿌리고 일어섰다.

"네년이 있는 한 난 이 집에 안 오겠다."

는 대사를 뱉어놓고 돈까쓰는 가버렸다. 그후 김선이 사이에 끼어 화해하긴 했지만 아무래도 피차 석연한 기분이 될 순 없었다.

그래서 그 친구가 오면 아예 술자리에 나가지 않기로 하고 있다는 것이다.

두 시간쯤 지나 김선이 돌아왔다.

"지겨웠지?"

윤 마담이 물었다.

"그렇지도 않았어. 주고받는 얘기가 하두 재미가 있어서."

"SK는 몰라도 돈까쓰의 얘기가 재미가 있다구?"

"날 옆에 앉혀놓고 내가 알아듣지 못하게 말을 꾸미는 꼴이 재미가 있더란 거지."

성유정이 손수 얼음을 글라스에 넣고 술을 따라 김선에게 권하며

"무슨 말을 합디까."

하고 물었다.

"손님방에 들은 얘기는 옮기지 말기로 되어 있는 원칙 모르세요?"

하며 웃곤 김선이

"지금 박통 나이가 몇이죠?"

"아직 60 전일걸?"

"몇 살까지나 살까요?"

"본인 요량으론 백 살 넘겨 살겠지."

"그럼 성 선생님, 우린 살아생전에 다른 성 가진 대통령 밑에 살긴 틀렸어요."

하고, 자기가 비운 술잔을 성유정 앞에 내밀었다.

"천하가 태평하겠군."

덤덤히 말하고 성유정이 그 술잔을 받았다.

그곳에선

이사마가 체코슬로바키아에 관해 구체적으로 알고 있는 것은 체코의 작가 야로슬라프 하셰크가 쓴 『병사 슈베이크의 모험』이다. 하도 오래 전에 읽은 때문에 그 내용은 거의 기억에서 탈락되어버렸지만 그것을 읽었을 때 느낀 묘한 감동만은 증류수처럼 가슴의 밑바닥에 고여 있다.

그런 인연만으로도 이사마는 체코에 애착을 느끼고 있었다. 제2차 세계대전 후 그곳이 무더기로 소련 블록으로 들어갔다고 듣고 프라하의 하늘은 멀다고 느꼈다.

그런데 그 체코슬로바키아가 이사마 앞에 대문제로서 등장했다. 아니 세계적으로도 대문제일지 몰랐다.

지난 봄, 이사마는 어느 외지에서 이런 기사를 읽었다.

1968년 3월 22일 노보트니 대통령의 퇴진을 정점으로 하는 체코의 민주화운동은 이 나라에 있어서 '제2의 혁명'이라고 불러 마땅한 것이었다. 과거 15년간의 장기에 걸쳐 일국의 정치를 사실상 좌우해 온 독재자가 권력의 좌에서 물러났다는 사실 자체가 새 시대의 개막을 고하는 것이다. 그런데 그것이 종래 공산권에서 빈번히 보아온 것처럼 지도부 내에서의 비밀스런 '궁정혁명'의 결과가 아니고 세론의 압도적인 지지를 배경으로 하고 민주적인 과정을 밟아 성취되었다는 데 큰 특징이 있다.

작년 12월부터 금년 1월에 걸쳐 체코 당중앙위원총회에서 노보트니가 당 제1서기의 지위를 빼앗긴 것은, 종전과는 달리 사전에 발언자를 제한하지 않은 자유토론 방식을 채택한 결과이고 최후에 대통령직 사임으로까지 몰린 것은 전국적으로 높아진 비판의 소리와 민주화의 요구에 항거할 수 없었기 때문이다.

사회주의 국가의 정변에서 세론이 이처럼 큰 역할을 하게 된 것은 아마 이번이 처음일 것이다. 그런 뜻에서 노보트니 퇴진은 세론의 승리라고 말할 수 있을지 모른다. 체코슬로바키아는 원래 전전부터 동유럽 유일의 공업국가로서 높은 문화 수준을 가지고 있던 나라다. 건국의 공로자 마사리크 대통령 치하에 서구적 민주주의의 전통이 어느 정도 뿌리를 내렸다. 그러나 1948년 공산정권이 성립한 후 '소 스탈린'이라고 불리운 고트발트 대통령의 가부장적 강권지배와 노보트니 대통령의 '네오스탈린'주의적 통치가 계속되는 동안 민주주의의 전통은 압살된 상태에 있었다.

슬란스키 서기장을 비롯한 1950년대 초 일련의 숙청은 전후 동유럽에서 실시된 숙청 가운데서도 가장 규모가 크고 가혹한 것이었다. 비非스탈린화도 동유럽 제국 중에선 가장 늦은 나라다. 수도 프라하에 세워진 거대한 스탈린 동상이 철거된 것은 다른 나라보다 6년이나 늦은 1962년 10월이었다는 사실로써도 짐작되는 일이다.

1956년 헝가리와 폴란드를 휩쓴 비스탈린화의 폭풍 속에서도 '동유럽의 우등생'답게 이 나라는 움직이려고 하지 않았던 것이다.

이런 나라가 민주화를 위해 자각적인 전진을 시작했다고 해서 여러 나라의 언론들은 '프라하의 해동'이니 '프라하의 봄'이니 하여 일제히 환성을 올렸다. 환성을 올릴 만했다.

이때부터 이사마는 체코의 사태를 주의 깊게 지켜보게 되었다. 노보트니의 자리를 빼앗은 두브체크에게 관심을 쏟지 않을 수 없었다.

체코의 정변에 대해 소련이 불만인 것은 명명백백했다. 체코 지식인들이 연명으로 발표한 '2천어 선언'(이사마는 이것을 읽지 못했다)에 대해 7월 11일자 『프라우다』 논설은

"제국주의 반동과 결탁한 반혁명세력이 활성화된 증거."

라고 비난했다. 브레즈네프는 7월 3일 헝가리 동란을 상기시키면서

"국제주의자로서 타국에 있어서의 사회주의 건설의 운명에 대해 무관심할 수가 없다."

는 징그러운 발언을 했다.

과연 체코는 어떻게 될 것인가.

그러던 차 이사마는 『슈피겔』의 다음과 같은 기사를 읽을 수 있었다. 이사마는 이것을 역사적 문헌에 못지않은 중요한 문서라고 보았다. 자기와 같이 체코 문제에 관심을 가진 성유정 씨를 위해 그 기사를 번역하기로 했다. 다음은 그 기사다.

소련군의 중진 이반 야크보프스키 원수는 보헤미아 지방 연습사령부의 벤치에 궁둥이를 내려놓았다.

벤치는 그 무게를 감당할 수 없을 정도로 찌그러져 소연방의 영웅, 바르샤바조약군의 최고사령관, 최고훈장의 소지자인 이반은 땅에 궁둥방아를 찧었다.

소련의 당번병들은 외면해버렸다. 보헤미아의 구경꾼들은 싱긋 웃었다. 이반은 분연히 일어서서 눈에 보이지 않는 적을 향해 소리 질렀다.

"사보타주다."

유럽 대륙의 밤, 세계 5분의 1에 군림하는 소련은 보헤미아의 숲으로부터 타트리 산지 사이의 도처에서 사보타주를 실감하게 되었다. 눈에 보이지 않는 적은 몰다우 강변의 소련 전초기지만을 위협하고 있는 것이 아니다. 공산주의에 직접적인 위험을 안겨주는 적인 것이다.

사보타주 분자는 서방 제국주의자도 아니고 매수된 계급의 적도 아니다. 공산주의의 동지들이며 프롤레타리아의 자제, 레닌의 후배들이다. 그들은 프라하의 신문 편집실, 문인들이 모이는 카페, 당 사무소에 자리를 잡고 있다. 그들은 유럽 중심부의 최전선에서 강대한 소련 제국이 지금도 지배하고 있는 교조주의자들을 추방했다. 그들은 세계의 어떤 나라보다도 훌륭한, 그리고 다른 어떤 사회보다도 시민이 보다 많은 권리를 갖는 일종의 사회주의적 민주주의를 꿈꾸고 있다. 그들은 사회주의를 자유와 결합시키고 공산주의와 독재를 분리시키려고 한다. 이러한 세계사적인 의미를 가진 혁명(동백림의 하베만 교수 제창)이 러시아의 먼지투성이인 소시민적 공산주의를 동요시켰다.

1천400만 체코슬로바키아인은 20년 동안 러시아의 충실한 추종자였다. 그들은 스탈린주의 독재에 있어서 동반한 위대한 형제에 추종하여 고도로 발달된 경제를, 하나의 노선에 충실하겠다고 서둔 나머지 공허한 경제적 독단의 희생물로 만들어버렸다.

그러나 그들이 일단 일어섰을 땐 그들이 겪은 고난이 너무나 컸기 때문에 소련에 대한 요구도 가장 강한 것으로 되지 않을 수 없었다.

루터가 천국으로 통하는 유일한 교회, 즉 가톨릭의 품에서 벗어났을 때도 여전히 그리스도 교도였던 것처럼 이들은 여전히 공산주의자들이다. 세계에선 아직 볼 수 없었던 공산주의자들이긴 하지만, 이들 공산주의자는 부패한 당의 독재권을 몰수했다. 무능한 당 간부들은 일반 민중에게 허용되지 않는 별장과 자동차, 서구제 상품, 또는 특권계급을 위한 특별상점에서 최우선적으로 물건을 살 수 있는 것을 당연하다고 생각하고 있었다. 지금 이런 사고방식에 종지부가 찍힌 것이다.

이제 세계는 새로운 당의 지도자 두브체크 영도하에 공산주의자들이 형무소의 문을 열어 억울한 사람들을 가정으로 보내고, 강등된 사람들의 명예를 회복하고 학대받은 사람들을 회생시킬 방도를 강구하고 있다는 것을 알았다.

이들 공산주의자는 신문의 자유를 인정했다. 아직 프라하의 유일한 신문인 『노베 슬로보』만은 지금도 구태의연하게 보수주의적 공산주의자의 소리를 내고 있지만 다른 모든 신문, 공식적인 당 기관지 『루데 프라보』를 비롯하여 텔레비전, 라디오는 서구에 있는 계급의 적 이상으로 공산당원을 통렬하게 비판하고 나섰다.

신문·텔레비전·라디오는 노골적으로 과거의 범죄를 폭로하고, 신문하고, 증언을 모으고 있다. 저널리즘이 비로소 국민의 대변자가 되었다.

기왕엔 권태롭기만 하고 무미건조했던 선전신문을 지금은 사람들이 서로 빼앗다시피하여 읽고 있는 현상이다. 신문을 탐정소설 읽듯 읽는 것이다. 체코슬로바키아인이 체코슬로바키아인에게 대해 저지른 범죄인데도.

한때 당에 충실했던 노동조합 기관지 『프라체』가 혁명의 단상에 섰다.

모든 신문 잡지 가운데서 가장 대담한 것이 작가동맹 기관지 『리테라르느니 리스티』다. 발행부수가 30만 이상인 이 신문은 지금 새로운 사옥으로 옮길 계획으로 있다. 검열국이 텅텅 비어버린 것이다.

이 가을까지 18종의 신문이 새로 발간될 예정이라고 한다.

1948년 공산당에 강제적으로 통합된 사회민주당이 독자적인 재편성을 계획하고 있다. 무소속 클럽이 정당으로 조직될 조짐을 보이고 있다. 여론 조사에 의하면 무당파의 90퍼센트가 다른 독립 정당에 입당할 의사를 가지고 있다는 것이다.

3개월간의 수정공산주의는 체코슬로바키아인의 생활이념을 바꿨다. 이 수주일 동안 몰다우 강변에 사람들이 장사의 줄을 이루고 있다. 그러나 그들은 햄을 사려고 모여든 것도 아니요, 쿠바의 카스트로가 체코제 '슈크다 트랙터'의 대금 대신 갖다놓은 하바나 시가를 팔려고 하는 것도 아니다.

몰다우 강변의 이 사람들은 프라하 슈테판스카 18번지의 집에 이르기 위해 거기서부터 장사의 열을 이룬다. 그곳엔 프랑스 대사관이 있다. 그 대사관의 별관에서 그들은 서독에의 비자를 받는다.

'네메르카·스포르코파·레프프리카' 즉 서독 입국사증이다.

공산주의 국가가 그 국민에게 서방세계에 외국 여행증을 무제한으로 발급하게 된 것은 티토의 유고슬로비아 말고는 체코가 처음이다. 서독에서 일하기 위해 1만 명 이상이 여행의 자유를 바라고 있는 것이다. 모스크바는 모든 수단을 강구하여 프라하의 배교도들을 정도로 돌이키려고 애쓰고 있다. 그들은 위기를 감지한 것이다. 프라하 공산주의의 관습이 소련에 전염할 위험이 있기 때문이다.

소련의 생활수준은 체코보다 낮다. 숙련공과 대학 교수의 평균 월수는 5백 마르크다.(1968년 우리 돈으로 약 4만 5천 원)

소련의 시민들은 프라하의 방송을 통해 많은 신지식을 얻을 수 있었다. 프라하의 당 기관지 『루데 프라보』가 모스크바의 암시장에서 부당 1루블로 팔렸고, 모스크바 시민은 체코의 동향을 주의 깊게 지켜보곤 언제 우리도 체코처럼 하자고 떠들고 나올지 몰랐다. 즉시 소련 정부는 전파 방해를 하는 동시 암시장을 단속하여 『루데 프라보』의 보급을 금지했다.

지난주 소련의 당 중앙위원회에서 유리 이르니츠키는 프라하의 전염병에 관한 경고를 발표했다. 그것은 1945년 체코가 소련에 카르바트 우크라이나를 할양했을 때를 상기시켰다. 당시 소련은 그 지방에서 불미스러운 사태가 발생하기만 하면 언제이건 비상수단을 쓰겠다는 각서를 제출하고 있었던 것이다.

소련은 그 영역 이외의 지역에도 배신국가에 대해선 군대를 파견하여 공포 분위기를 조성하는 데 주저하지 않았다.

1948년 티토가 이반했을 때 소련군은 그 국경지대에 진격했다. 1953년 6월 17일 이후 소련의 T34 전차가 동독의 시가에 진주했다. 1956년 10월에 폴란드의 지도자 고무우카가 소련 수비대의 상주를 승락할 때까지 폴란드 부근에 전차를 대기시켰다. 1개월 후 소련의 전차는 부다페스트의 폭동을 진압했다.

프라하에서 노보트니 당 제1서기가 해임된 금년 1월, 모스크바 재판소는 3인의 문학인에게 대해 비합법 문학신문 『페닉스』를 발행 유포했다는 죄목으로 유죄판결을 내렸다. 항의의 파도가 소련 전토에 파급됐다.

노보트니가 대통령직에서 해임된 4월엔 소련 당 중앙위원회는 지식인들을 보다 강경한 통제하에 둘 것을 결의했다.

검열에 공공연하게 항의한 작가 알렉산드르 솔제니친을 정신병원에 수감하겠다고 협박했다. 이것은 소련의 법무당국이 반체제작가들에게 이미 적용하여 실험이 끝난 방법이다.

검열을 거친 당의 신문 이외에 비합법의 삐라와 신문이 소련 시민에게 갖가지 정보를 전하고 있다. 6월 이래 소련의 각 도시엔 안드레이 사하로프에 의한 '1만어 선언'이 전파되었다. 이것이 '진보와 평화공존과 지성의 자유에 관한 연구'다.

스탈린상을 수상한 적이 있는 사하로프는 소련에 있어서의 수폭개발에 공헌한 공동연구자인데 구속된 지식인의 석방과 검열의 폐지를 요구하며 이렇게 말했다.

"전국을 통해 완전한 사상통제가 실시된 지 50년이 지났다. 지도부 자신들이 토론을 겁내고 있는 것처럼 보인다. 정치와 경제의 발전, 나아가 문화에 관한 과학적·민주적 견해를 확립하는 유일한 보장은 지성의 자유와 토론이다."

그리고 이어 그는 소련은 일체의 유보조건을 달지 말고 체코의 민주적 개혁을 지지해야 한다고 했다.

많은 장소에서 마르크스주의 이론에 의해 소련의 현실을 비판하려고 하는 비합법 서클이 활약하고 있다. 케프·하르코프·레닌그라드·모스크바의 로모노소프 대학에선 전 세계의 대학도시에서와 마찬가지로 학생들이 자발적인 항의집회를 열었다. 그래서 몇 사람의 학생들은 퇴학처분을 받았다. 연설의 자유와 검열 폐지를 요구한 때문이다.

체코에서도 이런 움직임이 시작되었다. 프라하의 불꽃이 소련에 요원의 불바다를 이루는 계기가 될지 모른다. 그러나 크레믈린의 보수파들은 무력개입을 비치면서 위압하려 하고 있다.

브레즈네프 소련 공산당 서기장은 크레믈린의 공개연설에서 12년 전의 헝가리 사건을 의미심장하게 언급하여 당시 전차를 밀어붙여 반동분자들을 어떻게 멋지게 분쇄했는가를 자랑을 섞어 말했다.

그런데 브레즈네프의 건망증은 천재적이었다. 6월, 그는 프라하의 의원대표단을 영접하고 있었는데 그 자리에선 헝가리의 예를 말끔히 잊어버리고 눈물까지 흘리면서

"소련이 이웃나라의 내정에 간섭할 생각을 한 적은 한번도 없었다."

고 말했다.

체르니크 부의장은 브레즈네프를 방문한 경위를 이렇게 보고하며

"소련은 폴란드에선 아무 짓도 안 했다. 그런데 체코에선 왜 무슨 짓을 해야겠다고 생각할 것인가."

하고 의미심장하게 덧붙였다.

폴란드에서 1956년 고무우카 당 제1서기가 독립을 요구했다. 이 때문에 소련의 수비대가 출동했다. 민족 공산주의자 고무우카와 당시의 소련 수상 흐루시초프 사이에 극적인 교섭이 체결되었다. 소련의 수비대는 본래의 위치로 되돌아갔다.

1956년 10월 31일의 시점에서 헝가리의 임레 너지 수상은 두 사람의 소련 대표로부터 약속을 받았다.

"내정간섭을 않겠다. 소련 군대 병사 2만과 전차 6백 대는 철수한다."

소련 대표의 하나는 미코얀이고 하나는 수슬로프 여사다.

소련의 전 군대는 부다페스트에서 평야지방으로 철수했다. 그런

데 그 이튿날 아침 헝가리 국방성은 약 3백 대의 소련 전차가 국경을 넘어 헝가리의 중심부를 향해 이동하고 있다고 발표했다.

무슨 일이냐는 너지 수상의 질문에 대해 안드로포프 소련 대사는

"소련군이 헝가리를 향해 진격한다는 것은 절대로 있을 수 없다. 이동하고 있는 것은 소련군의 헝가리 철수를 순조롭게 하기 위해 동원된 병력과 경찰대다."

라고 했다.

이것은 오전 9시에 있었던 일이다.

12시, 안드로포프가 전화로

"소련 정부는 헝가리가 탈퇴를 원하고 있는 바르샤바 조약 문제에 관해 재교섭할 용의가 있다."

고 통고해왔다.

익일 오전 5시 19분 임레 너지는 '코슈트 방송'을 통해 국민에게 고하지 않을 수 없었다.

"소련군은 오늘 새벽 우리의 수도를 공격했다. 우리 군대는 목하 전투 중이다."

프라하의 신문 『리테라르니 리스티』는 임레 너지가 소련에 의해 패배된 사실을 가리켜

"우리의 표본이다."

하고 평했다.

그때 헝가리 주재의 소련 대사 안드로포프는 지금 소련 국가보안 장관이다. 크레믈린 보수파 가운데서도 가장 권력 있는 자다.

프라하의 사태에 대해 1956년 헝가리 때와 꼭같은 최종적 치료법을 쓸지도 모른다.

모스크바의 보수파는 최후의 스탈린주의 현역 정치가인 독일의 울브리히트를 지지하고 있다. 그 영토 내의 드레스덴의 신시청사에 3월 23일 동유럽 제국의 수뇌들이 모였다. 두브체크에 대한 '동지재판'을 할 참이었다.

5월 8일, 같은 회의를 모스크바에서 열었다. 두브체크는 출석하지 않았는데 이 회의에서 동유럽의 수뇌들은 바르샤바 조약기구의 군대를 체코에 주둔시키기로 합의를 보았다. 명분은 '참모본부 연습'을 개최하기 위한 임시적인 조치에 불과하다는 것이었다.

노보트니가 중앙위원회에서 제명된 5월 30일, 연습 개시의 날짜는 6월 20일이었는데 통신대가 전차, 로켓포 등을 반입하기 시작했다. 그러나 그 사이 프라하엔 들어가지 않았다.

6월 30일 소련의 타스통신은 연습이 끝났다고 보도했다. 크레믈린의 보수파는 텔렉스를 뒤바꾸어 놓았다. 타스 통신은 그 뉴스를 철회하고 앞으로도 연습이 속행될 것이라고 했다.

프라하는 소연해졌다.

인민군 최고사령관 폴릭과 코다이 장군 등 기회주의자들은 두브체크의 신노선을 중지해야 할 것인가 아닌가 하는 근심을 하게 되었다.

한편 소련을 언제까지 체코에 체류할 것인가에 대해 명백한 대답을 피했다.

7월 11일 밤 두브체크는 브레즈네프와 야간전화를 한 후 바르샤바 조약군 야크보프스키 원수에게 철수의 일자를 문서로써 명시하라고 요구했다. 야크보프스키는 7월 13일 토요일이 되어서야 철수를 3일 이내에 개시하겠다고 약속하고 철수 기한을 7월 16일로 정했다.

"루소보 고 홈."(러시아인 돌아가라)

이라는 큼직한 글자가 프라하의 건물 벽에 나타났다. 작가와 저널리스트들은 학생들의 모임을 찾아가서 소련 대사관에 가서 항의데모하는 것을 말아 달라고 간청했다. 데모 도중 어떤 일이 발생할지 모르고 어떤 트집을 잡힐지 몰랐기 때문이다. 대기업의 노동자들이 시위 행진을 벌였다.

체코슬로바키아 텔리비전을 통해 한 사람의 프라하 시민은 이렇게 말했다.

"소련군이 오래 머물러 있으면 있을수록 그 1분 1분이 몇십만 체코슬로바키아인의 우정과 맞바꾸게 될지 모른다."

노동조합 기관지 『프라체』는

"소련의 역할은 20년이 지난 지금까지도 아직 해방자인가."

하는 설문을 하고선

"그렇다면 지금은 우리를 어디서부터 해방한다는 것인가."

하고 체코슬로바키아인의 단순한 사고방식을 이렇게 기록한다.

"여기엔 미국인이 없다. 미국인은 귀찮은 간섭을 안 한다. 그렇다면 미국인이 좋다는 얘기가 아닌가."

당 중앙위원회 제8부에 속하는 치안본부장 플프리크 중장이 야크보프스키의 포고를 공시했다.

그 내용은 여행자의 교통이 혼잡하기 때문에 소련군은 야간에만 철수 행동을 실시한다는 것이었다. 새로 제시된 기한은 7월 21일로 되어 있었다.

플프리크는

"체코 지도부는 우리의 영토에 우리 군대의 의사에 반해서까지 소련이 주류를 계속할 수 있는 권리가 어디에 있는지 이 포고문에서 근거를 찾을 수가 없다."

고 했다.

바르샤바 조약 제8조는 "독립, 주권의 상호존중 및 내정 불간섭의 원칙에 따라" 명백하게 가맹국의 의사를 보증하고 있다. 동독·폴란드·헝가리에 있는 소련군은 두 나라 사이의 조약에 의해 주둔해 있는 것이기 때문에 바르샤바 조약의 조문은 적용되지 않는다.

아무튼 소련군은 실제로 체코에서 철수했다. 천천히, 떠나가기 싫은 경승지를 억지로 떠나는 것처럼 그들은 트럭 또는 지프를 타고 가스 스탠드에 들러 쉬기도 하고 수리공장을 기웃거리기도 하며 자기 나라로 돌아갔다.

플프리크 중장이 처음으로 공표한 소련군의 내역은 군대 1만 6천 명, 승용차 4천5백 대, 전차 70대, 연락기 40기, 미그 비행중대 하나, 헬리콥터 20기, 1비행중대다.

소련은 체코의 전우들에게 그 정확한 병력을 결코 알리지 않는다. 프라하의 수비군이 독단으로 추측할 뿐이다.

'전쟁에서 최후에 이기는 것은 보다 강한 신경과 보다 냉혹한 성질을 가진 자다.'

플프리크의 생각이다. 그는 바르샤바 조약이 재검토되어야 한다며 이 조약의 수정을 희망하고 있다. 요약하면 소련의 도구로서 있을 것이 아니라 그것이 가맹국에게 실질적으로 도움이 되는 군사동맹이 되어야 한다는 것이다.

가맹국 가운데서 어느 가맹국이 다른 가맹국보다 우위에 선다는 것은 있을 수 있는 일이고 최고사령관직은 각국이 평등하게 돌려가며 맡는 것이 바람직하다는 것인데 플프리크의 말에 의하면 현재의 최고사령부는 소련의 원수, 장군, 사관들로서 대표되어 있고 나머지 가맹국은 연락장교의 임무를 맡고 있을 뿐이라는 것이다.

프라하의 이단자들은 새로운 '공산주의 선언'을 공표했다. 이것은 경찰관식 공산주의자들을 깜짝 놀라게 한다.

선언은 말한다.

"공산당은 국민의 자유의사에 의한 지지를 획득해야만 독립할 수 있다. 사회를 지배하는 것만으론 지도적 역할을 맡을 수 없다. 공산당은 그 권위를 일반에게 강요할 순 없고 그 행동에 의해서 스스로 권위를 얻어야 한다.

정책노선은 명령에 의해서가 아니고 당원이 이룩한 성과로써 그 이상이 신뢰할 만한 것으로 될 때 비로소 결정된다. ……"

그러나 이것은 프라하 당 중앙위 간부회원 11명만의 결정이고 이 선언을 보낸 상대는 바르샤바 조약기구다.

당 중앙위 총회가 소집된 7월 19일 아침 모스크바의 공산당 기관지 『프라우다』는

"보헤미아 지방의 판케나우에서 미국제 무기가 은닉되어 있는 비밀창고를 발견했다. 이것은 파르티잔·게릴라를 무장시키기 위해 서독에서 반입된 것이다."

라고 보도했다.

그래도 체코는 당혹하지 않는다. 체코 통신은 소련군이 연습 중에 체코 영내 4개소에 소련의 대송신기大送信器를 비밀리에 설치해둔 것을 발견했다고 전했다. 이에 대해 소련은 침묵을 지키고 있지만 이 송신기는 체코 개혁파들을 상대로 하는 선전전에 필요한 것이다. 그런데 그 송신기에 필요한 고유의 발전기를 가져오는 것을 잊어버렸다.

두브체크 민주주의자들은 비상사태를 맞이하게 되었을 경우 강력한 동지가 되어줄 사람을 발견했다. 이전의 공산주의 이단자들과 두 개의 강력한 서구의 공산당이다.

이탈리아 공산당의 루이기 롱고 서기장은 4월에 프라하를 방문하여 두브체크와의 유대를 강화했다. 현재는 소련의 분노를 진정시키기 위해 모스크바에 두 사람의 대리인을 보내놓고 있다.

프랑스 공산당 당수 왈데크 로셰는 지난번 프라하에 가서 유럽 공산당정상회담을 열자고 제안했다. 이같은 대규모 회의를 열려는 목적은 프라하에 있는 것이 아니고 모스크바를 고립시키자는 데 있을 것이다. 왜냐하면 서구 공산주의에 있어서 체코의 실험은 자기들의 장래의 지표이며, 민주주의적 공산주의가 가능한지 어떤지의 증명으로 될 것이기 때문이다.

유고슬라비아와 루마니아에 대해서 프라하는 크레믈린과는 독립된 코스가 있다는 것을 확인하는 의미를 갖는다. 티토도 차우셰스쿠도 프라하 방문을 예고하고 있다.

헝가리의 공산당 당수 카다르는 체코슬로바키아와 헝가리의 국경에서 비밀회견을 하고 두브체크를 백 퍼센트 지지하겠다고 약속했다.

19일의 당 중앙위원회에서 소수파는 속수무책이었다. 프라하 성의 스페인 광장에 출석한 88명의 위원(21명은 결석)은 당 간부회에서 작정한 바르샤바 조약기구에 보내는 회답을 무조건 승인했다.

여섯 시간에 걸친 회의를 하고 있는 동안 노동자·교수·인민군 대표·어린애를 데리고 나온 주부들이 프라하 성으로 가서 1천400만 체코인의 오늘의 영웅인 두브체크에게 진정한 충성을 맹서한 것이다.

전 국민은 공산당의 배후에 숨어사는 것 같지만 그들은 그들 고유의 과거를 극복해온 사람들이다. '2천어 선언'에 서명한 사람들 자신도 수주일 전까진 접근하길 주저주저했던 두브체크에 대한 추종을 숨기려 하지 않는다.

『리테라르니 리스티』의 특집란에 이 사람들은

"우리는 체코가 이 시대에 그 국민의 소리를 이해하는 정부를 갖게 된 것을 자랑으로 안다."

고 쓰고 있다.

유럽의 중앙, 프라하에서 하나의 비전이 실현되었다. 공산주의와 민주주의가 하나로 될 수 있다는 비전이다.

예상했던 대로 성유정 씨는 『슈피겔』의 기사를 읽고 대단히 흡족한 모양이었다.

"우리는 체코가 이 시대에 그 국민의 소리를 이해하는 정부를 가진 것을 자랑으로 안다."

는 대목을 손가락으로 짚으며

"우리도 언제 이런 소릴 한번 해볼 날이 있을까."

하며 웃고는

"체코 사람들도 글 쓸 줄 아는 민족이군."

아닌 게 아니라 우리는 언제 서슴없이 그런 말을 써볼 수 있는 날을 가질 수 있을까.

"그러나 소련의 브레즈네프나 안드로포프가 종래의 사고방식에서 벗어나 위성국가들의 자유화를 보고만 있을까?"

성유정이 말투를 바꿨다.

"그 불안이 『슈피겔』의 기사에서도 잘 나타나 있지 않습니까."

"그 기사는 좋았어."

"동유럽과 소련과의 관계를 그처럼 간결하고 요약적으로 설명한 기사란 드물 겁니다."

"그렇더라도 기록자는 대단하군. 그런 것까지 번역해야 하니."

"내 욕심으로 말하면 우리 시대를 이해하는 데 도움이 되는 명논설은 죄다 번역해놓고 싶어요. 유럽·미국·라틴아메리카·스칸디나비아에 걸쳐."

"그런 시간이 어디에 있겠나. 스크랩이나 해두지."

"감동적인 것만은 번역해둬야 해요. 이건 내 경험인데요. 물론 스크랩을 하지만 어느덧 방대해져 버려요. 감당을 못할 만큼."

"조수라도 있으면."

"바람직한 일이지요. 그래서 재단을 만들 수 있으면 얼마나 좋을까 하는 생각도 해보지요."

"얼마짜리 재단."

"3억짜리쯤 되면 해낼 수 있을 겁니다. 은행금리만이라도 1년에 3천6백만 원은 될 테니까요."

"재벌급의 독지가와 교섭을 해보지 그래."

"꿈 같은 얘긴 안 하는 것만도 못할 겁니다. 한국에서 개인의 기록사업을 도우려고 3억 아니라 1억 원이라도 낼 사람이 있을 것 같아요?"

"허기야 아직 자본주의가 발달하지 못했으니까."

"자본주의의 발달만으론 안 돼요. 자본주의에 따른 도의가 발달해야지."

성유정은 잠잠해버렸다.

그가 돈을 벌자고 나섰을 때, 그 마음의 바탕엔 이사마의 기록사업을 돕겠다는 희망이 있었던 것이다. 그런데 사업에 실패한 지금에 와선 그런 문제는 들먹이기조차 쑥스러운 노릇일 것이다.

한참만에야 성유정이 장난스러운 얼굴이 되었다.

"지금 프라하에선 자기들이 저지른 모든 과오를 털어내고 있다지?"

"그렇답니다."

"우리나라에도 한번 그런 단계가 있어야 할 것이 아닐까. 일제시대, 군정시대, 자유당시대, 4·19 후의 사태, 게다가 지금의 상태에 이르기까지 공적인 것은 물론 개인적인 비밀에 이르기까지 모든 것을 털어놓는 거라. 엄청난 양의 비밀이 지하에 묻힌 채 있을 것 아닌가."

"그렇게 하면 세상이 뒤죽박죽될걸요."

"한번 뒤죽박죽이 돼야 해. 그러고 나서 선악간에 남길 것은 남기고 불태워버릴 것은 버리고, 자기가 얼마나 추한가도 알고, 자기가 얼마나 훌륭한가도 알구. 어느 때 모든 것이 공개될 것이라고 생각하면 자연 행동을 조심하기도 해야 할 것 아닌가."

"그러나 우리나라에선 안 됩니다. 거기에서도 불공평이 생길 것이니까요."

"그런 일이 생기지 않도록 보장하고 말이지."

"누가 어떻게 보장한단 말입니까."

"그건 그래. 그러나 한 번은 있었으면 싶어. 캘 수 있는 대로 비밀을 캐내는 작업이."

다시 화제는 동유럽 문제로 돌아갔다.

"어느 곳에 위치하고 있건 약소국가는 슬프다."

는 말이 성유정의 입에서 나왔다.

"그러나 문제가 다른 것 같다."

이사마는 폴란드의 고무우카, 헝가리의 임레 너지, 체코의 두브체크 같은 인물은 유럽 문명의 문맥에서가 아니면 나타날 수 없는 사람들이라고 말했다.

"소련의 정책에 편승하고만 있으면 무사안일하게 시간은 지나갑니다. 그런데 그들은 정치가의 양심이 어때야 한다는 것을 알고 있습니다. 그들의 목적은 정권에 있는 것이 아닙니다. 짓밟힌 국민의 소리를 들어주자는 데 있습니다. 크레믈린의 한마디면 무한지옥에 떨어진다는 것을 각오하고 말입니다. 공산주의와 민주주의를 하나로 만든다는 것은 아마 그들이 생각해낼 수 있는 사상 가운데선 이상일 것입니다. 두브체크는 알고 있습니다. 그가 지향하는 방향이 민주주의이지 공산주의가 아니란 것을. 그러니까 더욱 목에 힘을 주고 공산주의를 주장하고 있는 것인데 같은, 아니 비좁은 지구 위에서 생의 방향은 갖가지란 생각을 안 해볼 수 없어요. 한때 이 나라에 혁신계란 정치집단이 있지 않았습니까. 그들이 노린 것도 아마 사회주의적 인간과 민주주의적 인간의 결부였을 겁니다. 결코 공산주의는 아니지요. 그러니까 그들은 더욱 민주주의를 주장하게 된 겁니다. 비슷한 이상을 좇으면서 동유럽에선 진정한 공산주의자가 되기 위해 나는 민주주의를 지향한다고 부르짖고, 한국에선 진정한 민주주의를 이룩하기 위해 사회주의를 감안하지 않을 수 없다는 식으로 나옵니다. 어찌보면 이 대조가 애절하지 않습니까. 차이점은 동유럽에 있어선 집단세력의 언저리에 정치가의 양심이 고민하고 있다는 사실이고 이 나라에선 집권층과는 먼 곳에 있는 지대에서 양심이 꿈틀거리고 있다는 사실입니다. 얘기하다가 보니 연설이 되어버렸네요."

"좀더 해, 그 연설은 좋다. 동유럽의 지식인과 한국의 지식인의 대비를 문제로 하면 현대에 대한 깊은 이해에 이를 수도 있을 것 같애."

"가능하다면 문제를 그렇게 발전시켜보겠습니다. 나는 동유럽의 정치 정세를 생각하게 되면 필연적으로 우리의 정치 정세를 생각하게 돼요. 내가 동유럽에 흥미를 가졌다는 것은 곧 우리의 사정에 대해 다른 각오에서 갖는 관심의 표명입니다. 소련이라고 하는 절대세력 속에서 민족의 활로를 찾으려는 동유럽 정치가들의 양심과 기백에 맞먹을 수 있는 양심과 기백을 우리나라 정치가가 가지고 있을까 하는 것도 문제가 되겠지요."

"그런 각도에서 김일성은 어때."

"나는 그 사람에겐 한 조각의 양심도 발견할 수 없어요."

"그렇게 간단하게 말해버려도 될까?"

"간단하게 말해버릴 수 있지요. 6·25를 일으킨 죄, 박헌영을 처단한 일, 이곳에 앉아서 이북의 사정을 속속들이 알지 못하지만 우선 그 두 가지만으로도 간단하게 단죄할 수 있지요."

"나도 그건 알아. 김일성은 티토는 물론 아니고, 고무우카엔 기까이 갈 수도 없고, 임레 너지는 어림도 없고, 두브체크도 못 된다는 사실."

"무식한 울브레히트 정도겠죠."

"울브레히트에 관해선 재미나는 얘기가 있더군. 동독의 날씨가 맑은 날 울브레히트가 양산을 들고 나왔어. 각하, 이 좋은 날씨에 양산은 왜, 하고 누군가 물으니까, 울브레히트 왈, 아냐 지금 모스크바에선 비가 오고 있다는 방송이다."

이사마와 성유정이 이런 얘기를 주고받은 지 한 달도 채 되지 않아서다.

8월 20일, 이윽고 사건은 터지고 말았다. 소련·폴란드·동독·헝가리·불가리아의 군대가 20일 심야, 돌연 국경을 넘어 체코에 침공해 들어갔다.

체코 전토는 5개국의 군대에 의해 점령되었다. 수도 프라하의 공산당 중앙위원회, 대통령 관저는 소련 전차대에 의해 포위되었다. 두브체크 당 제1서기, 체르니크 수상, 스므르코프스키 국회의장 등 자유파라고 지칭되는 지도급 정치가들은 연금되었거나 행방불명이 되었다.

바르샤바 조약 5개국군의 사령부는 다음과 같은 포고를 발표했다.

> 체코슬로바키아의 정부 및 공산당의 지도적 간부로서 사회주의의 대의에 충실한 사람들이 반혁명 활동의 증대를 우려하여 우리에게 원조를 요청해왔다. 우리는 이 요청에 의해 제군들에게 형제로서의 도움을 주기 위해 왔다. 우리는 서로 체코의 사회주의를 수호하려는 것이다. 우리 공동의 형제국은 브라티슬라바 선언에 명시된 의무를 수행하고 있다. 이 선언에서 밝히고 있는 바와 같이 각 국민의 사회주의적 성과의 방위는 모든 사회주의 국가의 국제적인 의무이다. 형제들이여, 우리는 여러분과 같이 있다. 우리 공동의 대의는 불가분이다.

이와 같은 포고를 받아들일 체코인은 하나도 없었다. 체코인은 울면서 소련의 병사들과 전차를 향해 주먹을 쳐들었다.

소련 장교가

"우리는 여러분을 보호하기 위해 왔다."

고 하자 군중들은 웃었다.

소련군의 무력 개입의 목적은 오직 두브체크를 타도하는 데 있었다.

소련군이 개입한 이후 두브체크의 동정은 수수께끼가 되었다. 모스크바에 연행되었다는 풍문도 있고 사망설이 전해지기도 했다.

그런데 왜 소련은 두브체크를 그토록 싫어하게 되었는가. 두브체크의 자유화 노선이 싫었기 때문이다. 두브체크 노선이란 어떤 것인가. 지난 3월 31일 두브체크는 다음과 같이 자기의 소신을 밝혔다.

"공산당의 역할은 정부와 국회에 종속되는 것이라야 한다. 유권자에게 후보자를 선택할 기회를 줌으로써 선거 본래의 의미를 부활해야 한다. 공산당의 새로운 임무는 당의 입장을 밝힘으로써 국가기관의 결정에 영향을 주는 일이다. 이러한 방식에 의해 비로소 당외黨外의 사람들도 그들의 이익과 소리가 존중되고 있다는 실감을 갖게 된다. 그리고 사회주의적 민주주의의 전면적 전개와 국정의 처리에 있어서 모든 시민이 각기의 견해를 표명할 수 있는 권리를 가지는 것이 이성적인 국가 정책을 위해 필요 불가결한 조건이다."

다음으로 국회의장 스므르코프스키의 의견을 들어보자. 지난 4월 『타임스』의 기자를 상대로 한 말이다.

"우리나라 과거 20년의 발자취를 회고해볼 때 물론 자랑할 만한 것이 많다. 그러나 몇 장의 페이지는 손에 닿자마자 불에 타는 기분으로 된다. 법률의 무시, 음산한 재판, 낭비된 노동 등이 그와 같은 것이다. 지금 무엇보다도 소중한 것은 휴머니즘과 자유를 전면에 내세우는 일이다. 무릇 만인에게 비판할 자유와 대안을 제출할 권리를 보증해야 한다. 여행의 자유를 포함한 모든 시민적 자유를 보장해야 한다. 커뮤니케이션·미디어와 국회엔 언론의 자유가 있어야 한다. 사람들은 공식견해와 일치하지 않는 스스로의 견해를 말할 수 있는 자유를 가져야 한다. 공산당 내에선 모든 당원이 자기의 의견을 제출하여 그것이 승인되게끔 싸울 권리를 보장해야 한다. 1948년 이후 체코 공산당은 국내의 문제 모두를 처리했다. 방 한 개밖에 없는 사무실을 차려놓고 거기에서 모든 일을 처리한 거나 다를 바가 없다. 지금부턴 공산당·정부·국회 사이에 권한의 구분을 분명히 할 것이다. 정부기관의 권한을 강화하는 동시 공업과 농업에서 자치를 확대할 것이다. 노동조합·청년단체·기타 단체는 당 권력의 도구로서만 존재할 것이 아니라 그 단체 구성원의 이익을 대표하는 것으로 되어야 할 것이다."

8월 20일 이후 소련은 체코에 괴뢰정권을 만들 작정이었다. 그러나 결국 그렇게는 되지 못했다. 두브체크·스보보다·스므르코프스키를 제쳐놓고 정권을 맡겠다고 나서는 사람이 없었던 것이다.

결국 납치한 곳에서 두브체크는 나타났다. 소련은 자유화 정책을 견제하는 몇 가지 요구를 납득시키는 방법으로 체면을 수습하고, 스보보다, 두브체크, 스므르코프스키 체제의 존속을 승인한 것인데 과연 그것이 소련에 대해 얼마만한 플러스가 되었는지.

이사마는 극히 친한 사람들만을 모아 동유럽 문제에 관한 심포지엄을 열어볼까 하는 아이디어를 가졌다.

통일혁명당

체코슬로바키아 문제를 일시나마 이사마의 관심 밖으로 밀어내버린 사건이 생겼다.

8월 24일(1968년) 정부는 어마어마한 발표를 했다.

통일혁명당이란 방대한 조직이 있었다는 것이고, 그 일당을 일망타진했다는 것이다.

'이것 또한 프레임 업이 아닐까.'

이사마는 일순 그렇게 짚었다. 그처럼 떠들썩했던 '인혁당 사건'도 '동백림을 거점으로 하는 사건'도 뚜껑을 열어보니 알쏭달쏭한 내용이었다. 사실무근이라고 할 수는 없었지만 당국이 당초 떠들어댄 것 같은 어마어마한 사건은 아니었던 것이다.

당국이 통일혁명당 당원이라고 해서 체포한 사람들 73명의 명단을 주의 깊게 챙겨 보았다. 이런 일이 있을 때마다 이사마는 가슴이 떨린다. 혹시 아는 사람이 끼어 있는 것이 아닌가 해서.

김종태란 이름이 있었다. 전 국회의원 김상로의 동생이라고 했다. 이사마는 그들을 알고 있었다. 김상로·김종태 형제는 자유당 시절 울산에서 보궐선거가 있었을 때 입후보자 김성택의 편에 서서 테러 행위를 한 적이 있었다. 그때 이사마는 K신문의 편집국장으로서 그 사건을 철저하게 취재했었다. 그런데 5·16 직후 이사마는 김상로·김종태 형제와 같이 서대문에서 징역살이를 했다. 그들은 울산의 그 사건으로 선거난 동죄로 유죄판결을 받았던 것이다.

그들이 통일혁명당의 간부라는 사실이 납득이 가질 않았다. 더욱이 김종태가 두목이란 것이 이상했다. 이사마가 알고 있는 김종태는 순전한 깡패였기 때문이다.

김질락·김진환은 월간잡지 『청맥』의 관계자로서 이사마가 아는 사람들이었고 이문규는 명동에 있었던 '학사주점'의 주인이었기 때문에 어쩌다 알게 된 사람이다.

발표된 73명의 명단 가운데 알고 있는 사람들은 이 정도였지만 이사마는 김상기 군을 상기하지 않을 수 없었다. 이사마가 잡지 『청맥』의 김질락과 김진환을 알게 된 것은 김상기 군의 소개를 통해서였기 때문이다. 당시 김상기 군은 『청맥』의 기자로 있었다.

김상기 군은 서울대학 문리대 철학과를 졸업한 사람이다. 그의 동기 동창엔 신문사에 있는 사람도 있었고, 소설을 쓰는 사람도 있었고, 아버지를 도와 사업을 하는 사람들도 있었다. 이사마는 우연한 기회에 그 클럽을 알게 되었는데 하나같이 재기발랄한 청년들이었다.

특히 김상기 군은 서양철학의 기초를 확고하게 다지고 있는 드문 수재다. 칸트 철학의 철학사적인 의미와 그 철학의 한계를 명백하게 파악하고 있었고, 헤겔 철학에 대한 이해도 수준을 넘어 있었다. 뿐만 아니라 하이데거, 후설 등의 현상학에 관한 조예도 만만하질 않았다. 그래서 이사마는

"김군은 저널리즘의 세계에 머물러 있을 것이 아니라 학구의 세계로

들어가는 것이 좋지 않을까."

하는 말을 한 적이 있다.

그때 김상기 군은 언제나와 같이 수줍은 웃음을 띠곤 이런 말을 했다.

"녹이 슬지 않을 철학을 하려면 몇 해쯤 저널리즘의 바람을 쏘이고 저널리즘의 바람에 바랠 필요가 있다고 생각한 겁니다."

바람을 쏘인다고 하고, 또 바람에 바랜다는 레토릭이 신기해서 이사마가

"바람을 쏘이는 건 뭣이며, 바람에 바래는 것은 뭣이냐."

고 따졌더니

"저널리즘의 세계를 신기하다고 보고 그것을 알아보려는 것이 바람을 쏘인다는 것으로 되구요, 어느 정도 파악된 저널리즘의 견식으로써 아카데믹한 철학사상을 조명 검토해보자는 것이 바람에 바랜다는 말로 된 것입니다."

김상기의 말은 이처럼 명쾌했다.

저널리즘과 아카데미즘은 대립적으로 검토해볼 만한 인식 태도이며 처세 태도다. 저널리즘은 그날그날의 생동하는 움직임에 중점을 두고 시간과 더불어 시점을 옮겨가며 사상事象을 인식하고 그 사상에 대처하는 태도다. 아카데미즘은 어떤 가치개념을 바탕으로 시좌視座를 움직이지 않고 일관성 있게 또는 보편화의 작업을 통해 사상을 인식하고, 원리적으로 그 사상에 대처하려는 노력이다.

김상기는 이 양면의 인식을 스스로의 내부에서 의식적으로 종합해보려는 의도였던 것 같다. 근골질로 생긴 단단한 체구의 장신, 도수가 강한 안경 속에서 그의 눈은 언제나 웃고 있었고, 꾸미지 않으면서도 말은 조리가 있었고 낮은 목소리였다.

그는 1967년 6월 『청맥』이 정간되자 일시 『월간 중앙』으로 자리를 옮겼다가 대구에 있는 계명대학에 출강한다고 하더니 그해(1968년) 봄 미국의 뉴욕 대학으로 유학을 떠났다. 미국으로 떠날 때 김상기는 이사마를 찾아왔다.

"결국 아카데미즘으로 돌아가는군."

이사마가 이렇게 말했더니

"아카데미즘이 뭡니까. 미국 가서 초보에서부터 시작해보려는 겁니다." 하고 그는 여전히 수줍게 웃었다.

뉴욕 주립대학은 버팔로에 있는데 그곳엔 서울대학의 선배 조가경 교수가 있기 때문에 당분간은 조 교수의 지도를 받게 될 것이라고 했다.

이사마가 통혁당 사건으로 송치된 사람들의 명단을 보고 일순 섬찟해한 것은 김상기가 이곳에 그냥 있었더라면 혹시 그 명단에 끼게 되었을지 모른다는 생각 때문이었다.

물론

'그럴 까닭이야 없겠지.'

하고 그 생각을 지워버렸다. 김상기는 학문의 방향에 관한 비판은 신랄할 정도였지만 그의 입을 통해서 반항의 의사나 혁명적인 언사를 이사마가 들어본 적이 없었기 때문이다.

그러나 일을 꾸미려고 들면 옥석을 구분俱焚하는 작태이고 보면 어떤 덫에 치일지 모른다고 생각하니 김상기가 미국에 떠나 있는 것이 얼마나 다행스러운지 몰랐다. 짧은 동안의 교제였지만 이사마는 김상기가 앞으로 거목으로 자랄 학자라고 기대할 수 있었고 그만큼 애착도 짙었던 것이다.

이사마는 김상기의 소개로 김질락·김진환과 같이는 꼭 한 번, 김진환과는 '아리스'란 다방에서 두 번 만났다. 같이 만났을 때의 화제는 주로 『청맥』의 내용에 관한 것이었다.

『청맥』의 부수는 그다지 많은 편은 아니었으나 비판적 종합잡지로선 내용이 참신하고 충실하여 어떤 사상 동향을 가졌건 지식인에겐 유익한 잡지였다. 그 표현에 있어서도 좌익 성향을 가진 서투른 용어를 발견하지 못했고, 은근하게나마 북괴를 두둔하는 듯한 글귀도 없었다. 남한의 현실을 냉엄하게 관찰하고 검토함으로써 독자들을 생각하게 하는 편집 방침임이 뚜렷했다. 그러니 야당적인 '붐'을 타서 부수를 확장하려는 꾀 같은 것은 부리지 않고 소수이나마 고정독자를 둘레에 모으고 있으면 그만이란 방침이란 것을 알았다.

"잡지를 할려면 다소의 상업성도 고려해 넣어야 할 것인데."

하고 물어본 것을 이사마는 기억하고 있다.

"잡지의 격을 낮출 염려가 있습니다. 우리는 잡지의 격을 낮추면서까지 수지를 맞출 생각은 안 합니다."

김질락의 대답이었다.

"종래의 예로 봐서 수지가 맞지 않는 잡지는 오래가지 못합니다. 나는 이런 좋은 잡지가 영속하지 못할까봐 두려워해보는 소립니다."

이사마가 이렇게 말하자 김질락은

"그건 걱정 없습니다. 봉사할 작정으로 배수의 진을 치고 있으니까요."

하고 자신 있는 웃음을 웃었다.

이사마는 폴 스위지의 『사회주의』, 사르트르의 『현대』를 상기하고 전연 상업성을 고려하지 않은 잡지가 이 나라에 하나쯤은 있을 법하다는 기분으로

"『청맥』 같은 잡지가 존재한다는 것만으로 의미가 있는 것이니 잘해

보시라."

고 했다.

그리고 이런저런 잡담이 있고 난 후 김질락은 이사마에게 돌연 이런 질문을 했다.

"이 선생님, 이 땅에서 반공이 가능한 것입니까."

그 물음의 진의를 챙겨 볼 것도 없이 이사마는

"가능하겠죠."

했다.

"어떻게요. 이 나라가 안고 있는 그 많은 문제 속에서 반공이 어떻게 가능할까요? 첫째는 통일 문제입니다. 반공으로써 통일 문제가 해결되겠습니까? 둘째는 경제 문제입니다. 이처럼 부가 편차되어 있고, 그 상황이 고질화되고 있는 경향에 있는데 반공으로써 그 문제가 해결되겠습니까? 셋째는 민주주의의 제 원칙입니다. 언론의 자유, 결사의 자유, 그리고 인권, 하나같이 짓밟혀 있는 상황이 아닙니까. 이런 문제의 해결이 반공으로써 가능하겠습니까?"

상당히 신랄한 설문이라고 아니할 수 없었다.

이사마는 다음과 같이 반론을 제기했다.

"나는 사람이 어떤 사상을 가졌건 그것을 남이 참견할 수 없다는 관점에서 반공주의자가 아닙니다. 그러나 공산주의에 추종하지 않는다는 점에선 반공주의자일지 모르지요. 나는 이 나라의 반공주의자를 좋게 생각하지 않습니다. 진정한 반공이면 공산주의자가 쓰는 술책에 대한 반대자라야 하고 따라서 공산주의자가 쓰는 비인간적인 술책을 배척해야 하는데 그러지 못하고 반공을 공산주의적 수법을 통해 하고 있는 것 같은 경향이 없지 않으니까요. 그러나 다음과 같이 말할 수는 있지요. 통일 문제는 반공을 통해서만 해결되어야 합니다. 왜냐하면 공산주의는 좁고 일방적인 사상이니 그 좁고 일방적인 사상으로선 남북 합쳐 4천만의 인구를 정신적으로 통일하는 그릇으로선 모자랍니다. 좀더 큰 그릇을 준비해야죠. 좀더 큰 그릇으로 준비하려면 반공, 즉 공산주의자까지도 그 속에 포섭해버릴 수 있는 넓은 반공적 사상이라야 되지 않겠습니까. 경제 문제도 그렇습니다. 부의 편파적 현상을 시정하기 위해선 불도저식의 경제 정책으로썬 불가능합니다. 그런 뜻에서 공산주의적 방법을 피하고 유연성 있는 대책이 필요하겠지요. 그밖의 문제, 언론의 자유, 결사의 자유, 인권의 문제가 공산주의적인 수법으로 해결된다고는 믿을 수가 없습니다. 어디까지나 민주주의라야 하는데 민주주의를 추진하다가 보면 반공적으로 되는 것은 불가피하다고 봅니다."

"그렇다면 선생님은 이론적으로 반공이 가능하다고 봅니까?"

"그 문제에 관해선 내가 애써 설명할 필요가 없다고 봅니다. 많은 마르크스주의자가 있는가 하면 그만한 수의 반마르크스주의자가 있으니까요."

"이 선생님은 이 나라의 형편을 그냥 긍정하십니까?"

"그냥 긍정할 순 없지요."

"그렇다면 어떻게 해야 되는 겁니까."

"당장 어떻게 할 수도 없지요. 내부의 모순이 치열해지면 이에 상응한 변화가 생길 것이니까."

"이 나라에 변화가 있게 할 결정적인 힘은 무엇이겠습니까."

"국민의 민주역량이겠지요."

"동감입니다. 그래서 우리는 국민의 민주역량을 키우기 위해 『청맥』을 하고 있는 겁니다. 많은 지도 바랍니다."

김질락과의 대화는 이렇게 끝났는데 그 후 이사마는 김진환으로부터 원고 청탁을 받았다.

"통일이 되지 않는 덴 이유가 있을 것 아닙니까. 예컨대 민족의 내부에 통일을 원하지 않는 부류가 있다든가 하는. 그 부류를 남북을 통해 들춰내보는 그런 논설을 하나 쓰십시오."

하는 제안이었다.

이사마는 그 청탁을 거절했다. 그 이유는 그와 비슷한 논설을 썼기 때문에 징역살이를 했다는 데 있었다.

"실효 없는 논설을 써가지고 또 형무소 가긴 싫으니까."

했더니 김진환은 석연하게 받아들였다.

이사마에게 대한 김진환의 원고 청탁은 또 한 번 있었다. 일제 때 진주를 중심으로 하여 수평사운동이 있었는데 그 회고를 써달라는 것이었지만 자료가 없다는 이유로 거절했다.

이사마와 『청맥』과의 관계는 대강 이런 정도다.

정부가 발표한 통일혁명당의 활동은 다음과 같다.

① 구남로당계의 조직을 부활하려고 했다.

② 출판물에 의한 대중 적화공작을 추진했다.

③ 서울대학 문리대 출신 또는 재학생을 모체로 당 지도간부를 양성하려 했다.

④ 지식층을 망라하여 혁명 전위대 조직을 계획 추진했다.

⑤ 무장투쟁의 준비를 서둘렀다.

⑥ 북괴로부터의 대규모 공작 지원이 있었다.

지난 20일 제주도 서귀포에 북괴의 무장간첩선이 침투한 것은 통일혁명당과의 연락을 위해서인데 이들이 베트콩식 연합전선을 구상한 증거다.

통일혁명당의 투쟁 강령은 북괴 김일성의 교시에 따라 통혁당 위원장 김종태가 작성한 것이라고 했다. 이를 바탕으로 14개 항의 투쟁 임무를 명시하고 있는데 당국이 발표한 바는

① 남조선 인민에 의한 혁명 기반의 구축.

② 위장조직으로 '통일혁명당'조직.

③ 서울대학 문리대 출신을 모체로 하는 '혁신적 엘리트'의 결집체인 각종 학술 연구 서클 조직 및 당 지도부의 양성.

④ 기성 서클의 핵심적 인간을 중점 배치하여 당소조에 흡수.

⑤ 순회 계몽을 위한 이동문고의 설립.

⑥ '조선 민족 해방 통일전선' 결성을 위한 연합전선 구상.

⑦ 모든 조직을 유격대로 발전시키도록 하기 위한 사상무장, 전술간부 획득.

⑧ 서해안 지역에 무기 양륙 지점 선정, 비축 방법 연구.

⑨ 특수 전술교원 요원 물색, 획득 및 월북.

⑩『청맥』의 당 기관지로서의 내용 보강.

⑪ 수도권을 장악하기 위한 무력투쟁의 계획과 준비.

⑫ 모든 활동은 합법과 비합법, 폭력과 비폭력을 결부하여 강력하게 전개하되 조직이 노출되지 않게끔 경각심을 높여, 합법의 테두리 내에서의 탈법 요령과 법정투쟁 전술 연구.

⑬ 당소조와 각 서클을 통한 '6·8 부정선거' 반대투쟁 및 반미 반

정부 선동의 힘찬 전개.

⑭ 오는 9월 '9·9절' 참석자 파견.

'9·9절'이란 북괴 정부 수립 기념일을 말한다. 통혁당에서 대표로 김종태를 파견할 계획이었다.

서클별 활동 내용은 다음과 같다.

△김질락 담당 당소조

① 신문화연구회(1968년 월북한 서울대학 문리대 출신 이진영 주도): 정치·사회·경제·문화·법률 등 여섯 개의 분과위원회를 두고, 분야별로 공산주의 이론에 입각한 학술연구와 현 정부 비판으로써 사상을 무장하고 특히 『청맥』 기고자를 통해 각 분야의 정보를 수집한다.

② 청년문학가협회(성균관대학 출신 문학평론가 임 모 주도): 각 대학 출신의 혁신적 문학자·평론가·시인·신문기자들을 망라하여 공산주의의 관점에 입각한 현실비판·저항·선동 등의 작품을 쓰게 하여 공산주의 문학을 연구한다.

③ 불교청년회(성균관대학 출신 김희순 주도): 동회 안에 '송산수양회'를 조직하여 당소조에 흡수하고 주로 성균관대학·동국대학 출신을 모체로 하여 일반 선도층에 침투, 불교 교리를 자주 자립적 민족주의와 관련시켜 외세 배격(반미), 남북통일을 주장, 청년 신도의 사상적 규합을 꾀한다.

④ 동학회(서울대학 문리대 출신 노인수 주도): 서울대학 출신 및 재학생을 모체로 하여 사회주의 혁명 및 이것을 기조로 적화통일을 주장, 동학당의 반란과 같은 민중봉기 방법을 연구한다.

⑤ 민족주의연구회(동국대학 출신 권오장 주도): 동국대학 출신 및 재학생을 모체로 하여 외세 배격(반미) 민족자주통일을 골자로 하는, 가칭 순수민족주의를 제창, 북조선과의 통일 연구를 추진 동조자를 포섭하고 선동한다.

⑥ 경우회(서울대학 상대 출신 이종태 주도): 상대 출신 및 재학생을 모체로 하여, 이른바 자주경제·자립경제·반제·반자본·반매판을 주장하여 사회주의 경제이론을 찬양하고, 프롤레타리아 사회 건설을 선전 선동한다.

⑦ 기독교 청년 경제복지회(약칭 EWS, 서울대학 상대 출신 박성준 주도): 각 대학의 기독교 학생을 모체로 하여 '경우회'와 대동소이의 활동을 한다.

⑧ 청맥회(서울대학 상대 출신 신영복 주도): 이화여자대학 출신 및 재학생을 모체로 한 학생 조직으로 북조선의 통일노선에 동조하도록 학습회를 열고 지도한다.

△ 이문규 담당 당소조

① 학사주점: 육십년대학사회—'혁신적 엘리트'를 자칭하는 '육십년대 학사'를 망라하는 집합체를 형성하기 위해 서울시내 수개소에 조직한 주점이다. 주주株主는 60여 명. 이문규 부부가 직접 경영하고 지도하는 '대화의 광장'. 현실 비판과 불만 자학 행위를 선동, 이동문고를 통해 사상교본을 보급하는 등 본격적인 조직활동체를 위장.

△ '조선민족 해방통일전선' 구성: 통일혁명당 당수인 김종태는 이른바 '베트콩'식 연합전선을 목표로 북조선 재일지도부의 재

정지원 아래 지하당 조직에 착수하여 '6·8선거' 후 각 서클을 통해 1967년의 '국회의원 선거'와 '대통령 취임식'에 대한 반대 데모, 험프리 미국 부통령 방한 비난 데모를 전개했다…….

이사마는 이 발표 내용을 몇 번이고 되풀이해 읽었다.

그들의 소행에 대해 비판적인 의견을 가지기에 앞서

'과연 이런 일이 있을 수 있는 일일까?'

하는 의혹을 가졌다.

김질락과의 대화를 상기했다. 김질락은 몇 가지 설문을 했다뿐이지 자기의 의견을 말하지 않았다. 물론 그 설문의 내용이 그의 사상을 시사하는 것이었지만 『청맥』의 편집자이면 그런 정도의 질문은 할 수 있는 것이다. 만일 그때 이사마가 확고한 반공 성향을 밝히지 않았더라면 이야기가 어떻게 전개되었을지 모를 일이지만 가정 위의 판단은 위험하다.

이사마는 김질락과 김진환이 자기와 접촉하고 있었을 때 그런 조작 활동을 하고 있었다고는 도저히 믿어지질 않았다. 해맑은 얼굴을 가진 미남형의 김진환은 활달하게 토론을 하곤 구김살 없이 웃기도 하는 청년이었다.

성유정 씨가 나타나서 같이 이 문제를 검토해보기로 했는데 이에 앞서 이사마의 얘기를 듣곤

"하마터면 이 주필도 이 명단에 날 뻔했군."

하고 비아냥거렸다.

"왜 내가 여기에 낍니까."

이사마가 볼멘소리를 했다.

"원고 청탁을 받고 쓰고 하며 그런 일이 몇 차례 되풀이되었더라면 영락없이 말려드는 거지 별수 있겠나. 아무튼 조심해야 한다."

며 성유정 씨는 정색을 했다.

"글 쓰는 사람이 잡지 편집인을 만나는 것까지 조심해야 한다면 어떻게 삽니까?"

"그걸 몰라 나에게 물어?"

하고 정부의 발표를 들여다보고 있더니 성유정 씨는 뚜벅 말했다.

"이건 프레임업이다."

"어째서 그렇게 판단합니까."

"이걸 보라구. 이렇게저렇게 하겠다, 한다는 것만 있지, 이렇게저렇게 했다는 사실은 하나도 없지 않은가."

사실 그러했다. 그들이 저지른 완료형 또는 완료진행형의 사실은 하나도 없었다.

"그리고 그들이 하고자 했다는 일들을 똑똑히 보라우. '분야별로 공산주의 이론에 입각하여 학술연구한다. 기고가들을 통하여 정보를 수집 한다', '평론가·시인·신문기자를 망라하여 공산주의에 입각한 현실비판을 한다. 작품을 쓰게 한다', '일반신도들에게 침투, 외세배격, 남북통일을 주장한다', '동학당의 반란과 같은 민중봉기 방법을 연구한다.' 전부 이런 따위가 아닌가. 말하자면 전부 피의자들의 자백에서 나온 말뿐이다. 증거가 있을 까닭도 없다. 어쩌면 그때그때 감상을 적은 노트나 일기장이 있었을지 모르지."

"그래 성 선배는 조작이라고 판단하는 겁니까?"

"범죄 내용 자체가 조작임이 뚜렷하지 않은가. 지금부터 그렇게 할 것이다 하는 것이 범죄가 돼? 그것도 자유의사로써 자유로운 장소에서 한 얘기면 또 모르지만 강요에 의해 이런 얘기를 한 것이라면 강요가 없었을 경우엔 이런 얘기가 나타날 리가 없는 것이 아닌가. 그러니까 나는 조작이라고 단정하는 거다. 그러니까 이 주필이 이 사건에 말려들지 않은 것이 다행한 일이다."

"평양에 내왕했다는 것, 공작금을 받았다는 사실은 어떻게 합니까?"

"그중 몇 사람이 평양에 갔다 왔는지 모르지. 공작금을 받았을지도 모르구. 사건을 그런 사람들에게만 국한했어야 할걸, 조작하다가 보니 73명으로 늘어난 것이 아닐까? 학사주점을 했다, 『청맥』이란 잡지를 발행했다, 문제는 그것뿐 아닌가. 학사주점에선 술이나 팔았지 뭘 했겠어. 『청맥』에 무슨 불온한 내용이라도 있던가?"

성유정 씨란 사람은 언제나 호인 타입으로 비판을 잘 안 하는 사람이지만 일단 비판하기 시작하면 무서울 정도로 비판력이 예민한 사람이다.

성유정 씨는 이 사건 전체에 납득이 안 가는 구석이 있다고 했다. 통일혁명당은 몇 사람의 머릿속에서만 있었을 뿐 조직된 것이 아니라고 하고서 이런 얘기를 했다.

물론 혁명단체란 어느 시대, 어느 제도하에서도 발생했다. 그러나 한국의 사정은 다르다. 중앙정보부라고 하는 거대하고도 치밀하고 가차 없는 감시, 수사의 기구가 있고 경찰의 감시망, 수사망이 철통과 같은데 어찌 이러한 대규모의 전위조직이 결성될 수 있었을까. 아니 이러한 조직을 하겠다고 발심할 수 있었을까.

그보다도 남로당은 정부의 탄압에 의해서 여지없이 붕괴된 조직이다. 정부의 탄압에 의해서만이 아니라 민심의 이탈로 인해 철저하게 소멸된 조직이다. 병적인 집념을 가진 사람이 아니고선 남로당에 미련을 느끼고 그 부활을 바란 사람은 천에 하나, 아니 만에 하나도 어려울 것이다.

뿐만 아니다. 6·25를 겪은 사람으로서 북조선의 김일성을 좋다고 할 사람은 극히 드물다. 규모가 크건 작건 간첩단이 발을 붙이지 못하고 색출되는 것은 남한 대중의 반공의식이 그만큼 강하기 때문이다.

만일 그들이 자기들이 자부하고 있는 그대로 지식인의 엘리트들이라고 하면 이러한 정세를 판단할 수 있어야 할 것이었다. 그렇다면 이 땅에서 서툰 짓을 할 수가 없는 것은 필지의 사실이다. 어떻게 이 반공 일색의 대중의 바다에서 혁명이란 대어를 낚아 올릴 엄두라도 낼 수 있겠는가.

가능, 불가능을 판별하는 센스가 혁명가의 기초 조건이다. 그럴 때 이들은 그 기초 조건에서 낙제한 사람들이다. 일시적인 테러로써 세상을 떠들썩하게 하려는 의도만으로 만들어진 제정 러시아의 테러리스트의 집단이면 또 모른다. 정부 발표에 의하면 상당히 먼 장래를 두고 혁명을 하겠다는 집단이 아닌가. 그렇다면 전연 무망한 모험은 못 한다. 자멸을 각오한 모험 행동이 전연 없다고는 할 수 없지만 모험 행동도 릴레이가 가능하다고 판단되었을 때, 후속조치가 되어 있을 때만이 감행할 수 있는 것이다.

어느 거점을 가진 고정간첩이었다 하면 말이 통한다. 간첩은 행동을 선택할 수가 없으니까. 그러나 이번에 송치된 73명은 핵심자를 빼곤 행동의 선택에 자유를 가진 사람들일 것이다. 그들이 통일혁명당의 취지와 성격을 알고 그 당원이 되었을 까닭이 없다.

성유정 씨는 자기의 성격과 기질에 따라 사건을 판단하고 있는 것이지만 전연 빗나간 것이 아닐 것이라고 이사마는 판단했다. 냉철한 지성을 가진 김상기 군의 선배이자 친구인 김진환이 그런 서툰 혁명이론과

혁명전술을 가지고 있었을까. 그러면 정세를 볼 줄 몰랐을까. 기다릴 줄을 몰랐을까. 이사마는 언젠가 읽은 시를 상기했다.

시인은 '옥타비오 파스', 제목은 '스페인에서 온 편지.'

우리는 모든 꿈을 연기하기로 했습니다.

우리는 모든 희망을 유예하기로 했습니다.

우리는 뱀과 개구리를 배울 작정을 했습니다.

우리는 왜 동면해야 하는지, 그 이유를 알았기 때문입니다.

우리가 꿈을 좇아 날뛰면 희망을 위해 애쓰면, 결국 육肉과 피에 굶주린 그 자의 배를 채워줄 뿐이란 사실을 겨우 알았기 때문입니다.

그러니까 무작정 기다려야죠.

그자가 없어질 때까지.

그자의 살찐 목에 사슬을 걸고 마드리드 시가를 한 바퀴 도는 것이 우리의 화려한 꿈이고 끈덕진 희망이었지만 우리는 그 꿈을 연기하기로 했습니다. 그 희망을 유예하기로 했습니다.

언젠가에는 있을 축제의 주인공이 되기 위해서,

언제가에는 있고야 말 그날의 축제에 갈채를 보내기 위해서.

아아! 파블로!

이 편지를 보내고 나서 너는 6일 후에 죽었다더구나.

그러나 이왕 연기한 꿈이 아니었던가.

이왕 유예한 희망이 아니었던가.

언젠가는 무수한 파블로가 축제의 주인이 될 것이다. 그때 너는 지하에서 갈채를 보내면 된다.

육과 피에 굶주린 그자는 지구가 돌아가고 있는 속도에 맞춰 정확히 소멸의 길을 걷고 있다.

네 손을 거치지 않고라도 복수는 완성될 것이다.

스페인에서 온 편지는 하나같이 꿈을 연기하고 희망을 유예하겠다는 것인데 그 편지를 쓴 사람들은 꿈을 연기한 채 희망을 유예한 채 다음다음으로 저세상으로 떠나고 있으니 슬프다.

나는 눈을 들어 별들이 찬란한 하늘을 본다…….

아닌 게 아니라 스페인에선 모든 정치운동과 사상운동을 프랑코가 죽고 난 후로 미루고 있다는 얘기다. 그래서 프랑코의 경찰은 할 일이 없어 내란시대의 과오를 머리칼에 홈을 파듯 뒤져내선 나타나기만 하면 지체없이 체포하여 재판에 건다는 것이다. 시효는 없고 사면도 없다. 평론가 프리안·그리마우는 1963년, 25년 전에 인민전선파를 찬양한 글을 썼다고 해서 사형집행을 당했다. 그러니까 스페인 사람들은 기다리는 것을 배웠다.

기록자로 자부하는 이사마는 이 사건 또한 중대하다고 생각하고 계속 관심을 쏟았다. 각 신문사의 편집국장, 또는 취재기자 등 안면이 통하는 대로 연락을 취해 물어보았지만

"전연 사실무근한 사건은 아닌 것 같으나 그렇다고 해서 발표한 대로 믿기도 어렵다."

는 애매한 대답이 공통적이었고, 피의자를 낸 H일보와 D일보의 국장은 일언지하에

"터무니없는 사건."

이라고 단정했다.

그 무렵 이사마는 L씨의 자택에 찾아갔다. 통일혁명당을 검거한 기관의 차장이었기 때문에 만나보면 무슨 눈치라도 챌 수 있으리라고 생각한 때문이다.

세상 돌아가는 얘기를 하고 있다가 이사마가 물었다.

"이번 통혁당 사건은 어떻게 된 것입니까."

"어떻게 되다니."

L씨는 대뜸 불쾌한 표정을 지었다. 이사마는 성유정 씨의 분석을 그대로 옮겨놓곤 이렇게 말했다.

"설혹 그런 일이 있었다고 치더라도 전부 미수행위 아닙니까. 국가를 전복할 예정으로 있었다뿐이지 행동은 전연 없었지 않습니까."

"대한민국에선 그런 단체를 구성했다는 것 자체가 범죄로 되는 거다. 그런 사상을 지니고 있다는 자체가 범죄로 되는 거다. 기수니 미수니가 없어. 그런데 너 이상하구나. 왜 그런 문제를 꼬치꼬치 파고들지?"

"나는 기록자이니까요. 기록자는 모든 사실을 특히 중요한 사건은 정확하게 알아야 하지 않겠습니까. 그러니 형님도 조심하셔야 합니다. 형님의 일거수 일투족 발언 내용 등을 아는 데까지 기록하고 있고 앞으로도 기록할 테니까요."
하고 이사마는 농담조를 섞었다.

"이건 협박이구나."

"협박을 느끼니 다행입니다."

"이 사람!"

L씨는 얼굴을 부드럽게 하며

"통혁당 사건은 신문에 발표한 그대로다. 그들을 검거하게 된 경위를 들어보면 자연 알게 될 거다."

하고 이런 소릴 했다.

"지난 18일 발표한 임자도 사건은 알지?"

"신문에서 보아 알고 있지요."

그 사건의 단서는 우연히 잡힌 것이라며 설명을 시작한 L씨의 말을 요약하면

어느 날 돌연 아편쟁이가 경찰서에 날아들었다. 돈을 주기만 하면 엄청난 비밀을 밝히겠다는 것이다.

경찰이 우리 기관에 통고해왔다. 기관원이 가서 보니 그자가 마약중독자로서 중증에 속한다는 것을 알았다. 돈은 줄 테니 줄거리만 말하라고 했더니 그자의 입에서 임자도를 거점으로 한 간첩단의 윤곽이 드러났다.

그 간첩단의 두목은 정태홍이었다. 그는 임자도에 연고가 있는 김수영과 임자도의 전 면장이었던 최영길을 포섭했다. 그리고 서울시내 무교동에 자동차 판매를 한다는 삼창산업사를 창립 운영했다.

그들은 첫째, 김종태를 포섭했다. 김종태는 무교동 근처에서 세력을 가진 깡패의 두목이다. 간첩단이 깡패를 포섭했다는 것이 이색적이었다. 그만큼 포섭되기만 하면 편리하게 쓰인다. 그런데 이 깡패는 특수한 깡패였다. 서울대학 출신의 지식인들을 많이 알고 있었다. 고향이 같다는 것, 친척이 많았다는 것이 지식인을 접촉할 수 있는 동기였는지 모른다.

하여간 간첩단은 김종태를 통해서 『청맥』 잡지를 하고 있는 김질락과 김진환을 가까이할 수 있었다. 『청맥』은 당시 운영난에 허덕이고 있었는데 삼창산업사라는 스폰서가 생기고 보니 아연 활기를 띠었다.

『청맥』파들을 포섭하게 되자 간첩단의 위세도 올랐다. 평양에서는 무엇보다도 서울대학 출신의 젊은 지식인들과 고급잡지 『청맥』을 수중에 넣은 것을 정태홍의 공적으로써 높이 평가했다. 정태홍 등의 소개로 김종태와 이문규는 4차에 걸쳐 평양에 내왕하면서 일화 50만 엔과 한화 2천350만 원을 받아왔다. 이것이 『청맥』의 재원과 학사주점의 자본이 되었다.

이런 바탕 위에서 그들도 북괴의 지시에 따라 통일혁명당을 구상하고 조직했다.

8월 20일 밤 서귀포에 침입한 북괴 무장간첩선은 이문규와 접선하기 위해 들어온 것이다. 이문규가 체포되었다는 사실을 극비로 해두고 이문규가 가지고 있는 난수표를 이용해서 우리 기관이 간첩선을 유인했다. 예컨대 이렇게 된 거다.

L씨는 수첩을 꺼내 수첩의 기재 사항을 보며 얘기를 이었다.

"우리 요원이 서울시내 어느 우체국에서 제주도에 전보를 쳤다. 수취인은 제주도 서귀포읍 금성여관의 이승호, 발신인은 서울의 윤상길, 전보내용은 '상철 16일 입원, 52,300원 명동 2가 139번지 본인 앞으로 급송 바람, 유상철.' 이 전보에 포함된 한글은 전부 미채용迷彩用이다. 문제는 숫자에 있다. '1652, 3002139', 이 숫자를 이문규의 난수표에 따라 해독하면 '16'은 접선지시, '52'는 사태위급, '3'은 이문규, '00'은 서귀포, '21'은 시일, '39'는 구조 바람으로 된다. 이 전문이 일반전파를 타고 북으로 넘어갔다. 그리고 24시간 후 북에서 반응이 있었다. 물론 암호였지만 '1968년 8월 20일 밤 10시 서귀포에서 만나자'로 해독되었다. 이 반응에 의거 무장간첩에서 나온 고무 보트를 포착하여 북괴에서 파견한 연락원 이관학·김승환을 체포하고 이 사건의 핵심을 파악하게 되었다. 그런데도 이 사건을 조작이라고 할 텐가?"

"조작이 아니라는 것은 잘 알았습니다. 그러나 송치된 73명이 통혁당에 관계한 사람들이라곤 믿어지지 않습니다. 신문기자가 몇 끼었고 육군사관학교 교관까지 끼어 있는데 설마 그들이 통혁당이 남로당의 부활이라고 알고 당원이 되었겠습니까. 나름대로의 서클 활동이 그렇게 덮어씌워진 것 아닙니까? 나는 고정간첩으로서 이미 북한에 사로잡힌 사람이 아니고 제정신 똑바로 가진 사람이 남로당의 부활체라고 알고 통일혁명당에 가입했을 리는 만무하다고 생각합니다."

"여보게."

L씨의 말이 신경질적으로 되었다.

"그 조직의 언저리에만이라도 가까이 갔으면 대한민국에 대한 적성분자다. 우리는 지금 북괴와 전투 중에 있는 나라다. 이런저런 고상한 이론을 수용할 수 있도록 여유가 있는 나라가 아니란 말이다. 자넨 빨갱이를 잡았다는 사실이 불쾌한 모양인데 내 짐작이 틀림없나?"

"무슨 말을 그렇게 하십니까. 나는 빨갱이 아닌 사람을 빨갱이라고 처단하는 건 반공정책상으로도 마이너스라고 생각하고 있을 뿐입니다. 한동안 내가 그런 처지에 있어보았으니까요."

하고 이사마는 자기가 겪은 아슬아슬한 고비를 얘기했다.

4·19 후 허정 과도정부가 정국을 담당하고 있었을 때다. 형무소에서 나온 전 남로당원 몇과 빨치산 출신 몇몇이 주동이 되어 남로당 재건 공작을 했다. 이 공작은 민주당 정부가 들어서고 나서도 꾸준히 진행하여 전국의 주요도시에 거점을 확보했다. 그런데 이때 그 조직의 내부에 경찰에 내통하는 자가 있었다. 경찰은 그 공작 과정을 환히 파악

하고 있었다. 경남경찰국 사찰과 분실은 그 조직을 키울 대로 키워놓고 일망타진할 계획으로 대강 디데이를 정해놓고 있었는데 내통자로부터 기막힌 정보를 입수했다. 남로당 재건 조직 중의 김 모라는 사람이 5월 22일 동래에 있는 어느 절에서 결혼식을 하게 되어 있고, 그 주례를 K 신문의 주필이자 편집국장인 이 모가 맡았는데 결혼식 후의 피로연에 남로당 재건 조직의 두목 안 모와 K신문의 이 모가 자연스럽게 만나게 되어 있다는 것이다.

경남사찰국 분실은 남로당 재건 조직에 신문사의 주필이 가담하고 있었다고 하면 보통으로 큰일이 아니라고 생각하고 디데이를 5월 22일로 정했다. 그래서 내통한 분자에게 지령하여 결혼식 후 참가자 전원을 망라케 한 기념사진까지를 찍게 했다.

그런데 K신문의 이 주필은 5·16 직후의 검거선풍에 휩쓸려 김 모의 결혼식에도 참가하지 못한 채 5월 21일에 체포되고 말았다. 같은 사찰 분실인데도 반이 달라 상호간의 연락이 잘 안 되어 경찰로선 큰 실수를 한 셈이다.

"논설 두 편 때문에 결국 징역살이를 했습니다만 만일 그때 그 사건이 겹친 채 내가 혁명검찰에 넘어갔더라면 살아나올 수 있었겠습니까? 당국이 만들어 놓은 조서 이외의 어떤 반증도 인정하지 않는 마당에서 말입니다. 내가 우려하는 것은 이 사건에도 그와 비슷한 사례가 있지 않을까 해서입니다."

"이번 사건의 연루자에 아는 사람이 있나?"

"있지요."

"몇이나 되나."

"직접 아는 사람은 셋이지만 간접으로 아는 사람은 7, 8명 됩니다."

"인혁당 관계자에도 아는 사람이 있었지?"

"물론입니다."

"동백림 사건에도?"

"아는 사람이 있죠."

"어찌 자넨 그렇게 아는 사람이 많은가."

"일제시대 학교를 여러 군데 다녔고 학병엘 가서 많은 사람을 알게 되었고 게다가 두세 군데 대학교수를 거쳤지요. 신문사에서 꽤 오래 있었지요. 서대문 교도소, 부산 교도소에서 많은 옥중동지를 만들었지요. 아는 사람이 많을밖에요."

"그러니까 자넨 더욱 조심해야 해."

"조심하고 있습니다. 어떤 모임에도 가담하지 않는다, 어떤 진정서에도 서명하지 않는다, 어떤 주장도 하지 않는다, 오직 밀실에 처박혀 글을 쓸 뿐이니까요. 조심하기로 말하면 형님도 조심해야 합니다. 내가 그 자리에 있었기 때문에 억울하게 사람을 죽게 하지 않았다고 회상할 수 있게요. 줄잡아 10년쯤 앞을 내다보고 그 시점에서 오늘의 행동이 잘못 되었다고 뉘우치지 않도록 조심해야 할 것입니다. 국가와 민족은 오늘에만 있는 것이 아니니까요. 바로 얼마전 파리에서 온 잡지에서 읽었습니다만 지난 5월 학생을 선동한다는 죄목으로 사르트르를 체포하자고 건의하자 드골 대통령은 '프랑스 정부가 볼테르를 체포할 수야 없지' 했다는 것입니다. 사르트르는 드골이라고 하면 말을 아끼지 않고 헐뜯는 사람이었습니다. 그런데도 '프랑스 정부가 볼테르를 체포할 수야 없지'라고 했으니 기막힌 얘기가 아닙니까."

"자네의 말뜻은 알겠다. 통혁당의 진상을 알고 싶거든 공판을 방청해봐. 어떤 경우라도 방청할 수 있도록 연락해둘 테니까."

시간의 흐름과는 관계없이 통일혁명당 사건의 시말을 이 자리에서 간추려두어야 하겠다.

L씨는 어떤 경우이건 방청할 수 있도록 주선하겠다고 했으나 12회 공판부터 17회 공판까진 방청할 수가 없었다. 피고 가족들도 공판정에 들어갈 수 없었고 이사마는 그 비밀법정에 들어갈 수 있는 아무런 공식적 자격이 없었기 때문이다. 그 비공개 법정에선 변호사의 반대심문이 거의 각하되었다고 들었다.

이사마가 방청한 정도에서 종합하면 김종태는

"우리는 우리들 나름으로 민족통일운동을 전개했을 뿐, 어떤 누구의 지령에 의해서 행동한 것이 아니다."

하고 주장,

"통일혁명당을 조직한 것은 사실이다. 그 투쟁 방침과 강령은 내가 독자적으로 만들었다."

고 한 다음

"박 정권의 타도운동은 역사적으로 보나 현하 한국의 정세로 보나 애국적인 자각이 있는 사람이면 누구나 수긍하는 당연한 일이었다."

며 열변을 토했다.

『청맥』의 대표 김진환은

"『청맥』의 편집 방침을 반미적·반정부적 방향에 둔 것은 사실이다. 그리고 공화국이 주장하는 조국의 자주독립·외세배격을 주내용으로 한 것도 사실이지만 표면적으론 민족주체성·민족자주의식을 환기시키는 정도에서 자제했다."

고 분명한 어조로서 말했다.

이문규는

"박 정권의 타도는 국민의 기본권에 속하는 문제다."
라고 하고
"학사주점을 인민의 광장으로 이용할 목적은 있었으나 실천 단계에 이르진 못했다."
고 진술했다.

대부분의 피의자들도 통혁당을 북의 지령에 의해 조직된 것이 아니고 민족적인 자각이 그렇게 발현된 것이라고 역설하는 동시 실천운동은 하지 못했다고 입을 모았다.

유감스럽게도 이사마는 김질락에 관한 부분의 공판을 방청하지 못했다.

대체적인 인상으로 보아 통혁당 사건이 조작이 아니란 것만은 짐작할 수 있었다. 『김일성선집』『김일성전』 등이 그 조직 내에서 회람되고 있었다는 것은 피의자 본인들이 밝힌 사실이었고 정부가 공판정에 증거물로 제시한 '혁명적 서적'이 천수십 권에 이르고 있었다.

뿐만 아니라 어느 누구도 통혁당의 존재를 부인하지 않았다. 통혁당이 결정적 시기에 무력투쟁에 돌입할 준비를 하고 있었던 것도 사실이었다. 육해공 삼군의 청년 장교가 가담하고 있었다는 것도 주목할 만한 일이다.

하여간 이러한 성격의 지하당이 1964년의 결성 이래 3년 여에 걸쳐 활동하고 있었다는 것은 놀랄 만하다.

1969년 1월 25일 '통일혁명당' 사건의 선고공판이 있었다.

기소된 35명, 그중 민간인 31명 가운데 김종태·김질락·이문규·이관학·김승환 5명에겐 사형 선고가 내리고, 이재학·오병철·신광현·정종노 등 4명에겐 무기징역이 선고되었다. 나머지의 관련 피고에 대해선

15년부터 2년까지의 징역을 선고했다.

육군 중위이며 육사 교관이었던 신영복은 군사재판에서 사형 선고를 받고, 해군 중위 송준철, 공군 중위 이영윤은 각각 군사재판에서 5년의 징역을, 해군 소위 신남휴는 역시 군사재판에서 4년 징역을 받았다.

이 밖의 14명은 무죄로 풀려나왔다.

'통일혁명당' 관계의 재판은 이것만이 아니다. '임자도 혁명조직 사건'은 1968년 12월 27일 판결이 있었다. 정태홍·최영길·윤상수 등 세 명이 사형 선고를 받았는데 최영길(통혁당 전남위원장)은 1월 26일 옥중에서 죽었다.

아무튼 1968년 후반기엔 사건이 많았다. '인민혁명당 사건' '대남적화공작단 사건', 이 사건의 관련자는 350명이 넘었다. '서울 근교 농민일가 사건' '경북의과대학 사건' '서울대학 독서회 사건' '서울대학 민비연 사건' '서울 인쇄업자일가 사건' '서울·인천·부산·대구 지역 32명에 관한 사건'.

이것만이 아니다.

1968년 7월 24일, 서울 지검은 '동양통신'의 편집간부와 기자 네 명을 검거하고 이어 8월 1일까지 일간지 8사社, 통신사 둘, 방송국의 간부와 기자 등 31명을 소환하여 소연한 물의를 일으켰다. 이들의 피의 사실은 '군사기밀 누설과 반공법 위반'이었다. 문제가 된 기사는 '전투태세 완비 3개년계획'이었는데 이건 국방장관이 국회에서 낭독한 문서에 불과했다. 이것을 보도했다고 해서 그런 소동이 생긴 것이다.

이에 앞서 1967년 11월 23일엔 동아일보사가 발행하는 잡지 『신동아』의 기자 다섯 명이 당국에 연행되었다. 12월호에 '차관'을 주제로 한 논설을 게재했기 때문이다. 『신동아』의 주간 홍승면 씨와 편집장 손

세일 씨가 반공법 위반으로 서울지검에 연행되었다. 12월 6일에 있었던 일이다. 『신동아』 10월호에 미국 미주리 대학의 교수 조순승 씨의 '북조선과 중소의 분열'이란 논설을 실은 것이 문제가 된 것이다.

'통일혁명당 사건'이 조작이 아니었다는 증거가 북조선에서 제출되었다.

1969년 1월 21일 북조선 최고인민위원회 상임위원에서 '임자도 사건'으로 사형선고를 받고 1월 26일 옥사한 최영길 통혁당 전남위원장에게 '공화국영웅' 칭호와 '금성메달' 및 '국기훈장' 제1급을 수여했다.

'영웅' 칭호는 북한에 있어선 최고의 호칭이다.

최영길에게 '영웅' 칭호를 수여하는 정령政令엔 다음과 같은 말들이 나열되어 있다.

> 특히 남조선의 주요한 혁명조직의 하나인 통일혁명당을 결성하는 데 있어서 선구적인 역할을 담당 수행했고, 그 조직의 전라남도 위원장으로서 노동자, 농민을 비롯하여 남조선 인민대중을 우리 시대의 위대한 마르크스 레닌주의자인 김일성 동지의 혁명사상으로 무장케 함으로써 계급적 및 민족적 자각을 촉구하고 광범한 애국적 민주세력을 굳게 결속하여 그들을 미 제국주의 침략자와 매국노에 반대하는 혁명투쟁으로 조직 동원하는 데 커다란 기여를 했다.

자기의 사무실에 이사마를 불러 이 문서를 보여주는 L씨는 이래도 통혁당 사건을 조작이라고 할 것이냐는 표정으로

"북괴와 관련된 사건이나 문제는 보통으로 미묘한 게 아니다."

하곤 한숨을 쉬었다.

그런데 얼마 후 L씨는 전 육사 교관이며 전 육군 중위 신영복을 사형에서 구제하는 역할을 맡게 된다. 신영복은 지금은 고인이 된 외국어대학 교수 박희영의 외가쪽 친척이었다. 박희영은 읽기만 하면 누구나 눈물이 떨어질 진정서를 준비하고 다니며 신영복 중위의 구명운동에 모든 정성을 쏟고 있었다. 군인의 처형은 참모총장의 결재가 있어야 한다고 듣고 참모총장을 찾아가기도 했다. 당시의 참모총장은 김계원 대장이었다. 김계원과 박희영은 같은 부대로 학병을 갔기 때문에 절친한 사이였다. 그러나 김계원의 말은 형식적으론 그렇게 되어 있으나 이런 정치범에 대해선 실질적인 권한자가 따로 있다고 했다.

이사마는 박희영을 L씨에게 소개했다. 박희영을 존경하고 있는 L씨는 그 얘기를 신중하게 들었다. 신영복의 사형집행의 시일에 관해 문의한 서류를 L씨는 무한정 책상 서랍 속에 처넣어버렸다. 그 서류가 올라가기만 하면 그날로 결재가 나게 돼 있는 것인데. 그 서류는 김계원이 그 기관의 책임자로 올 때까지 L씨의 책상 서랍 속에 있었다. 그렇게 해서 신영복은 구사일생의 생을 찾게 된 것이다. 한마디로 운명이라고 말해버리면 그만일 것일까. 사람과 사람과의 인연은 이렇게 사를 생으로 바꾸고, 또한 그 반대의 작용도 한다.

기록자는 이래저래 복잡한 것이다.

그처럼 불행한가

해가 바뀌었다.

1968년.

다섯 명의 학생이 찾아왔다. 이사마가 출강하고 있는 대학의 학생들이었다. 세 사람은 이사마의 강의시간에 나오는 프랑스 문학과 학생이고 두 사람은 스페인어과 학생이라고 했다.

"좋은 해가 되도록 애를 써야지."

세배를 받고 나서 이사마가 한 말이었다. 그러자 유금열이란 학생이

"금년도 좋은 해 되긴 틀린 것 같습니다."

하고 싱긋 웃었다.

"왜 그런가?"

이사마가 물었다.

"3선 개헌이 있을 것 아닙니까?"

"그걸 어떻게 알아."

"뻔할 뻔자 아닙니까."

"박 대통령은 개헌할 의사가 없다고 하잖았는가."

"그 사람의 말을 어떻게 믿어요."

하고 한현상이란 학생이 뱉듯이 말했다.

"번의의 선수 아닙니까, 그 사람."

이사마는 학생들을 상대로 정치 얘기를 하기 싫었다. 그래서 화제를 바꾸었다.

"개헌한다고 해서 좋은 해가 안 될 것도 아니지 않는가. 학생은 공부만 열심히 하면 될 것 아닌가."

"선생님도 그런 말 하십니까?"

"선생이니까 그런 말 하는 거지."

"그런 말엔 벌써 진력이 났습니다."

"그럼 개헌을 반대하고 나서라고 해야 옳았던가?"

"당연히 그래야죠. 그리고 선생님도 앞장을 서시구요."

한현상은 사르트르를 독실히 읽고 있는 학생이다. 가끔 강의가 끝나고 나면 사르트르에 관한 질문을 곧잘 하곤 했는데 그 질문으로써 그의 사르트르 이해가 범상이 아니란 짐작을 하고 이사마는 그에게 주목하고 있었던 것이다.

그런 만큼 그는 3선 개헌에 관한 꽤 날카로운 이론을 준비하고 있을 것이 확실했다. 토론을 피하는 것이 현명하다고 생각하고 이사마는

"추측 단계에 있는 문제로 왈가왈부할 필요가 있나. 그런 얘기는 그만두고 딴 얘기나 하자."

고 했다.

"단순한 추측이 아니라 개헌이 금년 최대의 문제일 것은 틀림없습니다. 사태를 예견하고 미리 각오를 든든히 해둬야죠. 그런 뜻으로도 선생님의 의견을 듣고 싶습니다."

스페인어과 학생의 말이었다.

이사마는 그 학생이야말로 이른바 운동권에 속하는 학생이라고 판단했다.

"내겐 별 의견 없다."

고 이사마는 피하려고 했다.

"그럼 선생님은 개헌에 찬성하십니까?"

스페인어과 학생의 추궁이었다.

"이 자리에서 굳이 내 의견을 들을 필요가 있나."

"간단한 일 아닙니까, 찬성과 반대는. 학생 앞에 태도를 밝히지 못하실 이유가 어디 있습니까."

이사마는 불쾌한 마음이 들었지만 내색은 하지 않고 조용히 말했다.

"그건 결코 간단한 문제가 아니다. 자네들 앞에 내 태도를 밝히지 못하는 것은 내 태도가 아직 결정되어 있지 않기 때문이다. 설혹 결정되어 있다고 해도 밝힐 문제가 아닌데 나는 아직 개헌에 대해 생각해본 적이 없다."

"세상 사람들이 모두 짐작하고 있는 문제를 선생님이 생각해본 적이 없다니, 그게 말이나 됩니까."

말이나 됩니까라니? 이게 선생 앞에서 할 말인가 싶으니 노여움이 돋아났지만 이것도 참아야만 했다. 정초인데다 상대방은 학생인 것이다.

"그래 세상 사람들은 어떻게 생각하고 있던가."

"개헌할 것이라고 생각하고 있습니다."

"세상 사람들이 그렇게 생각한다면 개헌될 게 아닌가."

"그러니까 반대해야 합니다."

그 스페인어과 학생은 좀처럼 물러날 것 같지 않았다.

"자네 말대로라면 세상 사람들은 개헌을 받아들인 거나 마찬가지 아닌가. 개헌 같은 건 꿈에도 꾸지 못하고 있다는 게 일반의 사정이면 비록 누군가가 개헌하려고 해도 불가능할 것이지만 지레 개헌할 것이라고 믿고 있다면 그건 사태의 사전양해가 된다. 나치의 히틀러는 결코 단독으로 독재정치를 한 것이 아니다. 독일인의 협력을 얻어서 한 것이다. 그 협력이란 것이 바로 그런 거다. 히틀러가 강압 정책을 쓰기 전에 독일인은 그런 일이 있으려니 했다. 그리고 사태가 그와 같이 되었을 때 놀라는 사람이 없었다. 역시 그렇구나 하는 식으로 체관해버렸다. 지금 세상 사람들이 개헌이 있을 것이라고 지레 짐작하고 있다면 그런 꼴이 된다, 이거다."

"저는 선생님이 태도 표명을 하시지 않는 이유를 알고 싶습니다."

"이유는 없다. 태도를 정할 수가 없다는 것뿐이다."

해놓고 이사마는 다시 학생의 본분론으로 돌아갔다. 정치는 현재의 정치가들에게 맡기고 학생은 자기의 본분을 지키며 장래를 준비하라는, 그야말로 학생들이 귀가 따갑도록 들어온 말을 되풀이했다.

"나라가 망해도 학생은 공부만 하고 있으면 된다, 이겁니까?"

스페인어과 학생이 대들듯 했다.

"자네들은 기성세대를 깔보고 있더라만 그들에게 맡겨두었다고 해서 나라가 쉽게 망하진 않을 테니 걱정 말게."

하고 이사마가 웃었다.

"3선 개헌 하면 나라는 망합니다. 3선 개헌을 국민이 용납했다는 자체가 나라의 망조가 될 것입니다."

학생은 단언적으로 말했다.

"그러니까 학생이 나라를 구해야겠다, 이건가?"

"그렇습니다."

"그와 꼭같은 생각을 하고 있는 또 하나의 세력이 있어."

"그 세력이 무엇입니까."

"군대. 그들도 자네들과 꼭같이 생각하고 있어. 이대로 두다간 나라가 망하겠다고. 학생들이 설쳐대면 사회혼란이 일고, 사회혼란이 일면 행정이 마비되고, 그 틈을 타서 김일성이 내려올지 모른다. 이것 안 되겠다. 나라를 구해야겠다. 민주주의는 뒷전이고 급한 것은 생명이다. 그렇게 해서 군이 출동한다. 학생들이 내세우는 명분은 민주주의고 그들이 내세우는 명분은 국민의 생명이다. 객관성은 차치하고 어느 명분이 강력한가. 또 어느 세력이 강한가. 우선 이 정권의 성립 과정을 살펴보게. 민주주의하자고 설쳐대다가 군사정부를 초래한 것이 아닌가. 적어도 군사정부에게 구실을 준 것이 지나친 민주주의에의 열의와 거기에 따른 혼란이 아니었던가."

"그렇다고 해서 가만있어야 합니까?"

"가만있어라, 말라 하는 자격은 나에겐 없다. 사실이 그렇다는 얘기일 뿐이다. 나라를 구해야 한다고 생각하는 집단이 학생만이 아니라 또 있다는 것을 알렸을 뿐이다."

"우울한 얘긴 그쯤으로 하구요."

하고 한현상이 끼어들었다.

"사르트르가 한국에 살고 있다면 어떻게 할까요."

"글쎄."

이사마는 웃으며 말을 이었다.

"사르트르가 한국에서 탄생했더라면 사르트르가 되지 못했을지 모르지. 왜 그런 말이 있지 않나. 처칠이 한국에 났더라면 조병옥 정도도 안 되었을지 모르고, 모택동이 한국에 났더라면 조봉암 정도도 안 되었을지 모르고, 케네디가 한국에 났더라면 보이스카우트의 우두머리가 되었을까 말까 하다는…….”

“선생님은 우리나라를 형편없이 보시네요.”

스페인어과 학생은 또 걸고 들었다.

“그런 말이 있다는 얘길 뿐이다.”

이사마는 어디까지나 너그러우려고 애썼다.

“난 한국인이라고 해서 자학하는 사람 제일 싫어요. 나라를 위해 사회를 위해 일할 마음은 조금도 가지고 있지 않으면서 우리나라의 후진성만을 강조하고 있는 사람들, 제일 싫습니다.”

“옳은 말이다. 그러나 나라를 위한다는 게 어떤 건가. 자기 직업에 충실하면 그만 아닌가. 그런 점에서 나는 나라를 위하지 않는 사람은 없다고 보는데. 자넨 꼭 반체제운동을 해야만 나라를 위하는 것으로 보는가?”

“그런 건 아닙니다만 교수님들의 태도를 보고 있으면 너무 따분해요. 어떻게 좀더 활달하게 처신하실 수 없을까요? 가면 가, 부면 부, 태도를 명쾌히 하시구요.”

“데모의 앞장도 서구?”

“그렇습니다.”

“자네도 살아보면 알 거다. 사회란 단순한 게 아냐. 대학교수도 생활인 아닌가. 활달할 수 없는 고민이 오죽하겠나. 자네들이 이해해줘야지. 대학생이란 이해가 깊은 학생이란 뜻도 되는 거다.”

“그렇다면 교수님들도 우리를 이해해주셔야지요.”

“이해하고 있으니까 이런 말 저런 말 하는 것 아닌가.”

하고 이사마는 한마디 말도 않고 가만있는 조태래에게 물었다.

"자넨 금년이 졸업이지?"

"예."

"졸업하고 뭣 할 건가."

"군에 갈 것입니다."

"군에서 돌아오면?"

"학교에서 배운 것 죄다 잊어버릴 테니까 다시 공부를 해야지요."

아닌 게 아니라 한 3년 동안 군복무를 하고 나면 외국어는 거의 잊어버릴 것이었다. 더욱이 그 복잡한 프랑스어의 동사변화.

"군에서도 공부할 틈이 있겠지."

유금열이 받아

"본인이 애를 쓰면 틈을 만들 수야 있겠지요. 그러나 내무반에서 서로 어울리게 되면 그렇게 안 됩니다. 물에 기름 뜨듯 되면 군복무하기 힘듭니다. 죄다 잊어버리고 다른 사병과 꼭같이 놀아야죠."

했다. 그에겐 군복무의 경험이 있었다.

이사마는 그 화제가 더욱 우울했다. 모처럼 4년 동안 익힌 어학이 군복무 동안에 엉망이 되어 버리는 것이다. 이것은 이사마 자신의 경험이기도 했다. 이사마의 경우는 군대 생활이 2년이었는데 돌아와 프랑스 책을 읽으려니 일일이 사전을 찾아야만 했다. 그것이 번거로워 그다지 각별한 필요도 없었고 보니 한동안 프랑스어를 등한히 하게 되었다. 그러고 나서 다시 어학력을 찾기까지 얼마나 힘들었던가.

"군대 생활과 대학교육을 조화시킬 수 있는 무슨 방법이 있을 텐데."

이건 괜히 이사마가 중얼거려 본 소리다.

술상이 나오고 나선 이사마는 입을 다물고 그들이 주고받는 말을 듣고만 있어도 되었다. 그들의 화제는 다채다양했는데 결국은 개헌 문제의 주변을 맴돌았다. 한일회담 반대 때와 비등한 데모 사태가 있을 것이란 예상이었다. 그러나 개헌은 되고 말 것이란 결론이었다. 그 이유로써 야당의 '사쿠라'를 들었다. 야당 믿지 못 한다는 말도 나왔다.

그들이 돌아가고 난 후 이사마는 자기가 솔직하지 못했다는 점을 뉘우쳤다. 자기의 태도를 분명히 했어야 옳지 않았느냐 하는 생각이었다.

이사마의 의견은, 이 정권은 갈 데까지 가지 않고는 붕괴도 파괴도 되지 않을 것이니 기다려보자는 데 있었다. 그렇다고 해서 남의 3선 개헌반대를 말릴 생각은 없었다. 야당과 학생의 반대운동이 어디까지 갈 수 있느냐를 관찰할 참이었다.

쿠데타로써 성립된 정권이 평화적으로 이양될 수 없다는 것은 조스의 의견이 아니더라도 명명백백한 일이다. 권좌에서 물러나는 그 순간 국사범 제1호가 될 판인데 설혹 체포될 위험이 당분간은 없다고 하더라도 정권을 담당한 자가 자기에게 힘이 있는 한 물러설 까닭이 없는 것이다. 국사범 제1호라는 것은 그 사람의 뇌리에서 일순엔들 떠나지 않을 상념일 것이니까.

라틴아메리카의 작가 아스투리아스의 작품이 상기된다. H국의 대통령은 쿠데타로써 정권을 잡은 지 20년 동안 권좌에 있었다. 그 나라의 감옥은 정치범으로 가득 차 있었고 판사의 수가 모자라 군사재판에서 정치범을 처리하는데 명색에라도 재판에 회부하는 숫자는 정치범의 5분의 1도 채 못 되고 나머지 5분의 4는 헬리콥터에 싣고 정글 위에 날려버리든지 바다에 던져버리든지 했다. 프랑스 유학에서 돌아온 아들은 그 참상을 보고만 있을 수가 없었다. 어느 날 밤 아버지를 찾아갔다. 다음은 그때 그 부자간에 오간 대화다.

子　아버지는 지금 정치를 잘하고 계신다고 생각하고 있습니까.

父　정치를 잘한다고 자랑할 만큼 나는 거만하지 않다. 나는 겸손한 사람이다.

子　아버지는 매일 얼마나 많은 무고한 사람이 고문을 받고 있는지 아십니까.

父　그것까지 내가 알 필요가 없다. 그것은 경찰과 군대가 맡은 일이다. 일단 부하들에게 일을 맡겼으면 그들에게 권한을 주어야 하고 권한을 주었으면 아무리 부하들의 것이라고 할지라도 그 권한을 침범해선 안 된다. 이것이 통치자로서의 의무다.

子　아버지, 매일 얼마나 많은 무고한 사람이 죽어가고 있는지 아십니까.

父　그걸 내가 어떻게 알아. 그런 일을 담당하는 부서가 있느니라.

子　그러나 죽는 사람의 숫자만은 파악해야 할 것 아닙니까.

父　나는 그런 일 말고라도 할 일이 너무나 많다.

子　어떤 일에 그처럼 바쁘십니까.

父　국민이 바친 귀한 세금을 횡령하는 놈이 없는지. 계산에 착오가 있는 것이 아닌지. 나라의 재산을 외국으로 빼돌리는 놈이 없는지. 탈세하는 놈이 없는지. 그것을 감시하는 놈들의 보고를 받기에도 하루 24시간이 모자랄 지경이다.

子　그것도 부하들에게 일단 권한을 주었으면 침해하지 말아야 할 것이 아닙니까.

父　아들이여! 그것은 네가 대단히 잘못 생각한 것이다. 다른 것은 몰라도 여자와 돈 문제는 남에게 맡길 수가 없느니라.

子　그렇게 모은 돈을 어디다 쓰십니까. 제가 본 대로는 도로가 형

편없고 학교시설도 보건시설도 엉망입니다.

父 도로가 좋아 무엇에 쓸 건가. 나는 포장된 도로만을 골라서 간다. 학교시설은 살해 부엇에 쓸 건가. 가똑똑이들 양성해 보았자 아무런 쓸모도 없느니라. 학교가 있다는 체면만 유지하면 돼. 보건시설? 병약한 놈은 빨리 없어져야 해. 나는 건강한 국민만을 통치할 방침을 세웠다.

子 그런 데 쓰지 않고 돈을 어디에 쓴다는 말씀입니까.

父 몰라서 묻는 거야?

子 모릅니다.

父 네 어미 목에 걸린 진주 목걸이, 내 제2부인이 끼고 있는 다이어 반지, 제3부인이 차고 있는 사파이어 팔찌, 제4부인이 가지고 있는 보물함, 제5부인은 또 어떻구. 가장 사치가 심해. 그런 것을 돈 안 들이고 감당할 수 있다고 생각해? 전부 외국에서 들여온 물건인데.

子 돈을 전부 그런 데 쓰십니까?

父 물론 그렇지야 않지. 네게만 말하지만 미국으로 가는 돈이 적지 않다.

子 미국엔 왜 돈을 보냅니까.

父 돈을 보내지 않으면 내정간섭이 심해서 견딜 수가 없다. 작년에 있었던 일이다. 어느 상원의원의 생일을 깜박 잊었더니만 시찰단을 이끌고 오겠다지 않는가. 나라를 통치하는 건 이만저만 곤란한 일이 아니다.

子 아버지는 자신이 사치가 심하다고 생각하시지 않습니까?

父 사치가 심하다고?

子 예.

父 이 녀석아, 이만한 사치를 하지 못할 바에야 뭣 때문에 대통령을 하겠는가. 뭣 때문에 생명을 걸고 쿠데타를 했겠는가.

子 그럼 아버지는 많은 여자를 거느리고 사치하실려고 쿠데타를 했습니까.

父 꼭 그런 것만은 아니지만 따지고 보면 그렇지.

子 쿠데타를 일으켰을 때 갖가지 공약을 하시지 않았습니까? 좋은 나라를 만들겠다고. 민주주의 제도를 확립하여 조국의 근대화를 이룩하겠다고. 경제를 재건하여 국민을 편안하게 살도록 하겠다고. ……

父 간지럽다. 그만둬라. 어느 놈이 쿠데타를 하며 나는 민주화 안 하겠다, 조국 근대화 안 하겠다, 경제를 번영시키지 않겠다고 할 놈이 있겠나. 다 그런 거여. 그게 미끼고 명분이고 술책이여. 일단 권력을 잡았으면 그만이지. 딴 데 신경 쓸 필요 어디 있어. 권력을 유지하고, 사치스럽게 살고, 많은 미인 거느리고 재미나게 지내는 데나 신경을 쓸 일이지.

子 그게 오래갈 줄 아십니까?

父 오래가도록 해야지. 너 프랑스에서 뭘 배웠나. 마키아벨리 배우지 않았어?

子 마키아벨리도 정권을 오래 유지할려면 국민의 지지를 받도록 해야 한다고 했습니다.

父 나 이상으로 국민의 지지를 받고 있는 대통령이 이 세계에 있기라도 해? 신문을 읽어봐. 내게 대한 칭찬으로 가득 차 있다. 거리에 데모하는 사람 보았나? 한 사람도 없다.

子 아버지, 경찰의 유치장이나 감옥에 가보시지요.

父 내가 뭣 할려고 그런 델 가.

子 가보셔야 합니다. 억울한 사람들로 가득 차 있습니다.

父 억울한 사람? 천만의 말이다. 경찰이나 감옥에 있는 놈은 전부 범법자다. 나는 법률에 의하지 않곤, 또는 포고에 의하지 않곤 한 사람의 국민도 체포하지 못하도록 엄한 명령을 내려놓고 있다.

子 그들을 붙든 법률과 포고가 원래 무리한 것 아닙니까.

父 내게 항거하는 자, 내게 불평과 불만을 품는 자를 의법처단하라는 법률이 어째서 무리하단 말인가.

子 법률은 국민들이 자유의사에 의해 선출된 대표들이 모인 국회에서 정식으로 결의된 것이라야 합니다.

父 이 나라의 법률은 모두 국회를 거친 것이다.

子 이 나라의 국회를 국회라고 할 수 없지 않습니까.

父 왜.

子 아버지가 승인하는 사람 말고 어디 한 사람 국회의원이 될 수 있었습니까?

父 모르는 소리 말라. 국가 원수가 싫어하는 사람이 어떻게 국회의원이 될 수 있을 것인가. 국회라는 기구만 남기고 있는 것도 내 공적인 줄 알아라. 지금 전 세계에 국회 있는 나라가 몇 개나 되는지 너는 아느냐.

子 헤아려보지 않았습니다. 그러나 이 나라의 국회는 있으나마나 한 것입니다.

父 넌 프랑스에 있었다면서 루이 14세를 배우지 못했느냐. 그는 "내가 곧 법"이라고 했다. 내가 루이 14세만 못할 것이 어디 있느냐.

子 아버지는 훌륭하십니다. 제가 바라는 바는 아버지가 더욱 훌

륭했으면 합니다.

父 이 이상 어떻게 훌륭하란 말인가.

子 저, 매일처럼 죽는 사람들 말입니다. 그 사람들 정당한 재판이라도 받고 처단될 수 있도록 했으면 합니다.

父 정당한 재판을 받건 재판을 받지 않고 죽건, 죽는 것은 마찬가진데 뭐 그런데 신경을 쓸 것 있는가.

子 아닙니다. 이 나라도 근대화되어야 하지 않겠습니까. 근대화하려면…….

父 시끄럽다. 죽을 놈은 죽어야 한다. 살려두어 보았자 결국은 병들어 죽거나 굶주려 죽을 놈들이다. 나는 놈들을 빨리 죽게 함으로써 자비를 베풀고 있는 것이다.

子 아버지, 말씀을 그렇게 하시면 안 됩니다.

父 자비를 베풀지 말란 말인가? 나는 이 나라의 인자한 대통령이다. 자비를 베풀지 않곤 견딜 수 없다.

子 아버지 그러시질 말고 아버지가 쿠데타를 하실 적의 약속을 상기하십시오. 민주제도를 만드십시오.

父 나는 민주제도를 벌써 실시하고 있다. 전번 대통령은 국회를 해산시켰다. 나는 국회를 부활했다.

子 그러나 먼저 대통령은 그렇게 지나친 사치는 하지 않았습니다.

父 머저리가 되어서 그러지 못한 건데, 내가 그 머저리를 모방해야 된단 말인가?

子 권력은 결코 오래 지속되지 않는 것입니다. 빨리 정권을 넘겨줄 준비를 하셔야 합니다.

父 너 뭐라고 했지?

子 합리적인 절차를 밟아 정권을 누군가에게 승계시켜야 했습니다.

父 너는 내가 죽기를 기다리고 있는 놈이로구나.

子 그럴 리가 있습니까.

父 내가 정권을 넘겨주면 어떻게 되는지 아는가.

子 참다운 지도자였다고 모두 칭송하겠지요.

父 너는 알고 하는 소리지? 내가 정권을 넘기면 나는 그 순간부터 비합법적 수단으로 정부를 전복한 국사범이 된다. 국사범 제1호에 대한 형이 어떤 것인 줄 알기라도 하나? 형법을 펴 보아라. 사형이라는 글자가 있다. 넌 나를 사형수로 만들기 위해 나를 이 자리에서 물러나라고 하는 거지?

子 아닙니다. 그건 오해입니다.

父 뭐라고 해도 나는 네 속을 알고 있다. 나는 너에게 이 나라를 물려줄 작정으로 있었는데 넌 나를 죽일 작정을 하고 있구나.

子 아닙니다. 결단코 오해입니다.

父 시끄럽다. 거기에 호위대장 없느냐.

호위대장 대령했습니다.

父 이 녀석을 감금해라. 이 녀석은 대통령을 죽이려는 예비 살인자인 동시 시부미수범弑父未遂犯이다. 상어섬에 감금해서 일절 식료품은 공급하지 말라. 그래서 자기 명대로 살다가 죽도록 내버려둬라. 그리고 내일 아침 신문기자들을 불러 이 사실을 대서특필 보도하도록 하라. 대통령에게 거역하는 자는 아들도 용납하지 않는다고 하면 세상에 경각이 될뿐더러 공평정대한 대통령이란 칭찬을 받을 수 있을 것이니까.

아스투리아스는 이 작품 후기에 이건 결코 픽션虛構이 아니고 사실이라고 명기했다.

구체적인 사정은 다를지 모르지만 쿠데타에 의해 집권한 사람이 권좌에서 물러 앉으면 국사범 제1호로서 체포 대상자가 되는 것만은 확실하다. 그렇기 때문에 그런 부류는 실각하게 되면 모두 국외로 망명한다. 망명을 위해선 스위스 은행에 돈을 맡겨야 한다. 그 때문에 부패가 조장되기도 했다.

3선 개헌을 필지의 사실이라고 일단 예측해보긴 했지만 이사마로선 자신이 없었다. 어떤 변수가 작용할지 모르기 때문이다.

가령 박 대통령에게 후계자가 나타난다고 하면 그 후계자를 박 대통령이 전적으로 엄호하고 후견할 생각이 있다면 3선 개헌이란 무리를 안 하고도 고비를 넘길 수 있는 것이다. 말하자면 국사범 제1호를 걱정하지 않아도 되는 것이다. 같은 국사범이 국사범이란 이유로 체포하거나 단죄할 순 없을 것이니까.

요는 그 후계자로 지목될 수 있는 사람이 얼마만한 실력을 가지고 있는 것인지 그가 속한 여당 내의 사정이 어떻게 되어 있는지가 문제다. 이사마는 그 사정을 모르니까 쉽사리 예상할 수 없었다. 이사마와 지면이 있는 K당의 Y의원은 여당의원이면서도 3선 개헌을 완강히 부인했다. 박 대통령의 칭찬을 한참 늘어놓고는 그 어른이 절대로 그럴 리 없다는 것이다. 박 대통령이 이승만의 장기집권에 얼마나 반발했는가의 예를 들어가면서 현명한 그 어른이 그런 전철을 밟을 까닭이 있겠느냐며 다음의 정권은 그분의 후계자가 담당하게 될 것이라고 장담했다.

정치적 상황, 또는 사회현상을 정확하게 파악하여 예칙을 세운다는 것은 어려운 노릇이다. 대포 소리가 커도 그것은 연습의 소리일 땐 별게 아니다. 그러나 모기 소리는 들릴 듯 말듯 작아도 뇌염을 옮길 위험이 있는 것이다.

이사마는 5·16 쿠데타가 있기 5개월 전, 그러니까 1961년의 정초, 신문사의 동료들에게, 지금의 한국 정세는 군부 쿠데타가 발생하기에 가장 알맞은 조건을 갖추고 있다는 점을 치밀하게 분석하고 정확하게 예견했었다. 그래놓곤 막상 쿠데타가 발생하자 자기 한 몸의 처신을 못해서 2년 7개월 동안을 감옥살이하는 수모를 겪었다.

그런 만큼 정세의 판단과 이에 대처하는 덴 신중해야 하는 것이다. 이런 반성을 하다가 이사마는 문득 마크 게인의 『저팬 다이어리』 속에 있는 '코리아' 편을 상기했다.

그의 정세 판단의 정확함에 너무나도 놀란 기억이 있기 때문이다. 이사마는 기록자의 태도를 배우는 뜻에서 한국의 현재가 있기까지의 과정을 다시 한번 챙겨볼 요량으로 서고에서 그 책을 꺼내 먼지를 털었다.

이 책은 마크 게인이 1946년 10월 5일부터 그해 11월 8일까지 약 3주 동안 한국에 머물러 있으면서 견문한 바를 토대로 적은 르포르타주다.

40년의 세월을 겪고 읽어보아도 그 감동이 새로웠다. 저널리스트의 안력眼力과 필력이 이처럼 무서울 수 있는 것이란 사실을 이사마는 새삼스럽게 느꼈다. 다음에 그 대강을 소개해본다.

마크 게인은 공항에서 서울시내로 들어오며 연도의 집들, 지나가는 사람들의 모습에서 한국의 가난을 읽는다. 그리곤 동행한 부인(그녀도 신문기자다)에게 이런 말을 한다.

"이 한국에 비하면 중국은 월등하게 윤택하지 않던가."

부인 샬로트는 게인의 말에 동의한다. 차를 몰고 있던 젊은 미군 중위가 경멸에 찬 말투로 한마디 던진다.

"한국인은 불결해요. 게다가 하는 짓이 돼먹지 않았어요."

암담한 게인의 기록은 이렇게 시작한다.

게인은 버치 중위의 인상을

"뚱뚱하고 안경을 쓴 버치 중위는 하지 장군의 정치고문이다. 홀리 크로스 대학에서 철학박사 학위를 받고, 하버드 대학을 거쳐 변호사가 된 이 사나이는 마키아벨리로 자처하고 있는 듯하다. 그의 주된 관심은 한국의 정치인들에게 쏠려 있다. 그가 맡은 최근의 과업은 조선 공산당을 분열시키는 일이고, 좌우의 온건파를 중심으로 좌우합작을 추진시키는 일이다. 그는 화술엔 꽤나 자신이 있는 모양으로 그가 읽고 듣고 한 말 가운데 좋은 말은 죄다 기억하고 활용한다."
고 쓰고 있다.

게인은 또 한 사람을 이렇게 소개한다.

"아서 번스 박사는 하지 장군의 재정고문이다. 그는 전쟁 전 YMCA를 건설하기 위해 북조선에 6년간 체류한 적이 있는 사람이다. 번스는 한국말을 유창하게 했다. 버치와 번스와의 대조는 뚜렷하다. 버치는 정치 문제에만 몰두하고 있고 번스는 한국의 경제와 사회 문제에만 관심을 두고 있다. 그는 애정을 가지고 한국을 얘기하는, 내가 최초로 만난 미국인이다."

게인은 미국인들을 접촉해본 감상으로써 한국에 있는 미국인들은 공산주의에 대한 공포에 사로잡혀 있다고 했다. 누구 하나 한국의 사회 사정을 성실하게 살펴 대한 정책의 든든한 바탕을 만들어야겠다는 의식을 갖고 있지 않다는 것이다.

게인의 다음과 같은 기록은 특히 주목할 만하다.

"미군이 상륙하기 13시간 전에 한국엔 정부가 수립되었다. 많은 미비점을 갖고 있었지만 정부는 정부이고 '인민공화국'이란 명칭이었다. 미군은 이것을 잘만 이용했으면 강력한 우리편으로 만들 수도 있었던 것인데, 그렇게 하는 대신 미군정은 '빨갱이'라는 낙인을 찍어 인민공화국을 지하로 몰아넣기 위해 두 달 동안이나 귀중한 시간을 허비했다고 들었다. 이것은 미군정과 인민공화국 사이의 갈등 이상의 의미를 가진다. 한국민들은 그들을 해방된 나라의 국민이라고 생각하고 있었는데 이런 처사를 당하자 어리둥절했다. 미군이 자기들을 해방시키려 온 것인지, 억압하기 위해 온 것인지를 분간할 수 없게 된 것이다. 한국인의 대부분은 친일파를 제거하려고 했는데 군정은 그자들을 본시 자리에 그냥 두었을 뿐 아니라 일본 총독과 그 관리, 그 경찰에게 일제시대와 다름없이 근무하도록 보장했다. 인민공화국을 억압해버리곤 미군정은 이승만이란 이름의 노 우익인사를 워싱턴으로부터 영입했다. 그러고는 그와 그를 추종하는 우익인사들을 자문기관으로 하여 군정에 참여시켰다. 버치의 말에 의하면, 이승만은 파시스트조차도 아니고, 파시스트에 앞선 2백 년 전의, 이를테면 부르봉 왕조 시절의 정객이란 것이다. 미군정은 이승만이 정치조직을 하도록 도왔다. 이승만의 추종자가 경찰에서부터 지방 장관에 이르기까지의 군정의 요직을 맡았다. 이승만은 자기를 수장으로 하는 봉건국가를 꿈꾸고 있다. 38선으로 소련 진영과 미군 진영으로 분단된 국토의 통일을 강조할 땐 이승만은 전 국민을 대변하는 것이지만 토지개혁을 비롯한 사회개혁, 시민의 자유를 반대하는 그는 일부 지주계급의 대변자일 뿐이다."

마크 게인은 미군정의 한국인 직원이 거개 친일파란 사실에 주목한다. 말하자면 미군정은 이승만의 추종세력인 친일파에 의존되어 있다. 일본인을 위해 온갖 추잡한 짓을 사양하지 않던 그들에 의존해 있기 때문에 미군정은 부패의 온상이 되어 있다는 것이다.

미군정이 친일파를 추방하라는 강력한 지시를 내린 적이 있는데 미군정 내에 있는 한국인 관리가 어떤 교묘한 술책을 부렸든지 그 지시가 적용된 경우는 단 한 건이었다고 한다. 즉 하나의 관리만이 그 지시에 따라 추방된 것이다.(필자의 짐작이지만 단 한 사람 친일분자로서 그 당시 추방된 사람은 일제 때 도지사를 지낸 김대우 씨가 아닐까 한다.)

버치 중위는 우익에서 김규식 박사를, 좌익에서 여운형 씨를 옹립하여 좌우합작을 하려고 서둘고 있었다. 그것을 보고 마크 게인은 다음과 같은 판단을 내린다.

"버치는 자신 있게 서두르고 있지만 내가 보기론 두 개의 장벽이 있었다. 하나는 사령관 하지와 군정장관 러치 사이에 있는 반목이고, 하나는 군정관리들이 새로운 정책에 적응할 능력이 전연 없다는 사실이다. 그들은 직접적이든 간접적이든 이승만 같은 '스트롱 맨'이 아니면 공산주의를 저지할 수 없다고 생각하고 있는 것이다. 아무튼 군정의 강력한 지지가 없는 한, 버치의 노력은 허무한 '페이퍼 플레이'로써 끝날 것이 확실하다."(사실 버치의 노력은 물거품이 되고 말았다.)

게인은 버치의 안내로 김규식을 만난다. 김규식은 자기의 생애를 대충 설명하고 자기의 정견을 설명하기도 하는데 게인은 그의 시국관이 산만하다고 느낀다. 요컨대 긴박하고 복잡한 한반도 정세를 처리하는 덴 보람 있는 견식이 아니었다는 것이다.

게인은 조선공산당의 내력과 현재의 분열상을 세밀하게 파악하고 위원장 허헌을 만났다. 허헌은 한국이 신탁통치를 받아들여야 한다며 다음과 같은 말을 한다.

"코리아는 오랫동안 일본의 통치하에 있었기 때문에 독립을 하기 위해선 약간의 준비기간이 필요하다. 그런데 그동안 안전보장이 있어야 한다. 신탁통치가 바람직한 이유가 여기에 있다. 그러나 한 나라의 신탁통치는 안 된다. 우리는 기왕 중국·러시아·일본과의 관계에서 쓰라린 경험을 했다. 미군정이 우리의 이런 사정을 이해해주지 않으니 딱하다. 한국의 좌익들은 거개 민족주의자들이지 공산주의자가 아니다. 그런데도 꼭같이 탄압을 받고 있다."

허헌은 이어 그들이 탄압을 받고 있는 양상을 설명한다.

"지금 3천 명이 체포되고 1천7백 명이 감옥에 있다. 나는 내 집 근처에서 5, 6백 발의 총성을 들었다. 경찰과 이승만 직속의 테러리스트들의 공격이었다. 그들은 철도노조를 습격하곤 많은 사상자를 냈다. 나는 러치 장군을 찾아가서 항의를 했다. 인민을 체포하고 쏘아 죽이라고 당신이 명령했는가, 경찰이 마음대로 한 짓인가 하고. 그는 대답을 하지 않았다."

게인은 노동조합의 실태를 챙기기도 하고 10월 사건의 현장인 대구에도 가고 김약산·여운형·김구 등을 만났다. 이범석을 만나곤 게인은, 미국이 국민들로부터 받아들인 세금을 가지고 한국에서 '히틀러 유겐트' 같은 정치집단을 돕고 있다는 익살을 부리기도 했다. 이범석의 '민족청년단'을 찾아가보기도 하고 이범석의 주장을 듣기도 했다.

뭐니뭐니 해도 압권인 것은 그가 이승만을 만나는 장면이다.

그는 이렇게 기록한다.

"작은 양실洋室이었는데 그 방의 장식품이란 갖가지 색칠을 한 탑의 모형이었다. 우리는 그를 건너다보았다. 여윈 몸집이었다. 백발이 듬성

듬성했다. 파리한 입술이고, 눈썹은 거의 없었다. 그의 눈은 눈꺼풀 뒤에 가려져 있어 얼핏 보면 졸고 있는 것 같지만 그렇진 않았다. 그의 의식은 긴장되어 있고 활발하게 움직이고 있었다. 그의 말은 힘찼다. 그는 의자에 꼿꼿이 앉아 우리에게 미끼를 던지듯 말을 걸었다. 그는 하지 중장과 공산주의자, 그리고 모스크바의 삼상결정을 맹렬히 비난했다.

나는 이승만의 정체가 무언가를 알려고 애썼다. 그는 73년의 생애에 35년 동안 고국을 떠나 있었다. 그가 돌아왔을 땐 서툰 하와이식 한국말밖엔 할 줄 몰랐다. 그런데 아시아에선 장개석을 예외로 하면 달리 유례를 볼 수 없는 정치 '보스'다. 그는 제 육감으로 한국의 복잡한 정치정세를 마스터하고 무자비하게 기막히게 자기 자신의 이익을 위해 조종하고 있는 것이다. ……일본인이나 독일인처럼 그는 '대한', '대한민국' 등 대大란 말을 즐겨 썼다. 그는 주된 정치 기반은 지주와 부호의 조직체인 '한국민주당'이다.

이승만은 하버드에서 석사학위, 프린스턴에서 박사학위를 받은 사람이다. 그런데 그의 영어는 서툴렀다. 애를 써서 센텐스 하나를 조립하는 것이다. 나는 이상하게 생각했다. 이 사람의 내부에 어떤 힘이 있기에 하지 장군을 비롯하여 군정청관리를 사로잡을 수 있었는가 하고. 그의 말을 듣고 있으면서 나는 그가 징그럽고 위험천만한 인간이라고 생각했다. 시대착오도 예사가 아닌, 민주주의를 비민주주의적 목적을 위해 남용할 수 있는 그런 인간임을 느꼈다. 나는 72시간 동안 한국에 머물러 있었을 뿐이니 아마 내 인상이 잘못되었을 것이라고도 생각했다. 그러나 나는 이 나라의 운명을 결정할 사람은 하지 장군이 아니고, 이 늙은, 반눈을 감고 있는 이승만이라고 생각하지 않을 수 없었다."

게인은 이승만의 다음과 같은 말을 기록하고 있다.

"하지 장군이 상륙했을 때 어느 일본의 장군이 그에게 한국인을 멀리하라고 충고했다. 그래서인지 5백 명가량의 한국인이 하지를 환영하러 나왔는데 한국 경찰은 그들에게 발포하여 다섯 사람을 죽였다. 또 하지는 이런 말을 하더라고 나는 들었다. 일본인이나 한국인은 꼭같은 족속의 고양이들이다. 나는 하지가 이런 정보를 일본인으로부터 들었다는 것을 불행한 일이라고 생각한다……."

1백 페이지에 달하는 그의 기록을 전부 소개할 수 없는 것이 유감이다. 그의 결론적인 부분만을 옮겨 본다.

게인은 불원 내란이 있을 수밖에 없을 것이란 예측을 하며 그 이유로써 다음과 같이 쓰고 있다.

"해방된 지 14개월 후 38선은 두 세계 사이의 국경이 되어버렸다. 소련 점령지대에서 소련과 권위를 나눠 가지고 있던 온건파들은 소련 점령 4, 5개월 후에 공산주의자들에게 흡수되어버렸다. 우리 진영, 즉 미군이 점령하고 있는 지역에서도 온건파는 소탕되든지 세력이 줄어들어 이승만과 같은 극단적인 인물의 지배하에 들어가게 될 것이다 ……."

그렇게 되면 결과는 뻔하다는 것이다. 게인은 한국을 떠나면서 이렇게 중얼거린다.

"굿바이, 코리아여! 이 나라를 떠나는 나는 행복하다."

고 해놓고 덧붙인다.

"나는 많은 르포르타주를 썼지만 이 나라에서처럼 절망적인 암담한 사실을 취재해본 적이 없다."

이사마는 책을 덮어놓고 생각에 잠겼다.

과연 이 나라는 그처럼 불행한 나라일까. 이승만이 하던 짓을 또다시 되풀이할 수밖에 없다면 게인의 말을 승인할 수 없는 것이 아닌가. 이 나라는 아직도 불행한 것이다.

그해 5월 5

지은이 이병주
펴낸이 김언호

펴낸곳 (주)도서출판 한길사
등록 1976년 12월 24일 제74호
주소 10881 경기도 파주시 광인사길 37
홈페이지 www.hangilsa.co.kr
전자우편 hangilsa@hangilsa.co.kr
전화 031-955-2000~3 팩스 031-955-2005

부사장 박관순 총괄이사 김서영 관리이사 곽명호
영업이사 이경호 경영이사 김관영 편집주간 백은숙
편집 박희진 노유연 이한민 박홍민 김영길
관리 이주환 문주상 이희문 원선아 이진아 마케팅 정아린
디자인 창포 031-955-2097
인쇄 예림 제책 예림바인딩

제1판 제1쇄 2006년 4월 20일
제1판 제2쇄 2023년 9월 12일

값 14,500원
ISBN 978-89-356-5942-5 04810
ISBN 978-89-356-5921-0 (세트)